海嶽塵夢

滕興傑 著

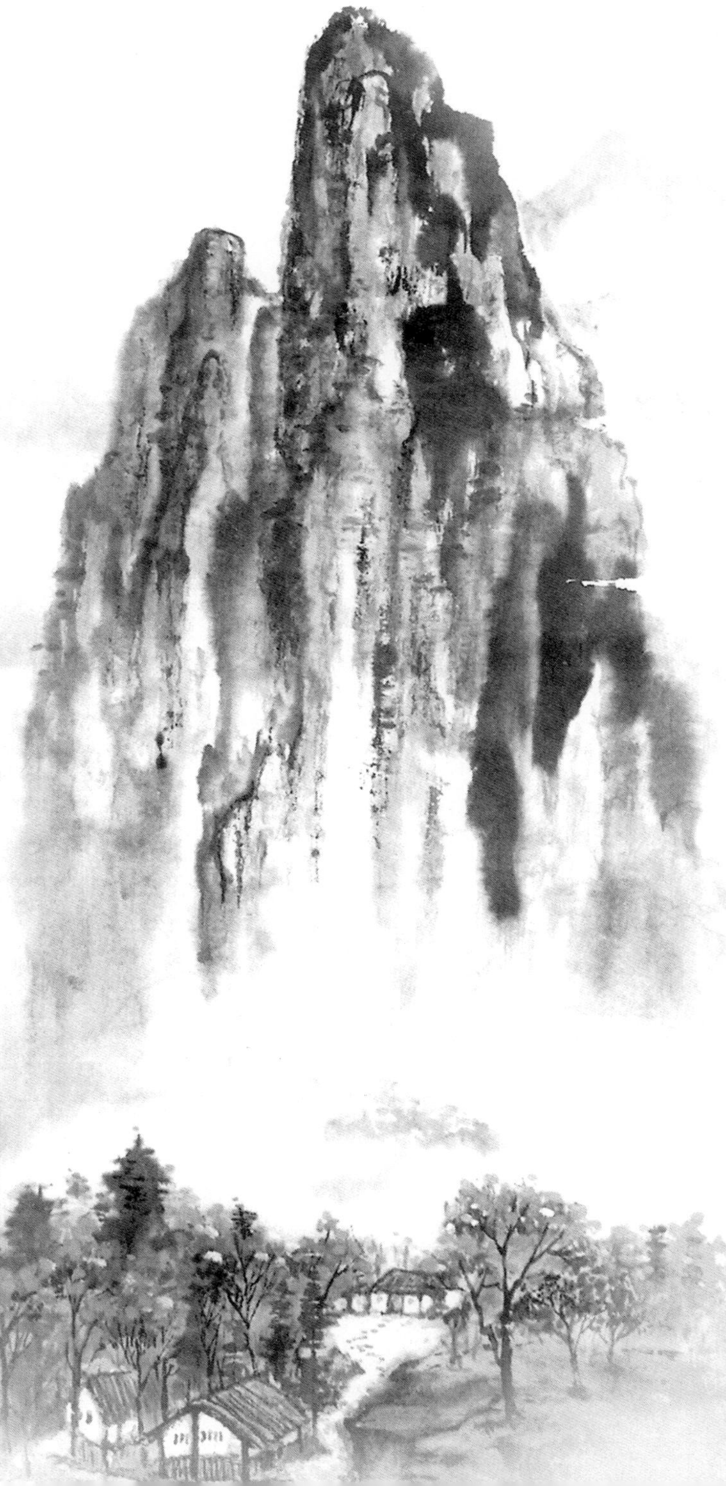

恭賀 興傑公夫子「海嶽塵夢」新著出版

人心惟危

惟精惟一

道心惟微

允執厥中

百粵端州晚林啓明

林先生經ISQ9000A藝術體系認證賦予「中國篆刻家」稱號

【海嶽塵夢】自序

十六世紀法國文學家蒙太因 Montaigne，說過：「健康長壽，就是一位史學家最大本錢」。我活得很長，身健心樂，沒有失智；但不是史學家，祇是一個站在野史亭邊敲打着邊鼓，記錄些真象，提供後人一些翻讀的線索而已。

我活過兩個「甲子」年，（一九二四—一九八三）跨越兩個世紀，（20—21）親見國共第一次合作，北伐成功。中國統一。親歷二次世界大戰，熬過腥風血雨的八年抗日歲月，「那美好的仗我已經打過了！」在印緬原始叢林中用血肉白骨堆砌成的血路，我已經跑盡了。國共第二次合作禦侮，勝利後兄弟鬩牆，我又親見歷史上所謂「改朝換代」的慘烈殺戮，百萬大軍兵敗如山倒的大潰散，同胞生離死別搶天呼地的大哀號，可說銘心

刻骨，全烙印在我的心靈深處，雖經台灣數十年寧靜，但仍使我存有顛躓於血淚中的憂患，也展現走過狂風驟雨後的曠達。

海嶽蟄居六十秋，韶華虛度今白頭。
蓬萊春暖忙中過，故園多在夢中遊。

這一生最使我難以割捨的就是兩岸親情，海峽那邊的「生母」和海峽這邊的「養母」，她們都曾留下深厚的民族情懷和血淚記憶，交織成我生命中的曲譜，二〇〇五年四月，我寫了一本「一灣淺淺的海峽」小集子，將我與「生母」相依為命的斑斑血淚，融入大時代的樂章中，放聲歌泣，藉抒民族悲苦之鬱迴情懷。

現在浪跡海嶽快六十年了，得「養母」眷顧，在自己的天涯裡安身立命，庇護着世代綿延。退伍後並未樂歸田園，即棄武從文，艱澀地扛起一支生產的筆，耕耘於企業文化園地十三年，在迷惘分歧

▶ 桃園大溪鎮民俗活動——嗩吶演奏與轉螺陀。

的環境中，這支筆成了勞資心靈溝通的橋，推動工業成長的指標，終能協力創造了台灣傲人的經濟奇蹟。晚年退休也沒憩息，憑着一股傻勁、一顆回饋的心和無私的愛，毅然投入文化公益服務長河十六年之久，為「新故鄉」的文化樂園默默奉獻心力，終身學習，無怨無悔。

總之，我的生命流程是：年輕時將生命奉獻給國家，退伍後將心力投入經濟建設，年老時將活力奉獻給文化，沒有一天閒過。

人生有如一捲錄影帶，紀錄自己一生悲歡歲月和時代脈動。一年前，我將塵封半個世紀的影帶開始倒帶，讓時光之波慢慢回流，我滿懷感恩之心，鑽進帶子一個又一個的故事裡，與一路相伴的「養母」作深情對話，寫下這本不入流的『海嶽塵夢』來，敬請讀者指教。

（註：本文所稱「養母」，泛指台灣可愛的土地和人民，不包含少數無恥政客。）

▼ 桃園虎頭山「九龍圖騰」壯觀。

▲ 日月潭湖光山色，有如畫圖。

目次

▲ 澎湖民居，別具一格。

▲ 桃園大溪現為大陸客必遊之地，有位與老總統蔣介石酷似的李登科先生，常出現在慈湖，可與其合影留念。

▲ 中華文化在台灣民間起飛。

▲ 擔任文化公益服務十二年，與夥伴們合影。

▲ 2005年7月台北、首爾現代彩墨聯展。由作家協會主辦，並舉辦聯誼餐會。（中排紅衣白帽者為作者、右一為元墨畫會會長沈以正教授、右二為韓國新墨會會長羅基煥、右三作家協會理事長楊珍華女士、左一為藝術博士周登教授、左二為教育耆宿廖秀年校長、左三為羅芳教授、左四為吳長鵬教授。餘皆台韓書畫藝術家。）

▲ 偕妻葉阿秀參觀上海博物館。

▲ 利用假日，偶而與親友歡聚，小酌一番。

◀ 每年生日，四位女兒都會返家為老爸慶生。

▲ 2005年5月，偕妻女從上海開車作八千里「懷鄉之旅」，並赴母校文昌閣小學拜訪，為「百年校慶」暖壽。承劉明（前排右三）校長親自接待。

▲ 作者（右）當選中央各軍事院校校友總會「傑出校友」，由李楨林上將（左）頒發證書。

▲ 主持崇貿美國分公司的楊大智先生返台時我們以素食為他洗塵。（圖右起是楊母葉蓮子女士、楊大智、作者、二女淑蕙、吾妻葉阿秀女士）

▶ 四女世修（左）與夫婿吳駿紳（右）在上海開設駿紳汽車銷售公司，養了一隻101忠狗與兩隻黃金獵犬。

◀ 駿紳公司在上海虹橋區開幕。當天，鳳凰同鄉李大賓教授前來祝賀（左）副總經理滕世修出來迎接。

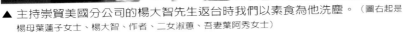

▲ 作者代表熊希齡夫人毛彥文教授捐贈熊氏家書墨寶給故宮博物院典藏。由院長秦孝儀親自接待，並合影留念。（圖：右一為湖南文獻社社長吳伯卿先生、右二為秦孝儀院長、左一為作者三女淑蘭、左二為作者。）

▲ 三女淑蘭在其明興國際公司為她母親慶生，並與該公司同仁合影留念。

▲ 作者（中）在蘇州與同鄉嚴兆榮（右一）、滕晶曼女士（右二）、晶曼妹（左一）及吾妻葉阿秀（左二）合影於晶曼家。

▲ 作者（右一）在南京玄武湖與滕晶曼（左一）表姐劉翠華（左二）同鄉李大賓先生合影。

輯一：台灣—我的新故鄉，我的親娘

人生像一卷錄影帶，記錄自己一生悲歡歲月。現在開始倒帶，讓時光之波慢慢回流。我滿懷感恩之心，鑽進帶子一個又一個的故事裡，與一路相伴的「養母」作深情對話。

18

記得一九四九年（黃金與國寶）

這一年是歷史上劃時代的一年，是風雨飄搖，驚濤駭浪的一年，是驚心動魄，翻天覆地的一年，這一年多少人棄鄉別井，妻離子散，多少人葬身魚腹，沉寃海底，何等悲慘。

我這個小角色，也身不由己地隨著大時代大人物同步狂轉，越過海南帶有血腥的椰林，穿過榆林生離死別的港灣，在滔天巨浪中翻滾，隨波逐流於此歷史上的轉捩時刻，恭逢其盛，目睹山河變色，怒海揚波，也算是歷經二次大戰後再次的憂患餘生，到底是幸與不幸？讓歷史去評斷吧！

從亞伯拉罕說起

新約希伯來書有這樣一段記載：

「當亞伯拉罕安居在故鄉，度著寧靜生活的時候，上帝要他們離開故鄉，到一個遙遠的、人煙稀少的地方，指示他那是真正應該居住的地方，他的子孫後代要把那塊土地當著應許之地，亞伯拉罕不顧一切困難向那不熟悉的地方出發，最後他終到達了上帝所指示的目標，使他的子孫後代，在那一塊土地上發展繁殖。」

亞伯拉罕是信心之父，從他開始，聖經中介紹許多信心的英雄。他們都具有堅定不移的信心，永遠站在正義的一邊，與敵人奮戰到底，他們明白上帝所指示的方向，一步一步努力前進，最後都能到達目的，造福世人。

距今七十年前，有一幫島國民族，窮兵黷武，憑其堅甲利兵，入侵東亞大陸，到處燒殺淫虜，欲滅人國。這時東方出了一位信心英雄，帶領著四萬萬子民，在十分艱困中與入寇強敵作生死博鬥，一寸山河一寸血，苦苦掙扎了八年，終於把東洋魔鬼趕了出去，可是自己却被打鬥得遍體鱗傷，民窮財盡，正待療傷復甦之時，又遇上同門兄弟乘機爭奪祖產，展開一場比抵禦外侮更慘烈的殺伐，同室操戈，兄弟鬩牆，經過三年纏鬥，這位擁有三百萬大軍的信心英雄，竟被小米加步槍的弟兄所擊敗，從北方退到南方，他祇有忍痛離開家鄉，帶領一百多萬子民，照著上帝指引的方向，揮淚前行，轉進到安身立命的地方。

記得是一九四九年十二月八日一個黑夜，突然一陣疾雷破山風震海，金石流、土山崩、天搖地動，竟將矗立東亞大地三十八年的巍峨大廈，震撼得應聲倒塌，所有門窗樑柱、傢俱財物，皆隨風吹落大海，在掀天巨浪中浮過黑水溝，飄過海峽，停積在一個海島的港灣裡，後來被人們發現飄浮物中有兩隻大木箱，一隻裡面裝有故宮國寶，一隻滿戴黃金白銀。另有木質門板一塊，上面刻有文字，被海浪衝激得有些斑駁不明，經仔細辨認，赫然發現四個大字「中華民國」。

這地方叫台灣，這位信心英雄就是蔣介石先生，他於一九三〇年秋天，接納夫人宋美齡女士勸說，從江牧師受洗，成為一個虔誠的基督教徒。這一年，他失去中國大陸，失去家園，失去政權，被迫宣佈引退，來到台灣，住在台北草山下面一個植物園裡，感念失去家園之痛，情緒鬱悶，常去自己專設的基督「凱歌堂」作禮拜，由周聯華牧師証道，祈求心靈安寧，舒解煩燥，他最喜愛的一首聖歌，是十九世紀英國文學家紐曼所著的「慈光歌」，証道之前，必唱此歌：

「一、懇求慈光，指引脫離黑暗，導我前行。黑夜漫漫，我又遠離家庭，導我前行，我不求主指引遙遠路程，我祇懇求一步一步導引。

二、向來未曾如此虛心求主，導我前行，我好自專，隨意自定明程，直到如今，從前我愛沉迷繁華夢裡，驕癡無忌，舊事切莫重提。

三、久蒙引導，如今定能繼續，導我前行，經過洪濤，經過荒山空谷，導我前行，夜盡天明，晨曦光裡重逢，夜盡天明，我心所愛笑容。」

這首歌詞，十分吻合信心英雄的一生際遇，因此很自然的激發他內心深沉的自省，反映出真實人性的一面，虛心懇求慈光指引脫離黑暗，期待夜盡天明。終得基督應許「凡虛心的人有福了。」他終於按上帝指引的地方安頓下來，在自己的天涯裡，從新建立家園，憑著那口木箱裡的黃金白銀，打下經濟基礎，使大家都得溫飽，造福新天地。直到一九七五年四月五日一個大雷雨之夜，這位信心英雄以八十八歲高齡平靜地離開了人間。他死後由他兒子經國先生繼承他的基業，勵精圖治，使人間更為繁榮昌盛，過著安定幸福的生活。經國先生生了三個兒子：孝文、孝武、孝勇，他們不再碰觸政治，都成了一個平民百姓，而且都在壯年，便奉主恩召，一個接一個登上了天國。而蔣家三代的安息告別禮拜，都是由周聯華牧師証道主禮，也算是他與蔣家三代今世的緣份。現在周牧師已經是九十以上高齡的長老了。

黃金白銀運台

一九四九年有兩件大事，對台灣後來經濟和文化發展，極具影響力。一件是搶運黃金運台，一件是故宮文物運台。

當一九四八年底，國軍瀋遼會戰失敗，共軍佔領東北，四野蜂擁入關，一九四九年初即攻下天津，進逼北平。國民政府惟恐萬一撤退大陸，應預作各項準備，因此，蔣介石特派其子蔣經國，於一月十日到上海秘密策劃黃金運台事宜，除上海祇留二十萬兩黃金支應外，中央、中國兩行庫存黃金白銀，大部都運存台灣和廈門，這件事當時引起很大的波瀾，桂系將領，白崇禧和副總統李宗仁都出來極力阻止，但沒有成功。

其實早在一九四八年十一月中旬，中央銀行已秘密在上海將黃金裝了七百七十四箱，合計純金二百萬四千四百五十九市兩，由財政部海關「海星巡邏艦」裝載，海軍「美朋艦」隨行護航，於十二月一日深夜裝艦完畢，十二月五日運抵基隆轉台北庫存。第二次是一九四九年五月十七日深夜在上海裝運，計黃金十九萬二千二十九點七百四十三市兩，銀元一百四十六萬九千元，共裝成黃金三十三箱又三十三桶。銀元六十二箱，於十七日深夜，由海關緝私艦從黃埔江啟航載運來台，由軍方實施戒嚴，故民眾很少知道此事。

最後一批是一九四九年十二月八日，國民政府遷台，廿六日共軍佔領成都。價值美金一千萬元的銀幣，也於二十八日運抵台灣。

究竟先後運了多少次黃金來台，共計有多少黃金？據聯合報一九九〇年十一月九日葉萬安先生發表的專文指出：台灣一九五〇年底黃金存底相當一一六點六萬市兩，加上一九四九年所創辦的黃金儲蓄存款提領一九九點八萬市兩，合計達三一六點四萬市兩，這與大陸在一九九二年十月所發佈國民政府一九四九年自上海運台的黃金數量相符。

一九四九年六月十五日，台灣地區就以中央銀行這批庫存黃金的一部份，拿出來移作發行「新台幣」基金。以舊台幣四萬元折合新台幣一元，新台幣五元折合美金一元，發行總額為二億元。由於新台幣有黃金作堅實基礎，才使得新台幣成為中華民國開國以來，發行時間最長，最為穩定的貨幣。也因此快速促進台灣地區的經濟成長。

故宮文物運台

故宮博物院於一九二五年（民國十四年）在北平乾清門正式成立，因受戰亂影响，曾數次大規模搬遷。從一九三三年開始，因九一八事件，日本帝國主義魔掌已向華北伸出，當局恐國寶落入異族之手，即將文物南遷到南京暫存。一九三七年抗日戰爭爆發，又將文物從南京迅速轉移到大後方安全地區。

一九三七年八一三滬戰爆發，當局即將文物從下關啟運，溯江而上到達漢口，再由火車轉運到長沙，存放湖南大學地下室圖書館，一九三九年，日機轟炸長沙火車站，文物從長沙用汽車運往貴陽，後又從貴陽遷移到四川，因存放安全間題，先後在宜賓、綿陽、樂山等地都放過。直到一九四五年，抗日戰爭結束，這批文物才運回南京。

一九四七年國共內戰開始，一九四八年底徐蚌會戰（淮海會戰）國軍失敗，當局又將文物從南京用海軍艦艇戴運來台灣，於十二月廿六日安全到達基隆，一九四九年元月九日轉運至台中糖廠倉庫存放。這次運台文物，計有故宮博物院、中山博物院、中央圖書館、中央研究院、外交部等五個單位，合計七百七十二箱，其中故宮古物二百九十五箱、圖書十八箱、文獻七箱、中山博物院二百二十一箱，其餘二百五十六箱為中研院及外交部的歷史檔案。

第二批由南京運台的文物，包括四庫全書及四庫薈要全書，全部宋元瓷品，全部銅品，總計一千六百五十箱，由招商局承運，一九四九年元月六日由南京下關啟航，九日晨即到達基隆。即轉運台中糖廠倉庫。

第三批文物於一九四九年二月廿二日運台，庋藏台中糖廠倉庫。計有故宮博物院文物二千九百七十二箱，其中包括古物一千四百三十四箱、圖書一千三百五十四箱、文獻二百零四箱、中央博物院八百五十二箱，總計三千八百二十四箱。

運抵台灣的文物，如與抗戰前南遷相比，就數量上而言，運台文物僅是南遷的四分之一，若以質量而言，可以說南遷文物中的精華，大部份都已運來台灣，只有待將來國家和平統一，兩岸再作協商，使這批中華民族的傳家之寶，回歸故土，作最有價值的運用。

人潮湧向台灣

台灣光復之初，全台人口有五百四十萬左右，一九四九這一年，突然由大陸湧進兩百萬人潮，其中包括一個完整的中央政府，完整的六十萬軍隊，完整的中央民意代表，以及全國財經界、文教界精英份子和技術人才，各種不同的文化風俗，全都在此交會，林林總總，洋洋大觀，頓時這個小島上造成空前的熱鬧局面。大夥又慶幸、又驚喜、又恐懼，加上對大環境前途的憂慮，交織糾纏成一種窒人的氣氛，在島上浮現。

這種不安現象，在四年經建計劃不斷推展後已經穩定下來，不出三十年，這個小島竟交出了傲人的成績單。

在中國大陸東南海面上，有一個島嶼，面積三萬五千七百五十九平方公里，附屬島嶼七十八個，公元一五四五年，被葡萄牙商船發現，見島上林木繁茂，風景優美，船員便大叫起來：「IIOHE FORMOAS」福爾摩沙，即美麗島的意思，從此這個「婆娑之洋」的「美麗之島」，便開始與世界接軌，同時也注定她多元的多彩的歷史命運，既精彩，又悲情，她的名字叫「台灣」。

其實中國發現台灣，遠在公元二三〇年，三國東吳黃龍二年，孫權曾派兵征討夷州，這是漢人經營台灣最早的文字記載，夷州就是台灣。公元一三三五年，元朝有位汪大淵先生到台灣遊覽過，寫了一本「島夷誌略」，介紹台灣風土民情，這是第一位來過台灣留下記錄的漢人。公元一六〇三年，明朝也有一位軍人陳第，隨軍來台討伐海盜，也寫了一本「東蕃記」，不過這些都是片斷記憶。直到一九二一年日據時代，台南有一位文人連橫（連戰的祖父）感受到台灣割讓的悲苦，採用中國傳統學術的體制，寫出了追溯到荷、鄭時代，以漢人為主軸的「台灣通史」，台灣才有了完整的歷史。

歷史包括政治、經濟、文化、社會史等諸多內涵，牽涉十分廣泛，我祇能選擇政治方面的簡史，（非通史）依政權的更迭劃分歷史的階段，用最簡明而容易記憶的方法，撰寫台灣四百年來曾經七度易幟的滄桑史，區分為下面七個階段：

西班牙殖民統治二八年（一六二六年佔領北台灣，一六五四年被荷蘭人趕走）

荷蘭殖民統治三八年（一六二四年起佔領南台灣）

明、鄭成功治台二三年（一六六一年—一六八三年）

滿清治台二一二年（一六八四年—一八九四年）

台灣民主共和國一四八天（一八九四年）

日本割據台灣五一年（一八九五年—一九四四年）

中華民國治台六一年（一九四五年迄今）

看完這段史實，對台灣歷史的演進，必然會有一個明朗的輪廓印刻在您的腦海中，加深記憶。

台灣的原住民

一百多萬年前的冰河時期，沒有什麼海峽，台灣與大陸是相連的，近年發現許多中國犀牛、猛瑪象、長吻鱷等大陸野獸化石，可以證明牠們都是那時跑來台灣的，後來地殼變動，海平面上升，才浮現出一灣淺淺的海峽。

一九六八年，考古學家在台東長濱發現舊石器時代文化遺址，又在台南左鎮河邊發現人類的小頭骨，經過鑑定，約在三萬年前，便有人類來到台灣，命名為「左鎮人」。接著新石器時代的人也來了，台灣出現傳說中的「矮黑人」，皮膚像巧克力，只有一公尺高，身上有彩紋，住在山洞裡，後來與住在北部的原住民賽夏族發生衝突，被賽夏族一舉消滅了，因此又害怕他們靈魂會回來奪取穀物，所以每隔兩年就舉行一次「矮靈祭」，用歌聲唱出他們內心不安和祈求，希望「矮黑人」不要加害後代子孫，這種習俗一直傳承到現在。

台灣的原住民共有十族，即阿美族，人數最多，分佈在花東一帶，泰雅族和賽夏族住在北部，在臉上刺青。住得最高的是布農族，擅長木雕，住石板屋，排灣族住在最南部，都認為百步蛇是他們的祖先，把牠當神崇拜。另外還有邵族、鄒族、魯凱族、卑南族和住在蘭嶼的雅美族，他們各族有各族不同的語言和文化，但有一共同點就是會唱歌，在台灣產生不少的名歌星。

除了高山的十支原住民外，尚有住在平地的「平埔族」，即西拉雅族、洪雅族、柏瀑拉族、凱達格蘭族、柏宰海族、道卡斯族、卡瓦蘭族、巴布薩族等八個族，另有四個社，即茄拔、宵裡、芒仔芒與頭社。他們生活比高山原住民進步，以農、獵為生，故清代稱為熟番、高山原住民則稱生番。

到十七世紀以後，漢人移居來台的多了，平埔族人學習漢人生活，相互通婚，漸漸受漢人同化，連高山的邵族，也被漢化了。現在所面臨的問題，反而是如何加強保存各原住民的傳統文化。

至於原住民的祖先究竟從何而來？眾說紛紜，莫衷一是。日本學者多認為來自南洋「南島民族」，是典型的馬來人種。另有學者則認為來自大陸閩、越沿海少數民族，史學工作者蔣正民（貞寬）先生（廣西興安人），於一九九三年寫了一本「台灣土著血緣」，上海印刷公司出版，洋洋二十萬言，根據田野調查，耗費五年時間，舉出二一〇個原住民生活習俗，附有圖例，無一不與亞洲三大（中國、印度、阿拉伯）文化根脈相連，即屬馬來人系，也是中華文化圈的支流，足可證明。而且「近島人民捷足登」，更是合理推斷。不過台灣原住民無論來自何方，現在都已融合在一個生活圈，成為中華民族的支脈，像平埔族一樣，將漢化成一個整體了。

最早來台定居的漢人

公元一六二一年初夏，在嘉義海邊駛來了十三艘小帆船，有兩百多名中國人，在笨港登了陸，他們的頭目叫顏思齊，漳州人，有個部下叫鄭芝龍，泉州人，他們從日本漂流來到台灣，先在海邊搭起茅草房子住了下來，後來慢慢邀集家鄉人來入夥，增加到三千多人，共分成十個寨子，便在笨港定居下來。笨港就是現在嘉義的北港。

他們有船有人就有了力量。便在海上打劫來往的各國商船，得了貨物轉向中國去販賣，於是他們漸漸富裕起來，一六二五年顏思齊因病去世，便由鄭芝龍當了頭目。台灣四百年歷史，便從這批中國人登陸笨港開始，鄭芝龍即是後來延平郡王鄭成功的父親。

西、荷的殖民統治

一六二三年七月，八艘荷蘭軍艦靠近澎湖，因明朝在此沒有駐軍，所以荷軍不費一兵一卒佔領了澎湖。一六二四年，明朝派兵將荷軍趕走，荷軍知道台灣沒有駐軍，祇有土著和海盜，於是轉向台灣進攻，在台南安平港鯤鯓登陸，佔領了台南成立東印度公司，六年後蓋了「熱蘭遮城」，積極經營台灣。

西班牙人於一六二六年，自馬尼拉派兵店領台灣北部，先佔基隆，三年後，進入淡水，在今天淡水紅毛城的原址建立了一個聖多明各城，行政權伸向台北，從此展開與荷蘭人的殖民與貿易競爭，當時台灣有三大勢力，南部為荷蘭人統制，北部為西班牙人統治，中部嘉義一帶為鄭芝龍勢力範圍。

荷蘭人殖民台灣，最大動力是經商貿易，而其對手不是中部的漢人，而是北部的西班牙人，成為他們的肘腋之患，經過十六年的競爭，擁有嘉南平原米、糖、鹿皮等大宗貿易的荷蘭，終於在一六五四年（明崇禎十五年）派兵北上將經濟發展屈居下風的西班牙人趕出台灣。荷蘭人統治台灣三十八年，積極發展轉口貿易，成為東南亞、歐洲等地的貨物集散中心，東印度公司每年純收益約四十萬荷幣（約四噸黃金）相當可觀，但他們畢竟是剝削式的殖民統治，苛徵暴斂，引起原住民不滿，而有一六五二年郭懷一的抗荷事件發生，死傷七千多人，九年後才有鄭成功征台之舉，把荷蘭人趕了出去。

明鄭成功收復台灣

自一六四七年起，高舉反清復明的「國姓爺」鄭成功，據守閩南沿海及金、廈一帶，於公元一六六一年（明永曆十五年清順治十八年）三月率大軍二萬五千人從金門出發，先攻佔澎湖，繼而進攻台灣，在台南安平以北的鹿耳門登陸，圍攻荷蘭熱蘭遮城，累攻不下，後因荷軍糧彈不繼，於一六六二年二月，始由荷督揆一遣使乞降，他帶著六百名殘兵與眷屬，分乘八艘海輪，從鹿耳門揚帆而去，結束荷蘭人在台灣三十八年的殖民統治。

鄭成功攻下台灣後，本欲鞏固基地，培養戰力，加強反清復明大業，不幸五個月後，即因病去世，時年三十九歲，由其子鄭經即位，一六六三年，鄭軍全面撤出閩南沿海，在台南自稱東寧王國，依明制，訂法律，設官分職，建孔廟，舉辦「全台首學」，引進中華文化，另方面發展對外貿易，台灣的糖還運到英國去，英國在台灣設有商務代辦，國際貿易蓬勃發展，「裨海紀遊」書中指出：「清朝嚴禁通洋，片板不得入海，凡中國各貨，海外皆仰資鄭氏，於是通洋之利，惟鄭氏操之，財團益饒：：」因此在一六六四年到一六七四年十年之間，形成小康局面，但他卻經不起「清初三藩」之亂的鼓動，發動一場反攻大陸的戰爭，使得好不容易在台灣累積下來的財富，卻在這場歷時六年的征戰中耗損殆盡，一六八〇年反攻徹底失敗，退回台灣。

一六八一年，鄭經病逝，由其子鄭克塽（年僅十二歲）即位，朝政由其岳父馮錫範掌控，不得人心。清朝終於決定採取武力解決，於一六八三年六月，派原為鄭成功部將，後來投降清朝施琅，（水師提督）率軍攻台，鄭克塽投降，鄭成功父子在台統治二十二年，至此大業乃罄。

清朝將台灣設行省

清康熙廿二年（一六八三年）鄭克塽薙髮投降，清收復台灣，有人主張「棄其地，遷其人，不設防」，但施琅認為「如不設防，將再被荷蘭人所侵，沿海無寧日」，康熙接受建議，於一六八四年在台設府，下轄鳳山、台灣（台南）諸羅（嘉義）三縣，隸屬福建省台廈道，並開放海禁，招大陸人民來台開墾，至嘉慶十六年（一八一一年）人口已增至一百九十萬人口，加強荒地開發，至雍正七年，改台廈道為台灣道，轄四縣（增彰化縣）四廳（鹿港、淡水、澎湖、噶瑪蘭）地方日益繁榮。

一八七四年，琉球人六十餘人因颱風撞入屏東縣牡丹社，被高山族殺死五十四人。日本便以此為藉口，出兵三千人來台採取報復手段，殺了一百多高山人。清廷即派船政大臣沈葆楨為欽差大臣，來台協辦防務，如台南「億載金城」打狗砲台，在港砲台、恒春古城等，都是沈葆楨督辦的。

一八八五年，爆發中法戰爭，法海軍提督孤拔，率兵攻打淡水，基隆等地未得逞，轉而佔領澎湖，不久孤拔因瘟疫病死澎湖，法軍始撤去。這才使清廷認清台灣戰略地位的重要，於一八八七年改台灣為行省，派劉銘傳為首任巡撫，此時台灣人口已增加至三百二十萬人。

滿清統治台灣二百十二年，其間發生大小民變就有七十餘次之多，可稱「三年一小亂，五年一大亂」，最大民變有三次：第一次康熙六十年（一七二一年）在旗山一帶的朱一貴抗清事件。第二次是乾隆五十一年（一七八六年）的林爽文事件，清調動四省大軍來台鎮壓方告平息，此役還列為乾隆「十全武功」之一，第三次同治元年（一八六二年）中部巨富戴潮春抗清事作，鬧了兩年之久。其次就是地方械鬥，也是史不絕書的，計有大小械鬥六十六次，有閩南人與客家人鬥的，閩南人又有漳州人與泉州人鬥，泉州人又有同安、惠安人和南安人鬥的。這些械鬥不僅是打群架而已，有時還設炮台對壘，像軍隊作戰一樣，一打就是幾個月，甚至二、三年的，這種械鬥，到光緒年才逐漸平息。

光緒十一年，劉銘傳任巡撫，由於社會趨向安定，他才開始在六年任期中能積極推動近代化建設，除開山撫蕃，加強防務，整頓稅務之外，同時進行洋務運動，如開採煤礦、設立郵政、興辦電力公司、自來水廠、醫院等。一八八九年，已有蒸汽機車行駛，一八九一年，台北到基隆已有火車行駛，於是全國第一條鐵路已在台灣完成，台灣因此成為全國最進步的一個行省。

民主共和國成立

當台灣的建設突飛猛進的時候，又將面臨一個陷於殖民地的悲慘命運，一八九四年，中日為朝鮮主權問題發生戰爭，清政府北洋艦隊全軍覆滅，這就是歷史上的「甲午戰爭」，雙方在日本簽訂「馬關條約」，將台灣澎湖割讓給日本，台灣官紳不服，成立「台灣民主國」以自救，推巡撫唐景崧（廣西人）為民主國總統。

是年五月廿三日，民主國發佈「自主宣言」，略以「吾台民誓不服倭，與其事敵，不如戰死……」台灣成立民主國，並非獨立運動，在唐就任文告中，即可看出：「今雖自立為國，感念列聖舊恩，仍應恭奉正朔，遙作屏藩，氣脈相通，無異中土……」說明並非脫離滿清，而是一種自救行為，在阻止和對抗日本對台灣的佔領。

但不到十天，唐景崧便逃回大陸，而中南部各地義軍還在不斷抵抗日軍，曾在諒山打敗法軍的劉永福黑旗將軍，在台南打著民主國旗號，與日繼續奮戰，最後日軍調來三萬大軍，費了五個月的時間，才接收了台灣，被日軍屠殺了一萬三千多人，日軍死了二八〇人。台灣民主國的壽命，只維持了一四八天。

日本殖民台灣半個世紀

民主共和國失敗後，一八九六年五月，日清雙方在基隆簽訂台灣交割手續，日本首任樺山大將為台灣總督，從此開始半個世紀高壓獨裁的殖民統治，掌握了對台灣人民的生殺予奪大權。

日本據台期間，頒發「匪徒刑法令」，用以對付台灣人民，僅在一八九六年到一九〇九年的十四年間，台灣人民被處死刑的就有四千六百餘人，而在斗六一地，因鐵國山抗日事件，共屠殺五十個村民三萬餘人，老弱婦孺無一幸免。

一九一五年，西部爆發「噍吧哖」事件，日軍調動大砲進行「村落砲轟」，歷時三月的鎮壓中，台灣同胞有三千五百多人被殺害，一千九百多人被捕，判處死刑的有九百零三人。由於反抗日本高壓統治，先後有「蔡清琳在北埔起義事件」、「劉乾在林圯埔起義事件」、「黃朝在土城起義事件」、「羅福星在苗栗起義事件」，以及高山原住民的抗日事件，層出不窮，最大一次是一九三〇年「霧社事件」，因日警將一名工人打死，引起公憤，協調不成，由高山族袖領莫那、魯達發起，趁日人集會時，襲殺一百四十餘人，引來日人報復，調來軍隊用大砲飛機轟炸村落，炸死原住民九百五十餘人，後來原住民集體逃入山洞，日軍又用毒氣射殺，死亡三百餘人，莫那、魯達則在森林中自殺身亡。

據台灣革命同盟會在一九四五年四月十七日發表「馬關條約」五十週年紀念宣言中估計，日本據台五十年間，台灣同胞被日寇屠殺者共有六十五萬人之多。

除了武裝鎮壓台灣同胞反日事件外，經濟方面，也是極盡壓榨之能事，如森林和民生物資的瘋狂掠奪，工業的壟斷、文化教育的差別歧視，台灣人只能唸農醫，不准唸政治法律，以及「皇民化運動」的種種奴役，可謂罄竹難書。只是在交通建設方面，如一九〇四年完成縱貫鐵路的全線通車，一九一一年阿里山登山鐵路的興建，對近代化建設頗有些貢獻。

一九三七年七月七日，日本發動侵華戰爭，（一九四〇年偷襲珍珠港）一九四一年太平洋戰爭爆發，引起二次世界大戰，同盟國飛機開始轟炸台灣，日本帝國主義發動戰爭，卻要台灣人民來承受其罪惡，蒙受了極大損害。一九四五年八月六日及九日，盟國的兩枚原子彈投向廣島與長崎，終於迫使日本天皇在八月十五日，宣佈無條件向同盟國投降，中國戰區則由最高統帥蔣介石於九月九日，在南京接受日軍在中國戰區的投降，台灣地區則於十月廿五日，在台北市中山堂接受日本投降。被日本佔據五十年之久的台灣，因中國八年抗戰，犧牲三千五百萬軍民同胞，台灣被屠殺六十五萬同胞的生命代價，換來抗日戰爭的勝利，使台灣重回祖國懷抱，所以這一天定為「光復節」。

這是依據一九四三年十一月，中、英、美同盟國三巨頭在開羅舉行會議，發表宣言規定：「日本所竊取的中國領土，如滿州、台灣、澎湖列島等，應歸還中國。」一九四五年七月，中、英、美三國，又在波茨坦簽署一項公報，重申「開羅宣言」即將實施，日本之主權，僅限於本州、北海道、九洲、四國……」美國總統羅斯已經預知原子彈研發成功，故先發表公報，限制並警告日本及蘇聯戰後對領土野心之擴張。

中華民國光復台灣

一九五四年「光復節」這一天，中華民國正式從日本帝國主義手中接收了台灣、澎湖，台澎本是中國領土，日本戰敗，自當收回，經過波茨坦公報，更具有國際公認的法律效力，合法性絕無疑議。

光復初期，舊殖民政權已放棄統治，而新政權又不能完全掌握控制，當此青黃不接之際，所有社會黑道、流氓地痞、日本浪人，甚至共黨潛伏人員，十分活躍，成為社會不定時炸彈，加以少數接收人員的作威作福，紀律敗壞，造成民怨，果然在一年後爆發波及全台的「二二八」民變。

事實是這樣：一九四七年二月二十七日晚，因台北市公賣局查緝員打傷香煙攤女攤販，並釀成槍擊民眾命案，因政府處理不當，很快造成全台騷動，由武裝暴民攻擊地方政府及憲警機關，在街上見到外省人和政府公教人員，即進行毆打與槍殺，演變成不可收拾的全面暴亂，進行十天的殺戮行為，因此大陸國民政府於三月八日派陸軍廿一師、憲兵一個營抵台鎮壓暴亂，捕殺滋事份子，到底捕殺了多少人？外省人於十日內被殺了多少人？官方文件及民間調查資料，均不一致，但據歷史學者李敖先生在電視分析公佈，雙方死亡人數各為八百人，較為可信。

抗戰勝利後，國共雙方爭相接收失土，演變成內戰，一九四九年底，國民政府軍在大陸被中共解放軍擊潰，國民政府撤遷台灣，使原有五百萬人口的海島，突然增加兩百萬軍民人口，在糧食與土地政策上極待改善，政府首先實施「土地改革」，分三階段進行，先是一九四九年推行「三七五減租」，其次在一九五一年實行「公地放領」，第三是一九五三年實施「耕者有其田」，這次土改十分成功，減輕了許多佃農的痛苦，緩和社會經濟壓力，有助台灣日後的工商業發展。

整體來說，國民政府遷台迄今，已逾六十年，前四十年（一九四九—一九八八）為兩蔣治理時期，二十六年由蔣介石先生達成「光復台灣」、「保衛台灣」任務，並於一九六八年，完成台灣九年國民義務教育，提高國民素質，開發民智，功不可滅，雖然實施戒嚴，為人詬病，但在大敵當前，兩岸空戰、海戰、砲戰不斷的情況下，為圖保台，不戒嚴成嗎？後十四年則由蔣經國先生完成「建設台灣」與「繁榮台灣」兩項任務，他任輔導會主委時，親率榮民弟兄開闢橫貫公路，有一次爆破山洞，炸死幾個榮民，他很難過的跪在地上流著淚說：「我對不起你們！」一九七二年五月他任行政院長，完成北迴、南迴鐵路，形成環島鐵路網，促進東部繁榮，不再是后山化外之地。一九七三年，展開「十大建設」，建築南北高速公路，大型國際機場，核能發電廠，造船廠、煉鋼廠、台中港、蘇澳港、北迴鐵路及電汽化、石化工業等，繼而又推動十二項建設，各地文化中心就是此時建成的，在他任期中沒有一件貪污案子，原因是受他精誠召感，誰也不敢貪，不能貪，更不忍貪。

一九七三年第一次石油危機，全球經濟衰退，一九七四年台灣經濟成長率僅一・一%，後因十大建設，順利推動，到一九七五年已升至四・二%，一九七六年高達一三・五%，創空前紀錄。工業成長率也由一九七四年的八・五%，攀升到一九七六年的二四・四%。

一九七五年（民國六十四年）四月五日八十八歲的蔣介石先生病逝台灣。

一九七八年五月經國先生當選中華民國第六任總統，謝東閔為副總統，此時外匯存底，舉世第二，高雄港的吞吐量列名全球第二，與美國是第六大國的貿易伙伴，全世界第十三名的貿易國，國民所得從五〇美元，提升到一、三〇〇美元，為亞洲四小龍之首，創造了台灣的「經濟奇蹟」，使台灣人民富裕到「錢淹腳目」。

一九八四年五月蔣經國連任第七屆總統，李登輝為副總統。

一九八六年台灣民主進步黨成立。

一九八七年七月，經國先生宣佈台灣地區解除戒嚴，十一月宣佈開放榮民大陸探親，管制三十八年的戒嚴和限制老兵回鄉的禁令，從此鬆綁。

一九八八年（民國七十七年）一月十三日，蔣經國因糖尿病逝世，享年七十九歲，由副總統李登輝繼任。（蔣氏一生惟一敗筆，就是選錯了李登輝，他是台獨份子，但他卻說了一百三十次他不是台獨，騙了蔣經國，騙了台灣人民，他惟一傑作，就是利用中華民國的所有資源，吃香喝辣，享盡榮華富貴，最後恩將仇報，搞垮了國民黨，這是共產黨七十年做不到的事，他七年功夫做到了）。

一九九〇年，李連任第八屆總統，李元簇任副總統。（一個沒有聲音的人，祇看關愛的眼神）

一九九六年，台灣第一次人民直選總統，李又當選第九任民選總統，連戰任副總統。

二〇〇〇年五月，因李登輝陰謀分裂國民黨，提出連戰、宋楚瑜兩組候選人，選舉結果，宋楚瑜以三十萬票之差，敗於民進黨，由陳水扁當選民選第十任總統，從此中國國民黨在台灣失去政權，淪為在野黨。

二〇〇四年五月，因兩顆子彈，使陳水扁得以連任第十一屆總統，迄至二〇〇六年，六年任期中弊案連連，總統府成了股市中心、黑金中心、犯罪中心，家人均牽涉弊案，國民黨在體制內提出罷免案，因門檻過高，三次均未成功，民進黨前主席施明德，出來號召百萬民眾，在體制外組成「紅衫軍」上街遊行倒扁，要阿扁下台，但均不為所動。

二〇〇五年四月，中國國民黨主席連戰，率團訪問大陸作「和平之旅」，與中共中央總書記胡錦濤在北京簽署和平協定，終止國共兩黨敵對狀態，「歷盡劫波兄弟在，相逢一笑泯恩仇」，國共八十年歷史恩怨，一筆勾銷，從此邁向和解之途，為國共第三次合作，建立了良好契機。

快讀台灣史，至此（二〇〇六年）暫時告一段落，劃下句點。

我保存了熊希齡在台墨寶

——分二批捐獻台北故宮及鳳凰文史會始末

熊希齡先生，字秉三，湖南鳳凰縣人，民初曾任財政總長、內閣總理，因袁世凱陰謀復辟想當皇帝，憤而辭去總理職務，退出政壇。轉而投入社會福利事業，人格何其崇高。

在北京創辦香山慈幼院，收養貧苦孤兒四千餘人，施以完全教育。抗戰時，與夫人毛彥文女士在上海擔任紅卍字會救濟救護工作，設傷兵醫院及難民收容所多間，救治傷患六千餘人，收容難民二萬餘名。可以說熊先生不僅是政治家、教育家、慈善家，而且也是一位偉大的愛國者。

秉三先生於一九三七年（民國二十六年）十二月二十五日，因積勞成疾病逝香港，其遺孀毛彥文女士迄今已寡居逾一個甲子，她這一生牽腸掛肚念念不忘而需完成的有兩個心願，第一是將熊氏遺稿編印成集，傳諸後世；第二是將熊氏墨寶（函件書畫等）捐贈文史單位庋藏。現僅就第二項加以闡述。

故宮編印「雙清遺珍」與鳳凰建館問題

毛彥文女士來台後，早就想把由大陸帶出來的秉三先生親手寫贈她的十六幅屏條捐給台北故宮保存。這件事直到一九七八年（民國六十七年）九月，與陳雪屏、查良鑑先生在訪談中提及此事，兩位先生都很贊同，當即以電話轉告故宮博物院蔣院長復璁先生，蔣院長很高興，第二天便親自到內湖熊夫人寓所取回處理。後來編印成集，名為「雙清遺珍」，敘述他們締姻經過，用詩詞形式表達，極具歷史及文學價值。

除了這批真跡之外，熊夫人身邊還保存著不少秉三先生的函件和畫卷書軸等文物。一九九七年十月十七日，我去內湖探望熊夫人，面報鳳凰縣成立「熊希齡紀念館」的經過，因為她在九月初曾向我說過：「秉三先生有些遺墨，準備贈送有關單位保存：第一是北京慈院校友會，第二是台北校友會，第三是鳳凰熊氏紀念館。」問我有何意見？我毫不猶豫答覆可照第三方式進行，她又問館舍情形？我答係就熊氏故居改建，尚具規模，不過館內軟體尚待加強，彥老沈思片刻，說：「好，秉三公遺墨就交鳳凰紀念館收藏，館舍再修整一下，我拿些錢資助他們，您替我連繫一下好嗎？」我即刻將熊夫人這番心意轉告鳳凰有關人員。

一個月後，回音來了，帶來的是令人失望的訊息，因為熊氏故居產權問題迄今尚未能獲得適當解決，一時無法建館。直到十二月二十八日，熊先生逝世六十週年那天，鳳凰各界為先生舉行六十週年紀念座談會時，對這位中國近代史上傑出的政治家建館問題，才有了初步共識。他們認為建館有許多好處。第一豐富觀光旅遊景點，提高知名度，繁榮地方。第二把它作為愛國主義教育基地，可改善海峽兩岸關係。第三可加強熊氏親屬、學生的連繫，擴大招商管道。當時有副縣長洪吉英（女）在座，她很熱忱地贊同這些意見，並讚揚熊先生是鳳凰人民的驕傲。趁其遺孀毛彥文女士健在時，趕快著手完成這件大事，以告慰熊先生在天之靈。

彥老知道這件事，內心十分喜悅，連說：「這就好了，這就好了！」可是歲月無情，轉眼快一年了。建館的事宛若石沉大海，激起的浪花早已沉寂；這對老人而言是何等殘酷。

老友凋謝，建館遙遙無期

世稱一代美神的毛彥文，生於清光緒二十二年（公元一八九六年），歲次丙申，算到今年已經一百歲了。有一天我去內湖看她，聊了些閒話，她即上樓拿了兩封信和一個小包裹下來，那信是成大蘇雪林教授寫給她的，蘇教授是她北京女子師範大學的學長，現已退休。她一邊遞信給我，一邊感嘆著：「我的好友一個個都凋謝了！羅家倫夫人張維楨活了一百歲，邱昌渭夫人周淑清一百零二歲，高梓（教育家）活到九十七歲，她們都在最近三個月內先後辭世，只賸下蘇雪林一人了！她是名作家，這兩封信就給你保存參考吧！」

她隨即將那包裹慢慢打開，輕輕拍去薄薄灰塵，裡面全是些陳舊泛黃的書信文件，指著對我說：「這些都是秉三先生的遺墨，和一些證券、土地契約等文件，你拿去整理一下，交給鳳凰熊氏紀念館，建館到現在既無著落，那就捐給台北故宮博物院保存。還有些裱好的畫卷（壽菊圖）書軸，以後再說吧！」

我接過這包珍貴的文物，頓時感到驚愕。

「這些東西您還是交給陳先生（她女婿）處理好嗎？」

「滕先生，我很了解您，也相信您，傳賢不傳子，您好好去辦吧！」

聽了彥老這番叮嚀，我受寵若驚，激動得快掉下眼淚來。

毛彥老對鳳凰建館事，似乎等得太久，有些不耐煩，一年過去了，百歲老人能等幾個年？對老人而言，「年」像一隻神話中的怪獸，隨時有被吞噬的可能。

決定捐獻台北故宮

毛彥老原想將這些墨寶捐送北京校友會，因為那邊校友較多，設有祕書處，辦有「校友通訊」，頗具規模。同時在北京海淀區，熊家還有三處房地產業，一為雙清別墅，一為蒙養院，一為鎮芳樓，只要中共發還其中任何一處，便可設置熊氏紀念館而有餘。但熊家能有權索回房產的，惟有毛彥老一人而已。祇要她寫信給她的慈幼院學生雷潔瓊（原中共政協副主席）、劉建章（原鐵道部長）、王子剛（原郵電部長）其中任何人，他們都會全力以赴的去爭取。我曾向老夫人懇切的分析過、建議過，那怕是片紙隻字，都會發揮雷霆萬鈞之力，有助房權的發還。可是老夫人始終吝於提筆。催嘛，祇是搖搖頭，輕輕地惋嘆著：「太遲了，不可能了！」無奈與惆悵，全寫在老夫人雍容的臉上。

至於台北校友會，現由常錫楨先生任會長，他住永和，利用自宅當辦公室，遑論設立熊氏紀念館了。鳳凰縣雖有其故居，但延宕迄今問題尚未解決。可說三處都無法落實，因此祇有台北故宮博物院是唯一選擇。

一九九八年九月因事赴台北探望「湖南文獻」社吳伯卿社長，提及此事，也是因緣際會，吳社長與故宮秦孝儀院長，不但是同鄉，而且過去還是他多年的長官呢？因此，他願助一臂之力，早日玉成其事。

吳社長與故宮約定十一月三日上午捐贈，秦院長甫由巴黎返台，即蒙親自接待；他對毛彥老能將民初內閣總理熊希齡先生墨寶捐贈故宮，深表由衷謝意。（附捐贈文物目錄表於後）

的確，故宮近十餘年來，在秦院長大力推動下，不斷接受各界捐贈、寄存、蒐購，使文物數量大增，現已擁有七千年的歷史文物，早已超出宮廷範圍，成為一所不折不扣的民族博物館。

最後秦院長送了我們「玉丁寧館捐贈牙骨竹木雕器」兩本，這是他以私人俸餘購藏而捐贈國家的文物，其中以上古時代的骨器最為罕見，真是名寶上珍。秦院長這種光明坦蕩無私無我的情懷，實在令人敬佩。

臨別時，他一再叮囑將在十二月毛彥老生辰之時，要親往內湖寓所祝賀，以為答謝。

其實熊先生墨寶的捐贈，早在一九七八年（民國六十七年初），由陳雪屏先生推介，送去了書屏十六軸，後來由故宮印成「雙清遺珍」專輯。這次由吳伯卿先生引介的要算第二批了。將來可能還有第三批的捐獻。

分兩批捐贈鳳凰縣政協文史會

說實在話，這次捐贈台北故宮的文物，僅有二分之一，還有一半我留下了。為家鄉將來發展，我不能不這樣做，就是彥老知道，也會諒解我的。家鄉達館遲早都會完成。一九九九年（民國八十八年）四月初接文史單位來函，說縣人民政府相當重視此事，已列入年度施政重點，一定在今年完成。於是我將留下的一批文物再加整理，共得三十六件，較送故宮的還多了十餘件，適有周德德仁先生於七月中旬返鄉，托他帶交鳳凰政協文史會點收處理。

我最喜愛的是秉三先生於一九三七年「八一三」滬抗戰後一週寫給他女兒的一封信，告知戰地服務情況，充滿犧牲報國精神和壯志豪情，令人感佩。本想據為己有，但每憶及熊夫人殷切叮嚀，則深感惶愧而止。終於在二〇〇五年五月廿二日，乘「台北、上海、鳳凰」懷鄉之旅時，連同上海書店寄給我的「熊希齡先生遺稿」精裝五大冊，一併交鳳凰文史會庋藏。另有熊氏田契三份，也在金水寨辭別之際，親托統戰部長江國娥女士轉交了文史會。

總之，熊夫人付托給我的熊氏文物，已先後分三次處理完畢：
一、一九九八年十一月，第一批二十三件，捐贈台北故宮博物院。
二、一九九九年七月，第二批三十六件，托周德仁同鄉帶回交文史會。
三、二〇〇五年五月，第三批是我返鄉為母校百年校慶暖壽時親交鳳凰文史會。（有收據。）
至此，熊夫人台灣交給我這批中華民族珍貴的文化資產，我已涓滴從公，盡歸國家，將來兩岸統一，有關當局再將分割的資產合而為一，編印「熊希齡家書專集」，俾傳之千古。

（附「毛彥文女士捐贈熊希齡先生墨寶（書信）目錄一份）

毛彥文女士捐贈熊希齡先生墨寶（書信）目錄

編	致書對象	內容概要（頁數）
1	女兒熊芷	一、詢問南昌被日機轟炸情形 二、告以北方戰局（4）
2	女兒熊芷	一、在山西參加中華教育年會 二、搶救永定河災民，保全數百村莊（8）
3	女婿朱霖夫婦	推介校友赴南昌工作（6）
4	女婿朱霖夫婦	一、芷兒所若母親學，由商務出版 二、聖誕節慈校院童歡樂情形（13）
5	熊夫人朱其慧	在南京為慈校籌募捐款事
6	女婿朱霖夫婦	詢問香港近況（7）
7	駐英大使郭復初	函介關照留學生卓車來（2）
8	姪女兒朱曦	函告慈校近況及生活情形（4）
9	女兒熊芷夫婦	談兒童疾病預防，有病要服藥，不可饞口，亂吃多吃不好（2）
10	女兒熊芷	談養生之道，病往口入，貪吃可恥
11	女兒熊芷夫婦	勉勞逸平均，快樂則健憂傷則衰（8）
12	女兒熊芷夫婦	勉為人要忍圖成憑良心做事（4）
13	朱庭祺朱君復夫婦	告佑北方局勢及慈校上課情形（5）
14	金城銀行	為女紅十字會匯款事宜（2）
15	姪女婿朱庭祺夫人	召開全國教會議情形（2）
16	女兒熊芷	抄錄奉和吳君登高詩原韻一首（5）
17	女婿朱霖夫婦	在沪為慈校籌款是遲疑返平（3）
18	女婿朱霖夫婦	告上海戰況激烈，市民死傷數方，國軍英勇抵抗，盼出力出錢，為國盡忠（10）
19	女兒熊芷	婚後返江山，萬人空巷迎新人（2）
20	女兒熊芷	告知病況，指示慈校籌款事項（9）
21	女兒熊芷	為母親在法源寺作法會，勉保重身體，有病要吃藥（2）
22	女兒熊芷	收客鎮江災三百名，託協會教養，津貼生活費五千元（5）
23	女婿朱霖夫婦	述孫輩在家嬉戲樂趣及北方不靖（4）

經手人：滕興傑（湖南鳳凰人）

一九九八年（民國八十七年）十一月三日見證人：吳伯卿（《湖南文獻》社社長）

皓潔坦然，無愧無憾

——追思慈幼先進毛彥文教授

毛彥老一生奉獻慈幼教育與救濟工作，抗日戰爭期間，除了奔波於桂林、芷江督勵香慈分校外，還在陪都重慶設立紅十字會總會，收容流亡兒童及學生，並在四川成都設立五個慈幼院，先後收容了五千餘名兒童及學生……

一九九九年九月五日，我接到香山慈幼院台北校友會常錫楨先生電話，他告訴我，毛彥文院長已於三日晚間過世了！我很驚訝！上月底我曾去醫院探視，她老人家很快認出我來，還點頭微笑，揮手示意呢，想不到三兩天就辭世了！

我認識彥老，是在一九九〇年八月，因中副長河版刊出一篇（湖南神童熊希齡）的拙文，她閱後數日，便電邀我去內湖寓所一敘，使我受寵若驚，從此結下這段文字因緣。往後每年香山慈幼院在台校友舉辦「七七回家節」餐敘時，她都邀請我代表鳳凰鄉親參加，使我倍感溫馨，也覺得很榮幸。

彥老生於光緒廿四年（西元一八九八年），即戊戌年十一月初一，今年應該是一百零二歲的人瑞了。早年她以第一名成績考上北京女子高等師範學校，後轉學南京金陵女子大學，主修教育，十四年畢業。十八年考取美國安娜堡的密西根大學（University of Michigan Ann Arbor）主修教育行政，副修社會學，二十年以碩士畢業。受聘於上海復旦大學及暨南大學執教。廿四年與前國務總理熊希齡先生在滬結婚，白髮紅顏，轟動申江。

婚後她專心輔佐熊氏北平香山慈幼院教育與國際紅十（卍）字會救濟服務工作，並於廿六年初，代表政府率團赴爪哇出席國聯召集遠東禁販婦孺會議，爭取女權，極獲好評。旋赴青島籌辦「嬰兒園」，未及完成，七七蘆溝橋事變爆發，從此國難日急，他們夫婦倆勇敢地在滬戰中負起紅十字救護工作，設立傷兵醫院四所，難民收容所八處，搶救傷兵六千餘名，收容難民二萬多人，熊氏每日在槍林彈雨中穿梭，彥老則在轟炸聲中，將客廳當工廠，縫製絲棉背心送前線戰士禦寒，自製「光餅」為戰士充飢，全力支援前線。十二月十三日南京失守，熊氏痛哭失聲，十六日夫婦倆乘輪赴港，擬轉往長沙主持香慈分院事宜，不料熊氏憂勞過度，於廿五日晨，因腦溢血驟逝於香江。

彥老寡居逾一個甲子，晚年的歲月，常纏綣於雙清的繁華舊夢裡。但她的心境，仍然十分開朗，唯一使她牽腸掛肚念念不忘的有兩件事：一是將熊氏文稿編印成集，傳諸後世；二是將熊氏生平手跡（函件書畫等）捐贈文史單位永久庋藏。現在這兩個它願，都在她生前一一完成了。

從《明志閣遺著》編印說起

熊氏知交葉景揆先生上海創辦「私立合眾圖書館」，三十年華北大水，葉先生雇人到天津法租界小孟莊家將遺稿七大木箱運回上海，彥老也自桂林返滬去看過這批遺稿，因無經費而未整理，後來合眾改併為上海圖書館，在館長顧廷龍先生指導下，由于為剛先生著手整理，八十年抄成清本，編定全稿，彥老應允斥資付印，到八十四年初始出版〈明志閣遺著〉一冊。八十七年十月全部完成，易名〈熊希齡先生遺稿〉，共分五大冊，由上海書局出版。

湖南方面，七十二年湖南師範大學校長林增平開始編輯〈熊希齡集〉，曾向彥老徵詢資料，七十五年完成〈熊希齡集〉上冊（由湖南省府出資），中、下冊因經費不足而罷，後由彥老出資補助始於一九九七年完成中、下兩冊，由湖南出版社發行。

故宮編印《雙清遺珍》與鳳凰建館問題

關於熊氏手跡字畫方面，一九四九年四月，彥老由上海來台，慌亂中只帶了熊氏親筆寫贈她的十六幅屏條和一些書信雜物，尚有卅小紅木箱善本書都沒帶出，很可惜。一九七九年某日，友人陳雪屏、查良鑑先生來訪，彥老談及熊氏手書屏條捐獻事，兩位先生都很贊同，當即以電話轉告故宮博物院蔣院長復璁先生，蔣院長很高興，第二天便親自到內湖寓所取回處理，編印成集，名為〈雙清遺珍〉，是敘述他們締姻經過，用詩詞形式表達，極具歷史與文學價值。

一九九八年九月十一日我去看她，聊了些閒話，她即上樓拿了兩封信和一個小包裹下來，那信是成大蘇雪林教授寫給她的，蘇教授是她北京女子師範大學的學長，那時已退休。她一邊遞信給我，一邊感嘆著：「我的好友一個個都凋謝了！羅家倫夫人張維楨活了一百歲，邱昌渭夫人周淑清一百零三歲，高梓（教育家）活到九十七歲，她們都在最近三個月內先後辭世，只賸下蘇雪林一人了！她是名作家，這兩封信給你保存參考吧！」

隨即將那包裹慢慢打開，輕輕拍去上面灰塵，裡面全是些陳舊泛黃的書信文件，她指著對我說：「這些都是秉三先生的遺墨和一些文件，你拿去整理一下，我原想交給鳳凰紀念館，但建館遙遙無期，那就捐給台北故宮博物院保存，還有些裱好的畫卷（菊壽圖）和書軸，待以後再說吧！」彥老對鳳凰建館事，似乎等得有些不耐，一年快過去了，老人能等幾個年，年，對老人而言，像一隻神話中的怪獸，隨時有被吞噬的可能。

今年九月我因事赴台北探望「湖南文獻」社吳伯卿社長，提及此事，也是因緣際會，吳社長與故宮秦孝儀院長不但是同鄉，也是多年同僚，因此他願助一臂之力，早日玉成其事。

吳社長與故宮約好十一月三日上午捐贈，秦院長甫由巴黎返國，即蒙親自接待，他對彥老捐贈熊氏書信墨跡（共廿三件），深表由衷感謝，並謂俟十二月彥老生辰之時，要親往內湖寓所祝賀，以為答謝。

後記

毛彥老一生奉獻慈幼教育與救濟工作，抗日戰爭期間，除了奔波於桂林、芷江督勵香慈分校外，還在陪都重慶設立紅十字會總會，收容流亡兒童及學生，並在四川成都、萬縣、北溫泉、自流井、五通橋等地，設立五個慈幼院，先後收容了五千餘名兒童及學生。抗戰勝利後，慈幼院遷回北平，她被選為第一屆國大代表。來台先後執教於桃園復旦中學及台北實踐學院十餘年，直到八十高齡才自動退休，真令人感佩。

現在，她晚年所深深企盼的兩大願景，都已完成。天心月圓，她老人家應該走得那麼皓潔坦然、無愧無憾。

（本文轉載自聯合報一九九九年十二月四日副刊）

▲ 作者（左三）送毛彥文教授走完人生最後一程——到達台北金山墓園。

▲陳運鈞校友。

文小校友在台灣

——為母校百年校慶，談一位在台校友平凡的一生，證明母校哺育成效之輝煌

哪是一個離亂年代，在血腥的廢墟裡尋找我記憶的光點，焦距正對準六十年前文小同學陳運鈞。

他是一位極平凡的小角色，一九二三（民國十二年）四月六日出生在鳳凰縣沱江鎮，一九三六年縣立模範小學畢業。他沒有顯赫家世，沒有高等學歷，沒有輝煌事業，更沒有人事背景，祇有離鄉背井（景），就這麼單純而平凡，不是什麼叫人看來風光的大角色，然而他卻是一位心地善良、安份守己、不忮不求的大好人。

他純樸、忠實、誠信、憨厚，血液裡完美地漱流著中華民族的文化特質，篤實而光輝，一路走來出污泥而不染，沒有受環境影響而走樣，所以我們稱他是一位平凡的君子，應該當之無愧。

一九三七年七月，日本帝國主義大舉入侵中國，三九年十月，他與三十八位愛國青年，高唱著義勇軍進行曲：「起來，不願做奴隸的人們，把我們的血肉，築成我們新的長城……」從白羊領出發，穿過正街，走出東門，昂揚歌聲夾雜著鞭炮聲，滿腔熱血和著熱淚，滿載親人的祝福與不捨，就這樣義無反顧，昂然的從軍去了。

這是鳳凰在抗戰初期，第一批自發性出征的愛國子弟，他們把生命全部交給國家去抗日禦侮。在沅水邊有個叫上坪的小小村落，他們就在此接受八個月的嚴格軍事和專業訓練，結訓後他被分發在貴陽、安順一帶服務，維護大後方綏靖任務。

他患有先天性耳疾，模小同學大家都叫他「聾子」而不以為忤，因此在軍中衹能担任內部管理和文書工作，平時克勤克儉，生活單純，不吸煙、不飲酒、不嫖、不賭，潔身自愛，後來當了幹部，處處以身做則，更是盡忠職守，沒有一天懈怠過。自古以來，讀書人追求的目標不是「黃金屋」和「顏如玉」嗎？多少英雄無不葬身在這人慾烈火中，而陳運鈞卻把「金錢」和「女人」視若敝屣。他平日省吃儉用存了些錢，目的似乎不在為己而在濟人，一旦遇人急難，便毫不吝嗇的解囊相助，同事向他借貸，只要理由正當，無不有求必應，借後往往自己把此事也遺忘了（他非真遺忘，而是不在乎。）從不主動去向人討債，所以弟兄們都喜歡接近他、巴結他、稱讚他是「大好人」，是「好好先生」。至於女人嗎？安國民（已過世）曾開玩笑問他：「陳運鈞，你嫖過沒有？」「那裡，她送我都卯（方言「不」的意思）要。」他一生從未沾花惹草，我相信他連做夢也不敢想入非非與女人有什麼非分之舉，他內心世界潛意識的道德標準竟是如此執著，直到老死，他還守身如玉，保持最有價值的男人——童子之身呢？

他對人誠信不欺，寬大而不自大，謙卑而不自卑，對事則公正嚴明，劍及履及，決不馬虎。如士兵歸營時間超過一分鐘，也要處分，毫不徇情。同連弟兄們因他一人的篤實作風，慢慢受其影響而培養成一種優良軍風，風行而草偃。後來他升到士官長，曾因功受勳，得到政府頒發「忠勤勳章」的殊榮。

一九四九年隨軍來台，一九七五（民國六十四年）年限齡退伍，結束軍人生涯，獨自在台東大武鄉深山野林築屋而居，安享田園之樂的幸福晚年。

一九八七年五月，因白內障眼疾來台北榮總求診，我發現他面黃如臘，替他再掛內科驗血，翌日檢驗結果，斷定為淋巴白血症，（俗稱血癌）住院一個月後出院療養，為求診方便，七月初我把他從大武遷居到桃園眷村，好就近照顧，我們雖無手足之親，但有手足之情，十月初他身體不適，又住進榮總，廿八日接病危通知，我與田儒華趕到醫院，他即留下遺言，至十一月初，他不但臨危不死，反而病癒出院，豈非吉人天相。

此後他經常咯血，但無大礙。一九九三年三月，尚能回鳳凰探親，八月在桃園住宅附近失足跌倒，左前股骨折斷，開刀接骨，上了五枚鋼釘，傷了元氣，住桃園榮民醫院療養期間，復感染活性肺結核，病況急遽惡化，延至十一月廿八日清晨，人已奄奄一息。

我和內子趕到病房，見他緊閉雙目，我大聲呼喚，他知我來，口角微微抽慉顫抖兩下，不能言語，慢慢的眼角冒出小滴淚光，釋放出永別的哀傷，我緊握他一隻冰冷得快要僵硬的手，心裡一陣難過，淚水潸潸而下，內子也淌著眼淚，口中不斷唸著：「南無阿彌陀佛，南無阿彌陀佛……。」祈求「我佛大悲，離苦得樂」。當我觸覺感到他手已僵硬呼吸停息時，時鐘正指向八點三十分，他終於安祥而有尊嚴的走了，享年七秩。

我第一次面對自然死亡的殘酷，親見死者臨終時憂鬱恐懼的面相，會慢慢轉化為平靜祥和的自然容顏，生命的秘奧真奇妙，可能用生命的至情關懷才能獲得解答，我們就這樣萬般不捨的送他走完人生最後一段旅程。他原本應該在安身立命的地方代代綿延，但却被一陣無情狂潮衝得失去座標，隨波逐流地成為人間永遠飄浮者，飄向天之涯，飄向海之角，飄向日暮失落的鄉關何處？

他一生在平凡、平安、平靜中度過，臨走「揮一揮衣袖，沒有帶走一片雲彩。」瀟灑自在，無怨無悔，從一個平凡的人格，走向完美的人格，他的人生就是如此完美的人生。

沈從文先生說：「一個戰士若不戰死沙場，便是回到故鄉。」現在歷史顛覆了時空規律：「一個戰士若不戰死沙場，便是零落他鄉。」陳運鈞以美麗之島 Formosa 為其葬身之地，寫下他平凡而完美的人生句點。「埋骨何須桑梓地，人間到處有青山。」其實這並非他之所願，而是不由選擇。那絢美的母親河畔——沱水之濱，才真正是他朝思暮想夢繞魂牽的嚮往之地。在台治喪時，我寫了一首沒有格律的歌詞，來永懷這位平凡的君子——模小的同學。

太平洋之濱兮，白雲蒼蒼，
葬君於寶島兮，海天茫茫，

我心何惻怛兮，痛若折翼，
孤雁已凋落兮，靈蕩何方，
大中將一統兮，須叟在望，
落葉必歸根兮，魂縈故鄉，
舊貌換新顏兮，重生鳳凰，
君可忘故居兮？虹橋之旁，
緣起即緣滅兮，生滅相續，
一日如千年兮，天長地久。

殯葬典禮時，我又親書一聯懸於靈堂兩側，聯曰：

「平凡平淡平實中，乃見真君子，
同鄉同學同袍澤，齊哭故鄉人。」

訃聞傳到家鄉，震驚了諸親友，尤其模範小學校友會諸學長，借重「校友通訊」三十一期，開闢了紀念校友專欄，裴錫齡、裴錫道、田儒君、田力夫、歐敬雲等諸校友都寫了悼念文章，情深意摯，感人良多，敬表謝意。

現將錫齡兄大作「友情」一首錄誌如下：

（一）

六十年前同弦誦，國難方殷君從戎，
時事多難長羈台，金甌缺斷兒女情，
憂國憂民增耳疾，懷鄉懷歸促凋零，
葉落寶島君無怨，台北湘西一樣親。

（二）

休說世間貴黃金，比之鑽石價則輕，
莫道寶石多奇珍，飾品哪能比連城，
房地雖是有價物，有錢難買唯真情，
為友操辦身後事，同鄉情義薄天雲。

廿一世紀的教育方針：「是讓學生變好比讓學生變聰明重要。」陳運鈞所受傳統教育，僅止於模小，而其所展現「溫良儉恭讓」的中國文化品貌，是在母校「篤實光輝」的意識中成長，平凡而平實的人格特質也在謙卑的信念中茁壯，他是一位母校百年樹人教育成功的見證和真實典範。

記得母校有一荷花池，上面一座大石橋，盡頭處懸一白色匾額上書「篤實光輝」四個大字，好像是滕文藻前輩手跡，據梁長浚先生解讀：「一個人做人要誠實，做事要踏實，才能有光輝的成就。」這幾句金言永遠在我的記憶中難以磨滅，幾成我的人生指標。今逢母校百齡校慶，謹撰文從一位校友一生行誼，印證母校教育成效之輝煌，對國家社會貢獻之大，無遠勿屆。在台校友無不以此為傲，以此為榮，讓我們以感恩懷德之心，向模小歷任校長和教師們，致以最崇高的敬意和謝忱。最後撰述二聯，俾為母校百齡賀：

（一）

鳳凰文小慶百齡，皆大歡欣鼓舞

台灣校友愧十哲，惟有感恩懷德

（二）

十年樹木，百年樹人，母校教育放異彩

千分感懷，萬分感謝，海外校友齊歸來

我們用詩詞寫「生」

——話盡憲校同學一生歲月

我們集體用「詩詞」寫了一本書——「漢中詩文集」，它是用凝鍊的情感，簡潔的文字，歷史的情節表達出來的生活意象。有血有淚，有「悲歡離合」的感動，也有「親愛精誠」的真實。

那是在一九四七年的夏天，正是荷塘飄香的季節。

在南京中華門外的大道上，一百多匹高駿的戰馬，龍騰虎躍般地向中山陵奔馳而去，馬蹄聲轟隆隆…轟隆隆…有如雷霆似的震撼著江南大地，懾人心弦。

這支馬隊，不是騎兵赴戰，而是一批全副武裝英姿風發的青年准軍官——憲兵學校學生隊十一期正科班學生，他們在接受馬術訓練，正豪氣干雲地跑著「襲步」呢！

這批學生，年齡都在二十二歲左右，來自全國各基層連隊，經過精挑細選出的來優秀幹部，品德良好，相當高中程度，各團先初試，再經憲校學術複試及格後錄取，接受一年六個月專科及軍官養成教育。所以這批學生畢業下部隊服務，勝任愉快，個個稱職，形成「上馬殺賊、下馬草露布」允文允武的憲兵部隊骨幹。

再說這支馬隊，隸屬憲兵司令部騎兵連，一九四七年南京鬧學潮，五千多人反饑餓大遊行，警察人牆，水柱阻檔無效，後來憲兵出動馬隊，以馬屁股對著學生，那馬可不認人，將學生踢得個七暈八素，亂了陣腳，落荒而散，馬隊轉過身來，還追趕一陣子才收兵。總算將暴亂鎮壓下來。當時指揮馬隊的少校連長，就是在台第十四任憲兵司令劉馨敵中將《軍校十五期炮科‧陸大畢業》他曾擔任過我們的戰術教官。

一九四九年（民國三十八年）國民政府遷台，我們隨部隊先後來到台灣，迄今轉眼五十九年過去了！這批學生也由青壯邁入耄耋之年，歲月摧人老去，但他們仍然心心念念夢繞魂牽，永遠忘不了那流金歲月的在校時光：

莫愁湖畔曾共硯，螺絲井上笑語喧。
江南江北春光好，流金歲月花爛漫。
宦海浮沉辛且艱，彈指已過五九年。
躍馬豪情不復再，惟剩老健向晚天。
耄耋歲晚情愈厚，蔗嚼根處老更甜。
歸隱田園樂自在，遐齡期頤壽無邊。

我寫記這首世紀絕唱，話盡我們同學一生歲月，使同學們回顧於往日情懷，感概無窮。現在大家都解甲歸田了，正像那一片霜紅的楓林，在向晚的夕照中，依然挺拔燦美，高朗清麗，尤其難能的是我們沒有忘了對社會責任，且具有深厚的民族情感與人文關懷，退而投入兩岸文教事業，犧牲奉獻，值得謳歌。下面舉出兩件顯著的事例：

一件是在大陸家鄉創立「希望小學」：他是周惠仁同學，湖南安化人，一九九八年他在安化鄉下獨資興建一所「惠仁希望小學」，並修築附近道路、橋樑，拉近城鄉距離，便利家鄉子弟上學，為故園推展百年樹人大業，造福地方，功德無量。不幸，周君於一九九九年四月，因在家中掛畫不慎摔下，腦受重傷不治，令人惋惜，我寫了一首七律哀悼他：

周君解襄惠家邦，獨資興建小學堂。
回饋故園養育恩，百年樹人萬古揚。
不幸失足驚噩耗，遽別同窗心感傷。
生命如燭不禁風，從此人天兩茫茫。

另一件是在台灣新故鄉投入文教工作，回饋地方：他是閻鶴心同學，河南伊川人，一九五四年九月，他夫婦在桃園市創立「簡子愛幼稚園」，這是桃園最早的幼兒教育機構，迄今整整半個世紀，從未中斷，歷久彌新，曾榮獲政府無數次獎勵，培養優秀主人翁幾達萬人，真不愧是「耕耘半世紀，全省第一家，杏壇放異彩，桃李滿天下。」二〇〇一年，他們又在桃園市創立「長青藝文學苑」，免費提供銀髮族學習及活動場所，聘請專業老師授以各種藝文課程，達到快樂心靈、終身學習的目的，以回饋新故鄉。「不獨子其子，不獨親其親。」「老吾老以及人之老，幼吾幼以及人之幼。」正是閻君大愛的最好寫照。因此，曾獲中央軍事院校校友總會領發「傑出校友」的殊榮，心愛台灣，功在國家，閻君應當之無愧。

十一期同學都曾參與二次大戰，走過八年坎坷歲月，在腥風血雨、艱苦困阨中出生入死，擊敗日寇，振興中華，稱得上是無名英雄，國之功臣。「那美好的仗我們已經打過了，當跑的路已經跑盡了。」如今，放下擔仔，樂享田園，過著「採菊東籬下，悠然見南山」的平淡生活，心安理得的享受著幸福晚年。

同學會雖然是一年祇聚會一次，但平時每逢婚喪壽慶，都會見面，而且我們以台北、台中、高雄為中心，經常相邀聚餐，大家見了面，總得嬉鬧一番，高高興興，把酒言歡，或作詩吟詠，擊節高歌，快樂得不得了，因而產生不少靈感和共鳴，回到家中，藉筆墨化為詩文，寄給同學會，當時會長是李立鈞同學，他將這些心得資料，整理後印發全體同學參閱，相期互為砥礪，共同成長。

就這樣日積月累，不到一年，各類詩詞已達一百餘首之多，我們不是詩人墨客，當然未能盡付詩詞格調，平仄韻律，但皆能盡心率性，發諸真情，頗饒文采，現隨手摘取幾篇供大家笑覽：

滿江紅（赴印參戰有感）一九四三年十月　滕興傑　湖南鳳凰人

關山飛越，跨蒼穹，遠降佛國，惦祖邦，寇騎縱橫，山河殘缺。昆陽湖畔灑熱淚，野人山上凝碧血，大丈夫事業在疆場，壯何烈。

與華夏，賴俊傑，失地恥，誓當雪，國際路重開，寇氛將折，玉門春風左公柳，漢首班超探虎穴，我入地獄為眾生，學如來。

密支那戰後巡禮　雷永馥　四川富順人

日寇投降舉國歡　遠征將士返家園
途經緬北密支那　斷牆殘垣不忍看
軍國黷武氣焰盡　武士精神何處尋
可憐伊洛江邊骨　盡是枉死日本兵

以上兩篇，是記述二次大戰參加印緬作戰時的感懷。一九四二年憲兵派遣兩個獨立管，隨軍反攻緬甸，擊敗日寇十八師團，打通中印公路，勝利返國。一九四五年十月，十一期學生隊在四川江北憲校開學上課，一九四六年八月還都南京，班隊設漢中門，翌年六月畢業，校長蔣公親臨國防部主持典禮。（來台後，蔣公不再兼任各兵科學校校長。）想起兒時，父親常對我說起東征北伐統一中國的大角色蔣介石的故事，現在竟然成為我的校長，而且是領導八年抗戰，獲得最後勝利的民族英雄，就站在我們五步之遠，對他的學生耳提面命，這一情景，使我既興奮、又自豪，幾乎激動得快掉下淚來！

下面一首是宋同學回顧在校時光的情景：

母校憶往

宋文正　福建浦田人

江北共硯近一春　嘉陵江上苦登臨
螺絲井旁滌塵垢　相顧言談笑風生
勝利還都最歡欣　龍盤虎踞漢中門

其二

畢業典禮在南京　蔣兼校長曾親臨
親愛精誠勉師生　諄諄告誡行三民
中興未竟人已老　皓首蓬萊五十春
西窗剪燭言不盡　回顧前塵笑語親

一九八七年十一月，台灣開放大陸探親，兩岸人民相隔半世紀，生離死別，多少人間悲劇從此衍生，下面摘出兩篇感懷詩，堪稱代表作：

探親感懷　　金震宇　浙江永嘉人

十六從軍七十返　古來征戰幾人還
兄弟乍見不相識　繼則欲言語哽咽
少壯情景今耆年　逝水流光近晚天
富貴功名如雲烟　早日解甲樂歸田
昔時家山依舊在　祇是親人盡改顏
欲養爹娘親不在　仰視雲天淚如泉

尋墓　　馬端溥　安徽巢縣人

裡塋今不在　遍野綠油油
依稀識墓址　長跪淚不休

下面三篇詩詞，比較輕鬆閒逸，豁達自在，乃退休後樂享田園的生活寫照和兒時瑣憶，都是反映不同時代的文字紀錄。「子孫桶」是石民將軍兒時的搖籃，世代相傳，用了三代迄今完整無缺，

視為傳家之寶。最後一首「鷓鴣天」，是許同學思念伊人的詠嘆，堪稱癡情繾綣，文采風流。

鄉居樂　余炳樞　廣東台山人

我居白鷺合興村　名利不計惟安貧
淡飯粗衣何足介　詩書堆裏寄吟身

詠子孫桶　石　民　南京人

當年粗製子孫桶　如今已成老古董
胖胖身材粗又壯　睡了多少人中雄

鷓鴣天　許新建　浙江紹興人

濛濛薄霧似幻境，夢中滋味耐人尋，香唇飲露含櫻小，漫說無端入迷津，低語顫，笑容憨，春梅吐艷嬌滴聲，明知兩情歡若水，癡心竟然付傾盆。

二〇〇三年七月，同學會組成編輯小組，將一百多篇詩詞，整理後付印成集，名為「漢中詩文集」，漢中是指我們完成後期教育在南京的校區——漢中門，此地在清涼山之麓，莫愁湖之濱，六朝煙雨，山川形勝，伴我們度過半年最快樂的流金歲月，是我們最懷念的地方，故以書名。

這本書是同學們的集體創作，都是珍藏品，不上市，大家一起來為時代作見證罷了，不使歷史盡成灰，讓子孫們能體認先人的情操，有顛躓於血淚中的憂患，也有走過狂風驟雨後的曠達。

另一目的，是在激揚「親愛精誠，歷久彌堅」的心志，展現人文之美，引發共鳴。中國是一個「詩」的國度，讓「詩詞」在同學的心靈中迴盪，在生命中飛揚，在生活中散發幽香，讓昔日躍馬金陵豪情，永遠在美好的回憶中璀璨昂揚。

▲這是一九五六年時期的憲兵服飾。

千華寺膝血記

——盂蘭盆會迎母靈的感悟

在台灣最南端的恒春半島上，有一座依山旁水的千華寺，位於佳洛水之濱，這裡可以品嚐港口茶的香純，可以欣賞千堆雪中的奇岩，看到被落山風打壓得變了形的植物，換取您會心微笑。若站立在鵝鑾鼻的高處，西攬台灣海峽，南望巴士海峽，東可遠眺太平婆娑之洋，天蒼蒼，海茫茫，極目浩瀚，讓生命換個視野，心境頓覺開朗起來。

千華寺是台灣九千多座寺廟中最南邊的一個，建地不大，不起眼，談不上巍峨堂皇，但這座寺廟中的主持，卻是一位心志高潔、深修大乘的青輕比丘——釋法藏法師，他曾於二〇〇六年在美國受上顯下明老和尚傳法，為天台宗第四十六代傳人。

釋法藏法師一九六二年出生台北，本籍客家，受領養後為安徽合肥人，一九八三年畢業成大物理系。一九八五年秋偕母出家於台中，同年冬在台北臨濟禪寺白聖長老座下受比丘戒，正式為出家人，現為千華寺及台南萬佛寺主持。我第一次接近法師，在一九九五年秋，與長女淑君（妙律）同赴台中東勢山區裡一個茅蓬的道場，諦聽法師弘法，發現法師思維清晰，解說佛法，深入淺出，從性靈中淨化生活，能引人入勝，尤其對大乘普渡的發心，虔誠恃戒不建寺廟的宏願，我雖不全瞭解，但能感受到法師的智慧悲願，已在佛堂中隱隱展現出一個高僧應有的品德修為。此時慧日當空，靈山環抱，「或有阿蘭若，納衣在空閑」（法華經）好一個遠離人間的叢林佛地啊！

第二次見到釋法藏，是在高雄光雲寺，參加其養母釋法妙比丘尼的告別式，歸途中與其生父陳興德先生（小我五歲）不期而遇，他接受日本殖民教育，與中國儒家傳統文化格格不入，可是這兩個不同時代背景、不同教育文化的老人，竟然一見如故，思想觀點十分契合，毫無芥蒂，這大概是台灣光復後與他潛修漢學有關吧！

二〇〇五年五月，我帶妻女從上海回鄉探親，發現母親墳墓夾於民居之間，雞鳴狗跳，陰陽共處，極不調和。於是決定將母靈接引來台入寺供奉。今年四月在台北天母得與法師相會，我即將欲迎母靈的心願相告，承法師應允於七月盂蘭盆會時，在千華寺一併行法薦引。所以我們全家滿懷虔誠喜悅的心，來到南部為母親超薦。我們夫婦與長女淑君，乘車由台中出發，直達千華寺。二女淑蕙，三女淑蘭及彥柏（淑君長子）還有位扈二哥，則於中午由台北出發，因路況不熟，如網狀般的南部道路，使她們迷失方向，「到那裡了！」「已到萬巒豬腳店」，「見到恒春牛肉麵了！」手機連絡中總是一陣哈哈大笑，她們好像永遠不累，走了三百七十五公里，整整開了六小時的車。

農曆七月十五日，佛教稱為盂蘭盆會，道教稱為中元節，大陸有些省份稱為目連節。台灣的中元節，有拜祖先的習慣，同時舉行盂蘭盆會，延請僧道登壇說法，入夜向壇下拋灑食物，稱為「普度」，以祭無祀之魂。

「盂蘭盆」的來源，起自佛經中目蓮救母的故事，是梵文Ulambana的譯音，原意為「救倒懸」，就是解救地獄中受苦的鬼魂。

盂蘭盆經有這樣記載：「大目犍連（簡稱目連）為釋尊十大弟子之一，欲報父母哺乳之恩，修得六道後，見亡母在地獄餓鬼群中，不得飲食，瘦見皮骨，目連悲哀，即鉢盛飯往饗其母，母正以手摶飯，食未入口，即化成火炭，遂不得食，目連大叫，悲號啼泣，請示釋尊，佛言汝母罪根深重，非汝一人之力可以救助，應於七月十五日，由十方眾僧舉行盂蘭盆會，方能救出汝母倒懸之災，目連依法施行，其母果然得以脫離餓鬼之苦，佛祖大悅，便傳言弟子，今後年年此日，應為七世父母作盂蘭盆會。」

這次到千華寺，除了祭拜祖先，同時將母親張瓊珍的英靈，從鳳凰接引來台，入寺永祀。所以我們從桃園蓮社將滕氏歷代父母的牌位（是一尊圓形地藏王菩薩像，編號為五、五：五，意即無、無、無，或悟、悟、悟，皆俱佛性）帶來超薦。我們的祖先是：我的曾祖父滕加洪（王氏），滕加洪的曾祖父滕芸勝，祖父滕有容，父滕忠信（周氏），我的祖父滕梅青（羅氏），父親滕伯逸、母親張瓊珍，俟百年後，我與妻葉阿秀往生極樂，我們的四位女兒——淑君、淑蕙、淑蘭、世修。便可以拜七世父母了，這是她們的福德因緣，世間是很少有的。

佛堂前搭有祭壇，稱為「普度壇」，上書「盂蘭盆會」，中間掛有「地藏王菩薩聖像」，桌上供有素食瓜果百味、鮮花、白米等祭品，我親書顯考妣的牌位，便供奉在祭壇桌上。祭壇地板是用枕木般的粗木拼成的，凸凹不平，跪拜時雙膝骨很痛，但誦經又不能不拜，豈能蹲下取巧。法師曾開示：「誦經祭祖時，應專注虔誠，就好像祖先坐在上面一樣，這樣才有七分功德，祖先得一分，自得六分。」這種說法，記得論語上也有：「祭如在。祭神，如神在。」是一樣的道理。原來儒、釋的教義，有些地方是相通相似的。因此我誠心誠意按照儀程去做，第一天開始誦經，四小時下來，感覺雙膝有些酸痛。

第二天禮拜慈悲三昧水懺，誦華嚴經，唱普賢懺悔偈，散花繞佛，讚嘆三寶。誦「禮敬三寶」時，共跪拜了三十三拜，大雄寶殿中的跪墊是用草籐製作的，日久較為堅硬，雙膝一起一落在墊上磨擦，容易受傷。下午二時起，誦普賢行法經，修身、口、意三業，懺悔六根，即除去六根所具煩惱的污濁，恢復清淨。使不淨的凡身轉變為清淨的佛身。所謂六根，即是眼、耳、鼻、舌、身、意。前五根是色法，後意根是心法，也就是視、聽、嗅、味、觸的五種感覺。（色法）和心靈作用的意識（心法）這六根因與色、聲、香、味、觸、法等六塵結緣，而引起許多煩惱。但眾生這些煩惱不淨之身，若能虔修法華經，必有千百功德，使「六根業障如霜露，慧日昇起能消除」，轉化成一個六根清淨的新生命。誦此經時，二女淑蕙頻頻拭淚，似為佛法所感，地能破迷開悟，能生智慧，將來必有福報。

懺悔六根，一唸就是五小時半，直到晚七時許始畢，不飲水、不入廁、不休息，我堅強地挺下去，我的六根雖然因聞法而喜悅，但「膝根」卻因肉身的感覺而痛苦萬分，回到民宿一看，發現紅紫一片。

第三天整日拜誦「地藏王菩薩本願經」，上午跪唸六十分鐘，雙膝已到麻木狀態，但一心為母贖罪，我仍堅持下去，在痛楚中虔誠誦經，在經文中發現更悲苦的地方——無間地獄：「在大鐵圍山之間，共有十八層次，各有名稱，如無間、剝皮、阿鼻等，獄城周邊用純鐵圍著，高千仞，上下噴出烈火，並有鐵狗鐵蛇吐著火焰往來巡走。獄中有千百個夜叉惡鬼，青面撩牙，口吞利劍，眼如電火，手如鋼爪，拖拽罪人，還有牛頭馬面，用熱鐵澆身，飢餓時吞食鐵丸，口渴時灌飲鐵汁，日夜酷刑不斷，故稱無間。業障愈深的受刑愈重……」因專注於煉獄，膝痛反而減輕。

我母命薄，年未三十而早逝，如今不知往生何處？或仍流離於六道之間，今奉盂蘭盆會供養三寶，兒當發願在有生之年，修身行善，清淨六根，敬奉三寶為母救贖。懇求地藏王菩薩，大發慈悲，引領我母張瓊珍脫離三途之苦（三途為火途——地獄道、血途——畜生道、刀途——餓鬼道）超昇西方極樂世界。菩薩也可早日完成「地獄不空，誓不成佛」的宏願。

此時雙膝痛入心肺，有如尖刀刺骨一樣，再不能支持下去。但我驀然想起「父母恩重難報經」中有一段記載：「假使有人左肩擔父，右肩擔母，穿骨至髓，繞須彌山，經千百劫，血流沒踝，猶不能報父母之恩於萬一……」可以這樣解釋：有人願為父母消災贖罪，挑著報恩的重擔，繞著須彌山，向地獄走去，因路途遙遠，遍地荊棘，走得兩腳流出的血都淹沒了腳踝。即是如此，也不能報答父母深恩於萬一。哪須彌山在哪裡？有多大？據經典所載，宅高出水面（即海拔）八萬四千由旬（由旬為印度尺碼，一由旬相等中國的四十華里），山頂直徑八萬由旬，分三十三天。其中有七大海、四大洲，海山之間，有一鐵圍山，便是地獄所在地。試想這樣高大的山，要走多少時間，受多少劫難，才能達到救母的心願。我此刻跪地為母超薦，雖然膝蓋刺痛難受，但比起赤足繞行須彌山，血流沒踝的痛苦，要輕微多了，又算得什麼呢！我一心專注於報恩的潛意識，就這樣想著、想著，竟忘了膝蓋的痛苦。

精神的力量，真是不可思議，佛經中說此種精神力，源自「三昧」，什麼是三昧？乃梵語Samadhi的譯音，就是「定」的意思，是佛道修行過程中不可或缺的方法，將「心」定於一處，使思維意識集中於一個中心，全神貫注，心無旁騖，這樣你的肢體六根，會聽而不聞，視而不見，痛而不覺，到達渾然忘我的境界。我一心誦經為母解脫，不思其他，果然膝痛減輕，甚至不覺其痛，這是我此次親身體悟到佛法「三昧」的精神力量。

可是長跪六十分鐘後，誦畢經文，已經無法站立，蹲了十分鐘，才能慢慢撐起身來，拉起褲腳，赫然發現雙膝不但紅腫，而且膝紋中帶有血痕。

最後一夜是大蒙山施食法會。大蒙山緣自宋朝不動上師，他居住四川蒙山，後又經興慈大師倡導，才形成今日的施食法會，旨在招魂來會，蒙三寶之力，為眾生現世父母，消災延壽，七世父母超昇西方，福樂無極。今夜法會，由法藏法師主壇，施法前先擊鼓，頓覺隆重莊嚴，法師入壇後，遍灑楊枝淨水，滅罪消愆，繼誦心經、大悲咒三遍，阿彌陀經一卷，并作了三次開示，解說經文大意，法理清晰，句句扣人心弦。引魂經文，由法師主唱，配合鼓鈸，唱詠梵唄歌頌佛德時，聲音宏亮，高吭處聲聞碧落，低沉處下入黃泉，那份曲調，肅穆中帶有幾份悲愴，幾乎達到憾天地而泣鬼神的境界，感人至深。最後以施食，放焰火結束了三天來的盂蘭盆會。

今夜皓月當空，冥路易行，我們全家兒孫南來為母招魂，懇求母親魂兮歸來，受兒永遠在台祭祀奉養。我們完成這件「孝親報恩」的大事，大家都很快樂，內心充滿法喜。昨天我將「祭母文」和「思念故園慈母」歌詞送法師過目，他戲稱我是「天才老爸」。離寺前，法師問我這幾天感受如何？我答：「身苦心樂」，法師聞後哈哈大笑而去。

最後我寫了一首不入流的律詩「千華膝血記」，作為本文結束。

「千華寺中有靈光，天台宗師一代揚，
賜我三昧指迷津，盂蘭功德福慧長；
魂飛魄散歸何處，母隨法來新故鄉，
大悲願海苦膝血，喜聞經咒往西方。」

（附一）祭母文

人生最大的不幸，莫過於失去母愛。我髫齡喪母，始命蹇剝，成為我永世的恨和終身的痛；恨上蒼何太薄我，使我今生今世永遠陷入失恃的哀痛。這份人生遺憾，世間沒有任何東西可以取代彌補。

母親的容顏笑貌，記憶中有些模糊，對母親的愛也沒有特別感受，祇清晰記得母親在彌留時口中念念有詞：「花開花落飛滿天，很想相斷有誰憐……花落人亡兩不知。」幾句似懂非懂的詩句。

後來唸了小學，對母親常懷思念，把這幾句鮮明的記憶去問爺爺。爺爺梅青公告訴我：「您母親張瓊珍，是貴州巡撫張文德的孫女，自幼嚴守庭訓，勤讀詩書，是個大家閨秀，她最愛讀『紅樓夢』，其中賈寶玉的『芙蓉女兒誄』和林黛玉的『葬花詞』，背的滾瓜爛熟，且擅長詩詞，可以說是才女。二十一歲便嫁到滕家來。您所記憶的『花開花落飛滿天，很想相斷有誰憐』，應該是『葬花詞』中的首句：『花謝花飛飛滿天，紅消相斷有誰憐』，最後兩句是：『一朝春盡紅顏老，花落人亡兩不知。』當時你才五歲，您爸爸遠在長沙讀書未及趕回，您母親在病苦中思念丈夫，又放心不下幼兒，便藉吟取「葬花詞」來詠物自況，因傷心愈恆，終於滿懷抑鬱哀怨的離開了人間。」

母親雖然走了，然而「生命如浪花，排岸即飛歇，循環入大海，本體永不滅。」　母親的血脈，早由我體承接，所以我認定　母親沒有死，永遠永遠活在我的心靈中。

「哀哀父母，生我劬勞，
欲報之德，昊天罔極。」

每讀蓼莪之篇，內心哀傷；父母之恩，天高地厚，無以為報。如今「子欲養而親不在，樹欲靜而風不停。」可謂盡孝無門！

幸於二〇〇五年五月，我帶妻女返鄉掃墓，發現母親墓地野草盈尺，夾於民居之間。人聲喧嚷，犬吠雞鳴，如此環境，豈能安眠於九泉。為盡人子之道，決定請大師做法會，將　母親英靈，接引來台灣入寺朝夕奉祀，好在世外桃源永享千秋天福。這裡不是國外，是在自己的天涯裡，大家胼手胝足打造出來的海上樂園─人間淨土。

懇求　母親魂兮歸來，讓我們兒孫世世代代就近祭祀供養　您在天之靈。哀哉，尚饗。

（附二）

思念故園慈母

D4/4

曲：美國奧德韋
詞：滕興傑

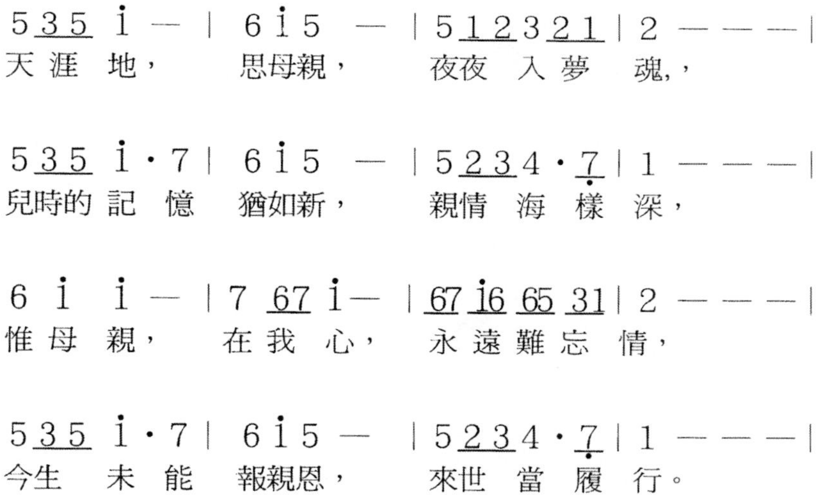

天涯地，思母親，夜夜入夢魂，
兒時的記憶猶如新，親情海樣深，
惟母親，在我心，永遠難忘情，
今生未能報親恩，來世當履行。

說明：

這首歌曲是美國人奧德韋J. Pordway.所作，原曲名為「思念故園慈母」（Dreaming of home mother）弘一大師李淑同所作的「送別」一詞，就是採用這首曲子寫的。

去年五月，我也借用這首好聽的曲子，寫了一首「思親」的歌詞，仍用原「思念故園慈母」的曲名來紀念母親節。我六歲喪母，藐躬命蹇，憂患一生，今逢八秩初度，就用這首歌曲，來表達我心心念念永遠不忘慈恩的一份孝思吧！

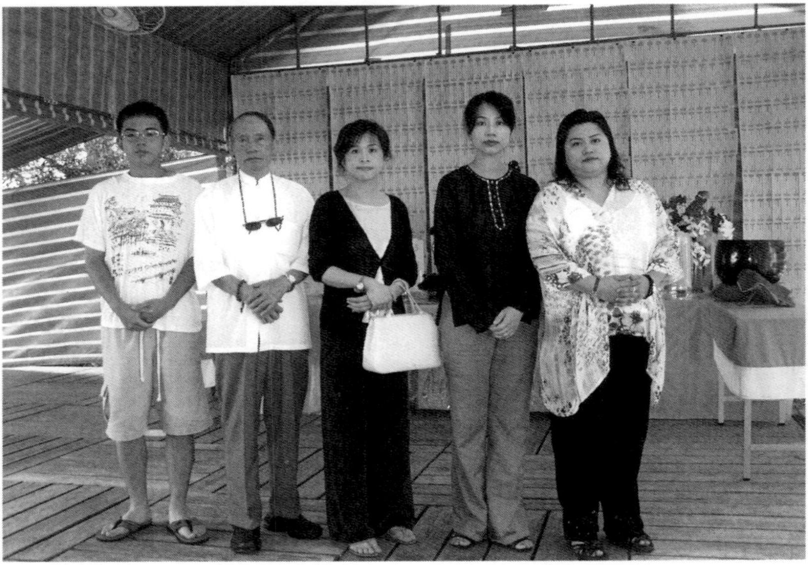

▲ 作者（左二）與長女淑君（中）次女淑蕙（右二）三女淑蘭（右）及外孫廖彥柏合影於千華寺。

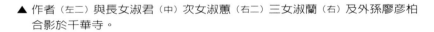

葡萄美酒夜光杯

——台灣埔里酒廠掠影

南投埔里酒廠成立於一九七七年，因中部盛產水果，每年豐收，供過於求，故籌備建水果酒廠，繁榮農村經濟。

經該廠不斷研究發展，提昇品質，改進包裝，現在已開發的新產品，共有十種之多，現將各類美酒分別簡介如次：

一、白葡萄酒：採用金香、奈加拉品種白葡萄純果汁釀製，儲放一年以上再裝瓶，芳香醇美，含有維生素、酒石酸、果糖、及礦物質等營養成分，酒精度一〇・五%。

二、玫瑰紅酒：採用黑厚品種紅葡萄果汁釀成，儲存一年以上應市，酒液一〇・五%，曾獲金牌獎。

三、白蘭地酒：以葡萄酒為原料，經蒸餾後，在橡木桶內儲存三年以上再裝瓶，酒質醇美，氣味芳香，酒精度四一%。

四、葡萄淡酒：用白葡萄釀成，酒精度僅二%，較啤酒為低，含適量二氧化碳，口感極佳，為男女老少皆適合飲用的低酒精度大眾化飲料。

五、葡萄蜜酒：用白葡萄與龍眼花蜜釀成，含糖分適中，芬芳甘美，營養豐富，酒精度一〇．五％，一九八五年獲金牌獎。

六、賓樂酒：係採用在橡木桶中成熟五年以上的白蘭地酒及新鮮白葡萄製成，兼有白蘭地醇厚與新果香味，品質上乘，酒精度十八％。

七、威士忌酒：用大麥為原料，製成麥芽後，經糖化、發酵，再經多次蒸餾，取其精粹裝入橡木桶中，酒質醇厚具有特殊風味，酒精度四一％。

八、蘭姆酒：利用甘蔗及糖蜜為原料，發酵蒸餾製成半製品，再用橡木桶儲藏四年以上，味道甘醇，酒精度四〇％。

九、荔枝酒：用新鮮荔枝，去皮核後在低溫下精釀，為該廠獨創之高級水果酒，品質醇美，行銷海外甚獲好評，酒精度一四．五％。

十、烏梅酒：採用梅、李與烏龍茶製成，色澤紅艷，梅香濃郁，加冰飲用尤佳。

該廠除生產上述十種果汁酒，另與中興啤酒廠共同研究推出一種香蒂酒，係大麥與葡萄製成，酒精度僅二％，營養豐富，使用〇．三五四公升易開罐包裝，一九八七年初上市，為一適合人人口味之大眾化飲料％。

酒的釀製

酒在中國的歷史，已有四千一百多年，發明於大禹時代，成熟於周之杜康，幾為人類生活之一部分，西哲富蘭克林說：「人類最忠實的朋友是：老酒、老狗、老妻和現鈔。」把酒列為第一好友。至於中國人與酒的關係，千古以來，已融為文化之一部分，多少壺中歲月，詩酒韻事，簡直不勝枚舉。

酒的種類很多，不容易分類，但以製造方法來區別，可以分為三類：一、釀造酒。二、蒸餾酒。三、混成酒。如葡萄酒，即是釀造的代表，它的原料是葡萄，在含有糖分的液體中，加上酵母，經過酵母的作用，產生乙醇酒精和碳酸氣，此一過程就是發酵，那些含有乙醇酒精成分的液體，就是釀造酒。

第二種方式用蒸餾法，如白蘭地和威士忌，就是屬於蒸餾酒類，它是將經過發酵所產生出來的酒，再給予蒸餾，即可成強烈的酒，酒精度在十四—七十度之間。

其次是混成酒，就是在製造中加些補藥、香草等，如竹葉青、雙鹿五加皮等。

該廠研發一種白蘭地酒，放得越久越香醇，價值也愈高，品級的計算如左：

三年以上—白蘭地級（市價約五百元）。

五年以上—拿破侖級（約一千餘元）。

八年以上－XO級（約四千元以上）。

十年以上－X級（約八千元以上）。

南投酒廠目前庫存七萬多桶大型橡木桶的白蘭地酒，每桶容量一百八十公升（可換裝三百瓶酒），售價十二萬元。

自九二一後，該廠已改頭換面，不再只是釀酒、買酒，其商品中以紹興酒發展出來的各種紹興食品，更能吸引顧客，並設立酒文化博物館，典藏該廠八十年來的各種文物、文獻，也收藏了世界各國酒業文化的有關資料，內容十分豐富，形成埔里地方重要的文化產業。

「鷄尾酒」調配方法

順便介紹鷄尾酒調配法，這是一人份的，人數增多加倍即可：

全家福：玫瑰紅酒二〇CC，葡萄淡酒十五CC，冰涼後調配。

吉祥酒：威士忌五CC，玫瑰紅酒十CC，葡萄淡酒十CC，雪士達檸檬汽水十五CC，冰涼後調配，每杯以櫻桃一枚點綴。

鳳凰酒：白蘭地酒五CC，烏梅酒十CC，雪士達檸檬汽水三十CC，冰涼後調配。

馥郁酒：蘭姆酒五CC，烏梅酒十CC，葡萄淡酒十CC，汽水二十CC，冰涼後調配，每杯以橄欖一枚點綴。

金香酒：威士忌十ＣＣ，葡萄淡酒四十ＣＣ，冰涼後調配。

彩虹酒：白蘭地五ＣＣ，玫瑰紅酒十ＣＣ，葡萄淡酒十ＣＣ，汽水十五ＣＣ，冰涼後調配，

每杯以櫻桃一枚點綴。

賓主同樂酒：賓樂酒十ＣＣ，高級濃茶二十ＣＣ，茶先備妥，待冷卻後調配。

▲ 儲酒樓藏有數千罈美酒。

酒河奇觀

▲一九九九年九月廿一日凌晨，台灣發生百年罕見的7.3大地震。天搖地動，埔里酒廠起火，貯藏酒樓數千罈美酒剎那間被撞成粉碎。陳年佳釀即匯成一條酒河向外奔流，蔚為古今一大奇觀。（作者繪）

我家有個活菩薩—葉阿秀

歷史牽紅線

台灣四百年歷史，漢人有兩次大移民，帶血帶淚的渡過黑水溝，融匯成台灣這部多元而精采的大傳奇。

第一次是一六六一年，鄭成功打着「反清復明」的大纛，率領兩萬五千兵馬，由金門出發攻打台灣，先佔澎湖，再從台南鹿耳門登陸，把佔據吾土吾民三十八年的荷蘭人趕走，在這裡生聚教訓，準備光復大明故土。

第二次是一九四九年，中華民國政府因國共內戰失利，由執政的國民黨主席蔣介石率領兩百萬軍民，打着「反共抗俄」的旗幟，退守台灣，整軍經武，準備光復大陸。我就是其中六十萬大軍的一份子，被時代狂飆身不由己地飄泊到福爾摩沙這個寶島來。

鄭成功率軍收復台灣，趕走荷蘭異族，蔣介石領導八年抗戰，犧牲三仟五百萬軍民同胞，終獲勝利，光復了台灣，趕走佔據台灣五十一年的日本帝國主義，固守台、澎、金、馬，相持五十八年，共黨武力未能越雷池一步，保衛了台灣安全。若不以成敗論英雄，他們兩位都是漢民族的民族英雄，這是歷史真實面貌，誰能否定。

鄭成功進駐台灣之時，這島原住民（含平埔族）已有十九萬人，漢人只有五萬，一七二一年（康熙六十年）漢人增至二十六萬，到一八一一年（嘉慶十六年）六十年間，漢人驟增到一百九十五萬。一九四九年，蔣介石一口氣帶來了兩百萬軍民，加上原有已增至三百五十萬的漢人，這島上即擁有五百五十萬人，迄至二〇〇七年，六十年間，已突破兩千三百萬，成為世界人口密度第二高的地區。

除鄭、蔣集体移民外，一七九六年，尚有漳州人吳沙，也帶領他的族人一千二百多人，在噶瑪平原（今之宜蘭）開闢他們的新天地。此外，便是一批一批戴着斗笠，背着行囊，面目黧黑，衣衫襤褸的單身浪子，前前後後冒生命危險，渡過黑水溝，登上台灣島，找到自己族群的地方去安身立命。

台灣就是這樣由多數族群多元文化所構成的一個海上新樂園，每一姓氏遷徙的故事，都是整體的一部份。百年後，這批一九四九年來台的兩百萬人，又成為後代子孫追憶的「入台開基祖」了，我當然是其中之一。

天涯結宿緣

台南市南區有個叫「灣裡」的地方，住着一戶人家，姓葉名福，娶妻杜氣，祖籍福建泉州府，何時來台？已不可考。但據地方誌記載，台南市人的祖先，多是隨鄭成功來的，雖然清代曾將東寧王朝文武官眷遣回大陸，以消滅鄭氏餘燼。但只限於在職官眷，大部份皆留置當地墾屯謀生。葉氏夫妻平時以捕魚為生，飼養些畜類貼補，倒也生活得安適自在，先後生育一男四女，長女蓮子（適楊）次男金火，（娶陳菊為妻）三女是雙胞，皆名阿秀，（一女送莊家扶養，長成後適甘）另一阿秀，就是本文的主角——活菩薩葉阿秀。五女純美（適王）她們都在純樸的漁村慢慢成長。當葉福先生四十二歲時，因患肺病絕症，不幸早年逝世。小他七歲的妻子杜氣，便毅然帶領五個未成年的子女，遷徙到台南市友愛街定居，一個寡婦沒有恆產，獨立支撐這個家，生活自然十分艱苦，有人勸她年華未老時，（只有三十五歲）自行改嫁，以減輕生活壓力，遭她堅決反對，真是一位「冰清玉潔」、「從一而終」的偉大的東方典型婦女，不幸在七年後，她因操勞過度，竟一病不起，拋下一群兒女離開了人間。病逝之年，也是四十二歲，真是巧合。好在長女蓮子，已經十七、八歲了，在市內布店找到一份工作，便負起長女代母職撫養起弟妹手足，他們深受地方文化的感染和偉大母親「懿德垂範」的影響。人人潔身自愛，個個力爭上游，後來都有好的歸宿和成功的事業。

「窈窕淑女，君子好逑」的故事從此展開序幕，有位楊萬海先生，（湖南鳳凰人），於一九四九年隨軍來台，任職警總，服務台南市，一九五四年（民國四十三年）一個偶然的機會認識了葉蓮子小姐，也是緣份，半年多的相識相知，由熱戀而談及婚娶，終於在一九五五年（民國四十四年）倆人在台南市舉行婚禮，共結鸞儔。一九五九年遷居桃園市，先後育有二男一女，長子大智，次女玉珍，次子大勇。其姨妹阿秀，也隨同來到桃園，便於就近照顧。

我與萬海兄是鳳凰同鄉，他鄉遇故知，親不親，總是故鄉人。憑着這份情，所以常來桃園走玩，有道是「千里姻緣一線牽」，一九六二年的阿秀小姐，正值荳蔻年華，長得婷婷玉立，秀外慧中。而我仍是孑然一身，早逾而立之年，於是向萬海兄表示有求凰之意，托請從中撮合。女方原是反對其妹遠嫁「外省郎」，經過萬海兄如簧之舌，保証身家清白，忠厚可靠，終於動搖了女方的堅持。萬海兄次子大勇，幼稚園大班，他自動佔在我這一國，每次離開楊家，他總是天真的抱着我的腿或扯着衣角，大聲說：「滕伯伯，同我阿姨結婚好不好，拜託！拜託！」弄得大家莞爾不止。雖屬童言童語，我仍銘記在心。莫非我們真是前世宿緣。

訂婚之前，我與阿秀小姐專程到「景福宮」去抽籤問神，虔誠祈求指點二人命盤，不料竟抽到一支籤王，大意是「婚姻美滿，白首偕老」等等溢美之詞；我們半信半疑，又跑到嶺頂「壽山巖」去求籤，抽到的又是一支紅色籤王，內容寫着：「選出牡丹第一枝，勸君折取莫遲疑，世間若問相知處，萬事逢春正及時」，靈籤、靈籤！我高興的跳起來，情不自盡的抱着阿秀小姐：「觀音菩薩為我們作媒了，我們安心了！」她靦腆的點點頭，眼中含着淚光。此時我驀然發現她是宇宙間最聖潔最美麗的少女，在夕照中，更輝閃着仙彩靈霞，象徵我們未來光明安祥的一生。

這一天大的喜訊傳到楊家，大家都非常高興看了靈簽，信心倍增，決定一九六三年（民國五十二年）元旦吉日，在桃園楊家舉行訂婚禮，一大早她姊姊忙進忙出，按本省習俗，煮了很多紅豆湯圓、鹹肉湯圓宴客，我的同學李錦三等十餘人都來恭喜祝賀，熱鬧見証我們的緣訂終身。尤其是姊姊對阿秀的苦心照顧，我們都心存感恩，永世難忘。那天離開楊家，她姊姊含着淚光對我說：「興傑，將來您要好好照顧阿秀，我這輩子就安心了！」我點頭應諾。

竹籬笆裡的苦樂

一九六三年（民國五十二年）三月十日，我們在台北市舉行結婚典禮，婚後在克難街租屋而居，顧名思義，既屬克難，當然一切從簡，這房子沒建洗手間，一條街都使用公廁，因為沒有人管理，臭氣薰天，妻每天上廁，我得先去開路察看，用報紙將糞便密密掩蓋，眼不見為淨，讓妻入廁，否則，她會薰得昏倒，事態會更嚴重。這是台北市未開發以前的社區景觀，也是我每天重要工作之一。

當年十月四日，（農曆八月十七日）第一個孩子在桃園誕生，我正在司令部戰情中心值勤，突接李錦三同學電話：「老滕，恭喜您，您做爸爸了！」我喜極而泣，下了班趕到桃園蘇婦產科，見妻兒平安，放下心來，好好端視一番，想為這新生兒取個好名，平安一生，叫「台生」？或是「小桃」？都不雅，是個女性，想起詩經：「窈窕淑女，君子好逑」，「淑人君子，其德不回」等句，就叫「淑君」吧！

後來搬到南機場「崇仁新村」眷舍，租人空屋，十坪大小，總算安定下來，但好景不長，一九六四年（民國五十三年）三月二十五日，即奉調金門前線，担任長城部隊師組長，到長城窟飲馬去了。此時孩子尚未滿週歲，而妻又懷了第二胎，極待照顧。我這一走，妻的生活，將更艱苦。當時一個中級軍官的月薪是：薪資四二〇元，主管加給一〇〇元（外島加一倍，兩佰元）眷屬補助費八十元（母女各四十元）房租津貼一〇〇元，（外島司令部另補助四十元）合計八四〇元，依規定留薪在家，最多不得超過八十％，因此祇能留六四〇元直接補發到家，其餘的錢都發給本人，每月我除了留下二十元作郵資外，仍全數寄回家來。試問一個兩口之家，除水電、房租（二〇〇元）固定開支，所餘生活費每天祇賸新台幣二十元，買不到一斤豬肉，軍眷生活之苦，自不難想像，我常自前方寫信安慰她，既身為軍人之妻就要堅強起來，丈夫保國衛民，是何等光榮之事，生活艱苦，乃國家財政匱乏，非軍人之恥，更非軍人之罪。所以我們要有骨氣，堂堂正正做人，理直氣壯生活，才能俯仰無媿於天地。她也能体諒我心而心安理得，從不叫苦，從不發愁，再窮也不向任何人借過一毛錢，自己省吃省用，克勤克儉，一心撫育幼兒，真是一位賢德可敬的好母親。那時金門仍在砲戰，單打雙不打，我家書中總是「竹報平安」，從不提及砲戰。其實傷亡之事時有所聞，有位師科長帶班乘吉普查哨，途中遇宣傳彈空中爆炸，剎那間發現那駕駛兵的頭顱不翼而飛，血淋淋的掉在他的身旁，原來是被宣傳彈破片擊中頸部而慘死的，死狀十分恐怖。另外還有水鬼上岸摸哨殺人的事，也時有發生。

前方軍人，規定軍官三個月回台探眷十天，士官半年一次。有一次探眷回家，半夜突然被動驚醒，發現妻淚流滿面，正用手撫摸我的臉頰，我問她何故如此？她說：「看您比以前消瘦，是不是前方太苦，又危險，我怕您一旦死去，我同孩子怎麼辦？」這是她因現實環境的影響所產生的心理不安，造成精神憂鬱的結果，我安慰她「不要胡思亂想，我在前方保衛國土，使台灣眾生得到安寧，離開一切恐懼，佛教中叫「無畏布施」，果報是健康長壽，現在我身體沒有一點毛病，而且我一生為官清廉，從沒做過傷天害理之事，老天會保佑我的，您放心。」當年我才三十九歲，她怕我死掉，到現在我已活到八十多歲也沒有死，仍然健康如昔，感謝老天垂憐。

每次回家探眷，看着孩子一天天成長茁壯，活潑可愛，內心充滿喜悅，一切煩惱都拋向九霄雲外。一九六四年（民國五十三年）十月十二日，第二個女兒淑蕙在台北誕生，孩子一個一個來到人間，生活壓力與日俱增，平日妻想吃一個酸甜度較高的鳳梨是都奢望。買不起孩子玩具，她用細繩串幾片橘子皮，掉在蚊帳上飄來飄去，讓孩子取樂，這是她在困境中展現智慧創意，十分可敬。撫養兩個襁褓中的孩子，做母親的最為辛勞。朝朝暮暮，一天到晚忙這忙那，就像陀螺一樣，在房子裡旋抹不停，日夜沒有安安靜靜睡過兩小時的覺。孩子生病，她更苦了，遇有小感冒，鼻塞不通，她便用嘴唇將鼻涕吸吮出來吐掉，乾淨利落。有一次因蕙兒感冒高燒，嘴唇發紫，她急得連鞋子也忘了穿，抱起孩子向診所狂奔，那時克難街還是碎石路面，凸凹難行，她就赤足披頭散髮像瘋婆一樣跑了三百公尺。「女子本弱，為母則強」，這是母愛的天性，危急時她可以犧牲生命，來維護幼兒的安全。母愛偉大正在於此。

戍守金門兩年，每次探眷回防，最令人心情沉重的是離別的瞬間，真有「生離死別」的感覺。有次蕙兒剛滿月，君兒正牙牙學語的時候，只會說「爸爸」「媽媽」的單字發音，那晚離別前，我臨時教她說：「不要難過」四個字的連續語句，當我離家揮別時，她見她媽含着眼淚，竟脫口說出：「媽媽不要難過」的話來，害得她媽媽不但不難過，反而更難過，緊緊抱着她哭了起來，我即轉身消失在暗夜風雨中，回防前線。途中想起唐朝詩人高適的「燕歌行」：

鐵衣遠戍辛勤久，玉筯應啼別離時，
少婦城南欲斷腸，征人薊北空回首。

這首古人描述戍守邊關的情景，寫盡軍人夫妻離別時的悲涼與哀傷，不正是我當前的寫照嗎？此情此景，頗有古今同感之概。

一九六六年三月，我從金門調回台灣，担任營長職務，十一月四日，第三個女兒淑蘭在台北誕生。上級給了我兩千元的慰問金，剛好全部充作接生費用，解決了錢的問題。

一九六七年十月，我分配到桃園龜山鄉「憲光二村」十八號的眷舍，因客廳高於廚房二十公分，我們用水泥作了十五度斜坡。三女蘭兒正在學步，整天坐在烏龜車中轉呀轉的，轉到斜坡，直向下滑，翻落在地，「哇」的一聲大哭起來，幸好並無傷害。這是搬入眷村第一天第一件使我記憶鮮明的事。

每逢星期假日，必回家團聚，一家五口，同上菜市場，我提菜籃，妻一手牽一個，背上背一個，一搖一擺地慢步在鄉間小路上；太陽剛起床，見到我們這幅「合家歡」的模樣，也展開了笑靨。鳥兒在林間歌唱，油菜花在陽光下分外發亮，引來不少蜜蜂和彩蝶往來飛舞，好一幅人間美景。到了龜山大榕樹下的菜市場，百貨齊集，妻最喜歡在地攤上為孩子挑選小鞋小襪。（小阿姨純美，常寄高級童裝來，在此感恩。）

碰上烤蕃薯，必然每人一個，讓您品嚐個中美味，一路欣賞市場百業多姿的風貌，這是我一生感覺最快樂的時光。

一九六八年（民國五十七年）十二月二十六日，第四個孩子在桃園市蘇婦產科誕生，我們期待有個男孩，但來的又是女兒，我們沒有重男輕女的舊觀念，而是三比一來個男孩平衡一下家庭氣氛也是好事。既然命中注定，我們也祇有認命，「要知前世因，今生受者是，要知來世果，今生作者是。」前世沒有修好，今世好好修善修福吧！就取名「世修」好了。她傳承了媽媽的堅忍性格和爸爸的藝術心靈，嫻淑慧敏，是我最疼愛的小女兒。

孩子一天天長大，眷舍一天天變小，不能讓孩子們擠在四坪大的房間裡，必須設法突破困境，先從節衣縮食做起，我當時在台北司令部上下班，中餐自行打點，為了減少開支，我每天只吃一碗陽春麵填飽肚子，吃不飽便加些不要錢的酸菜和辣椒刺激腸胃，日久把胃都吃壞了，改為更便宜的燒餅充飢，買一個餅不好意思在店裡吃，又不能在馬路上啃，只有選擇到南海路植物園一個避靜處所，躲在棕櫚樹蔭下慢慢享受這頓苦澀的人間美味！事隔多年，有一次我與三女蘭兒到科學館看展覽，順便帶她到那株棕櫚樹下，看看她老爸當年承担苦難的地方，說到心酸處，父女都紅了眼眶。

如此節衣縮食不是辦法？一輩子不食不喝，也無法突破生活困境。於是妻在眷村附近吉壕公司找到一份品管工作，我也提前於一九七三年（民國六十二年）九月一日退伍，經同學許斯德介紹，在華夏海灣塑膠公司龜山工廠担任廠務課長工作，家庭收入提高，生活逐漸改善，由於妻理財有方，不出兩年，我們有能力在桃園市區買了房子。一九七六年（民國六十五年）五月，我們依依離開竹籬笆眷村，遷入桃一街新居，四位女兒分別轉學青溪國中和國小就讀。

桃園有八十二個軍眷村，現已全部改建完成，舊眷村一律拆除，只保留龜山「憲光二村」列管為歷史文物保存對像，每年編列預算維護。保存舊文化，創造新歷史，算是地方政府一項有宏觀的德政。

佛光照我家

妻親近佛教，是四十年前的事，那時她隨姊姊住在鎮撫街，附近有一間「桃園佛教蓮社」的佛堂，她平日偶而也隨着姊姊到佛堂進香拜佛，祈求平安，從此結下與佛陀的因緣。

我們搬來桃園，孩子們都上了學，我在台北公司上班，她吉壕公司的工作，因往返不便也辭去了。平日有空閒便去蓮社誦經、繞佛，做法會時更加投入，要忙上六七天。她很有佛緣，有慧根，早已吃了全素，一心不二的深入經典，不懂之處虛心去請教師父，對各種法器的使用，她不斷學習，進步很快。至於下廚烹飪，更是她的拿手傑作，又快有好，三四百人的餐飲，她可主廚辦得不輸專業，深得住持上志下心和尚的重視，也受到同道蓮友的尊敬和讚佩。經過十年歷練，她當上了菩提班班長，並皈依三寶，由志心和尚主持，寫了一張白文，略以：「今有葉阿秀女居士，台南人，三十七歲，取法名慧真，投禮於上志下心法師，願隨法師授教法門，不復皈依外道，承蒙三寶加持，必能業障消除，智慧增進，前途光明。」並向三寶三拜，師父開示之後，還教示許多佛教儀規。最後在三寶佛前發了誓願「眾生無邊誓願度，煩惱無盡誓願斷，法門無量誓願學，佛道無上誓願成」三遍三拜，皈依禮完成。從此她念佛誦經，更加虔誠精進，也受了五戒，不殺生、不偷盜、不妄語、不邪淫、不飲酒的菩薩戒，誠心遵守戒律。平日在家修持，青燈素供。一杯清茶，一柱水沉香，一本經書，默默念上兩個小時，有時專心念「阿彌陀佛」聖號，念佛求生淨土，求清淨心，菩提心，也就是尋求徹底覺悟的心，放下世俗煩惱，深信淨土法門必能求得佛道。

我與四位女兒，都在蓮社先後皈依佛門，我們的家庭佛光普照，成了佛化家庭。

妻常對我說，她這一生有兩件事最使她滿意，一是皈依佛門淨土，修正法，覺正信，覺而不迷，正而不邪，走對了光明的路。二是選對了上志下心老和尚為師，傳授正法正信，得以修福修慧。有一次去蓮社看師父。

一進門他問我：「您從那裡來？」

「我從家裡來。」「不對。」他搖搖頭。

「我從街上來。」「也不對」。

「您從因緣來。」師父閉着雙目慢慢的說：「我們每天都在造十法界的『因』，因要遇到『緣』才會形成果報。今天您踏入佛門，結下好『因』，親近佛法，有了好『緣』，您是與佛有大因緣的人，今生必得大善果、大福報。」原來生活中處處充盈着「禪」機，朝朝暮暮，進進出出，祇要用心，都可悟道證果，師父就是如此弘法的。

師父十九歲在台中寶覺寺出了家，民國三十五年入法華寺弘法，得遇印光祖師的在家子弟一李炳南教授佛法，學習淨土法門六年之久，並學得手印、中醫等知識。民國三十九年來桃園弘法，籌建佛教蓮社，四十二年安座佛像，四十三年十月由李炳南老師主持落成典禮，專修淨土法門迄今。師父老和尚功德圓滿，則於民國九十年農曆三月二十七日往生西方極樂。享年八十一歲留下許多法語寶訓讓我們追思。

妻還借用「蘇武牧羊」的曲譜，寫了一首悼念的歌詞，來永遠紀念老和尚。

佛教不是迷信，是理智與德行兼具的宗教哲學，義理浩瀚如海，白首窮經也讀不完，但您祇要抓住一個「悟」字，把經典中「貪」、「瞋」、「癡」「慢」和因緣果報的道理，落實運用在日常生活與待人處事中，發菩提心、清淨心、慈悲心、平等心，去真心布施須要幫助的人，為社會造福，這就是修行、修福。所以蓮社成立助念團，經常布施各種社會救助，妻參與助念時，常在凜冽寒風中，深更半夜才能回到家裡來。那份虔誠奉獻，不是活菩薩是什麼？

佛曆二五四六年，壬午年二月，我寫了一個斗大「佛」字懸於客廳，大女兒淑君頗有所感的用小楷書寫了一首長短句，四位女兒都用法名簽署，茲抄錄如下，作本文結束。

念佛有媽媽　佛光照我家
寫佛有爸爸　時年七十八
娘心即佛心　母親是菩薩
求佛何須上靈山　我家有個活菩薩

▲吾妻葉阿秀女士。

▼作者（右一）與妻葉阿秀（右二）的胞妹葉純美（左一）、胞姊葉蓮子（左二）在台北參加宴會時合影。

◀吾妻與三位鑽石外孫合影，左起：廖彥柔、廖彥柏、羅士翔。

鳳凰第二代的風采
——楊大智、楊大勇、滕淑蘭、滕沛存

一、楊氏兄弟經營科技公司的輝煌成就

台灣有一家科技公司，資本額不大，但卻擊敗了美國德州儀器（TI）意法（SI）國際晶片大廠，拿下全球液晶螢幕電源控制器晶片百分之五十的市場，真是奇蹟。

這家公司的董事長楊大勇先生，湖南鳳凰縣人，台灣工業技術學院畢業。是一位卓越的電子工程師。一九八三年（民國七十二年）創辦崇貿科技公司，迄今已有二十三年的歷史，當初只是邀了四位同學，在台北租了一間小小閣樓，就這樣胼手胝足的幹起活來，房子的租金，還是他父親楊萬海老先生代付的，可見創業之艱辛。

這裡必須一提楊萬海老先生，一九二七年（民國十六年）他出生在鳳凰沱江鎮邊街祖宅，文昌閣小學畢業後，考入湘西師範學校，在阿拉鄉小學當了兩年老師，時逢抗日戰爭最艱苦階段，日寇已佔領半個中國，他毅然響應政府「十萬青年十萬軍」的號召，加入青年軍的抗日行列，

一九四九年隨軍來台，服務台灣警備總部，在台南市認識比他小五歲的葉蓮子小姐（父葉福，母杜氣，世居灣裡鄉）於一九五三年七月廿六日在台南市結為連理，婚後生育大智、大勇兩兄弟及女兒玉珍等三子女，平日管教有方，兒女均有所成。

楊老先生退伍後，於一九七一年創辦瓦特公司，生產汽車水箱，一九七六年因身體健康關係，退出瓦特，并資助其子創辦崇貿科技公司，一九八六年再挹注資金，使能後續經營不斷成長。並於一九八九年在美國加州矽谷 MILPITAS.COLIFORLIA 設立公司，由其長子楊大智（政治大學畢業）負責擴展美國海外市場，兄弟合作無間，致有今日成就。楊老先生於一九九〇年十月二十七日下午一時，病逝於台北泰安醫院，享年六十四歲。

回頭再說崇貿科技公司，他們創立之初，主要在提供電源供應器和自動量測系統設計服務。在台灣還沒有做出電源供應器以前，崇貿已經研發出第一件產品，大到戰鬥機，小到傳真機的電源供應器，都曾經使用過。不過楊大勇很感概的說，幫人家做設計，就等於幫人種樹，設計一出來，不到半年，便被其他廠商 COPY 下來，當時台灣對專利的觀念很差，毛利雖高達八〇％，但是量做不大，即使加上設計儀器，了不起一年做不到七千萬。

於是楊大勇開始思考，如何做到毛利不錯，量要大，又不容易被人抄襲的產品，同時考量兩個方向，要往下游製造電源供應器發展？或是往上游的晶片設計鑽研？恰好此時台積電晶圓於一九九九年開始代工，在兩相衡量下，崇貿決定走往上游研發晶片設計的路。這一轉型，真是運轉鴻鈞，開拓了廣大市場。

崇貿之所以開拓市場，就是他能研發出節省電源器的成本，幫助廠商降低成本，獲得利潤，用崇貿產品，不但可減少零件，更可以讓整個供應器的體積減少一半，因此，崇貿深得廠商信賴，逐漸開拓PC電源控制晶片的市場，一開始只有五、六家廠商，現在已經成長到四十多家廠商採用他的產品。

二〇〇四年崇貿股票在台灣上市。他正設計打入家電，研發省電「燈泡」的控制晶片，可以再節省二十五％的電力，他的IDEA和旺盛的為謀求人類幸福生活的企圖心，有如江水東流，浩浩蕩蕩，永不止息，目前在美國他擁有五一項以上的專利發明。

據估計現在全球每三台桌上型電腦中，就有一台採用崇貿科技的產品，成為全球第一大IC供應商。

楊大勇董事長篤信佛教，事母至孝，是一位慈悲喜捨、歷事鍊心的企業家。他的人生觀在於服務和利他，矻矻致力於如何開發精緻的科技產品，為台灣社會「創造價值」，為世界人類追求更美好的幸福生活，我真為他們兄弟的輝煌成就而感到「與有榮焉」。

二、邁向「生命服務產業」的滕淑蘭

滕淑蘭女士，鳳凰第二代，作者第三個女兒，原在美商 Mary Kay 化妝品公司擔任資深督導

五、六年，因表現優異，曾獲該公司頒發「大黃蜂別針」最高榮譽的傑出人員獎。

一九九九年四月，她經過審慎評估，毅然轉入龍巖人本「生命服務產業」職場，以她豐富的傳直銷經歷，在龍巖更寬廣的無限空間裡，更能一展長才、揮灑自如，發揮其潛能。

台灣目前各項產業，不是爭先恐後的外移，就是無奈的忍受低迷，唯有「生命服務產業」，因台灣早已步入高齡化、少子化社會，故絲毫未受到時代趨勢所影響，由於社會需求日增，反而存在極大的發展空間，前景無限。譬如許多先進國家，為幫助往生者處理有尊嚴的身後服務，早已推行「生前契約」制度，使家族免除後顧之憂，不致臨事忙亂，增加困擾，確是一項優質的、先進的生命服務產業。

國人一向諱言生死，但自一九八九年開始，大部分大學在「生命科學系」中開設生死學選修課，以個人生命、生活，臨終關懷等納入探索主題，積極推展生命教育。

一九九二年，傅偉勛先生出版一本「死亡尊嚴與生命尊嚴」巨著，引進美國許多新的觀念，廣泛受到社會的重視與回響。所以現在國人多已調整焦距，理性的樂於面對生死奧秘的探索，重新界定人性的尊嚴。

由於社會趨勢的轉變，滕淑蘭領導的明興服務處的業績蒸蒸日上，每年營業額都在一億八千萬以上，辦公室擺滿各種優勝及冠軍獎牌，十分亮麗。她成功的秘訣，第一是重視團隊精神，彼此互動、合力打拼，發揮集體力量。第二便是一個「誠」字，她相信：「誠，可以讓自己長久的走下去，只要誠心誠意，就可以讓客戶感到滿意。」她追求的，不是台上的掌聲，而是幕後的成就感，完成對客戶的承諾，讓客戶認同龍巖，並帶領業務人員與公司同時成長，造成雙贏。現在滕淑蘭已擁有自己成立的明興國際有限公司，並在台北市最繁華的商區忠孝東路四段購買了自己的辦公室，祝福她健康快樂、事業昌隆。

三、滕沛存在上海開設駿紳汽車公司，建立汽車王國

滕沛存女士，鳳凰第二代，是作者第四個女兒，她與夫婿吳駿紳在上海開設汽車公司，開幕那天，嘉賓雲集，下面全文，是上海「移居上海」雜誌社記者當天的採訪報導：

陰霾多日的天氣，驀然陽光乍現、晴空萬里，正象徵著光明的未來。二〇〇三年十月十四日那天，正是上海駿紳汽車銷售有限公司蓮花路旗鑑店正式開幕的日子。

此次新店開幕，是上海駿紳汽車銷售有限公司自二〇〇一年十月十三日正式成立以來，經過兩年的不斷努力創新後的第四家駿紳展示中心成立。

九時整點，由吳俊紳總經理致開幕詞，陣陣掌聲響起，整個場面在吳總熱情洋溢的開場白中奏響了金秋的旋律，堅定了駿紳嶄新蓬勃的未來。開幕剪彩儀式就在大家的關懷與注視中開始了……

當天開幕式上親臨現場的貴賓有：虹橋鎮黨委書記、上海市人大代表何敬洲、虹橋鎮鎮長朱

建設、建設銀行第五支行行長周元仁、上海閔行區人大代表沈維龍、松江區工商局局長張健、東風汽車公司黨委書記陳福基、東風汽車公司副總經理何慶祖，由駿紳公司董事長潘盛華、駿紳公司總經理吳駿紳、副總經理滕沛存等人在場接待，當天由何敬洲書記等人做了重要講話，並且在祝福聲中完成駿紳蓮花店剪彩儀式，頓時響徹天空的禮炮、呼嘯而過的汽車、滿堂貴賓如雷班的掌聲交互響起，滿室鮮花展現了醉人的笑靨，象徵著駿紳的未來前程似錦，儀式在一片沸騰中結束。

上海駿紳汽車銷售有限公司，於青浦區盈港路九號登記註冊營業。總公司於上海市蓮花路2333號登記註冊。二〇〇三年七月一日分公司完成企業再造工程，重新成立正式對外營業與總公司分別為東南（福建）汽車工業公司，東風汽車公司，於上海市地區經銷代理，負責得利卡、富利卡、菱帥系列及風行系列車型，整車銷售、零件供應、特約維修、市場信息等「專點專賣、四位一體」。

再採訪總經理吳駿紳，副總經理滕沛存的談話中，知道駿紳一路走來「誠信、和諧、創新」是駿紳的經營理念，「追求卓越、盡善盡美」是駿紳的經營宗旨，「專點專賣、四位一體」是駿紳的經營目標。國內市場不同於國外市場，面對未來汽車市場將快速成長，駿紳為了能走穩、走好，必將付出更多的心血。以汽車銷售為主，維修保養為重點，零件供應為輔。在完整細緻的服務下，為廣大客戶提供一流的產品和完善的服務，在未來和大家一起利潤分享，共創豐碩成果。

駿紳汽車公司順利發展的幕後功臣，應屬擔任幕後行政副總經理的滕沛存，他們夫妻倆同心協力、分工合作，使公司業績蒸蒸日上，滕沛存將公司的行政事務管理得井然有序，吳駿紳則全力在第一線打拼，毫無後顧之憂，一動一靜、一內一外的完美配合，將使駿紳公司如旭日之東昇，發煌昌盛，邁向汽車王國的美好未來。

▲ 前瓦特水箱公司董事長楊萬海先生（左；已故）及其夫人葉蓮子女士（右）含飴弄孫的情形。

▲ 作者（左二）與楊萬海次子大勇（左一）與其夫人徐鳳鶴女士（右二）及其子女合影。

印度洋上空失魂記

暑假來臨，二女淑蕙帶著她兩個寶貝兒女出國旅行，目的地是峇里島，邀我同行觀光，我久未出國，便欣然答應了。

據我所知，第二次大戰後，聯合國在太平洋和印度洋區域，選出兩個小島，開發為國際觀光景點，一個是中華民國綠島，一個便是印尼峇里島，最後決定峇里島，由聯合國協助開發，所以我早就想去一探勝景。

七月十七日上午，我們一行四人，從桃園搭飛機經過五小時航程抵達該島，果然不同凡響，是一個鄉村型態的度假勝地，全島沒有一座高樓大廈，全是紅瓦白牆的平房建築，不規則的錯落在綠蔭濃密的丘陵地帶，遠遠望去，藍天白雲下，點綴看一片紅綠大地，美麗如畫圖，景色十分迷人。

我們住在一處類似民宿的家庭旅社，有游泳池，孩子入夜便在其中戲水取樂，早餐派有專人前來製作餐點，非常豐富。每天用罷早點，便隨旅行團出去參與各項觀光活動。

就這樣高高興興的玩了五天，第六天我們搭機返台。

飛機於下午三時半起飛，由峇里島直航台北，不料起飛後約十分鐘，機長突然宣佈：「飛機發生故障，右起落架不能收回，決定飛回峇里島維修。」

「哇！」全機旅客同時發出這樣的驚悸聲。

「一粒突出的小螺絲釘，都會影響飛行平衡，吊著那麼大個輪子飛行，那怎麼行啊！」

「距峇里島還有多遠？我要打電話回家。」

大家交頭接耳，議論紛紛，好像大難即將臨頭一樣，不安的情緒，全都浮現在每個人的臉上。

約五分鐘後，機長又廣播了：

「各位旅客，因為峇里島沒有維修支援，我們決定直飛雅加達降落，請各位安心，謝謝！」

「哇！」又是一陣淒厲的尖叫聲，氣氛有些不尋常。

「怎麼會這樣呢？」

「能飛到雅加達嗎？」大家面面相覷，充滿了危機感。

我們一家四人是分散坐的，蕙兒向我鄰座客人請求與他換位置，好照顧她爸爸，那人青著臉像木偶，沒有回應，似乎嚇呆了啊！

飛機因腳架阻力太大，祇有減速在低空慢慢飛行，我深怕機身搖開了，破個大洞或是解了體，那我們不是像垃圾一般的倒了下去，萬丈高空，不是粉身碎骨嗎？想到這裡，身體顫動一下，打了個寒噤。很想安靜片刻，但不行。大詩人徐志摩突然現身了！他由南京坐飛機到北京，經過山東時飛機撞山失事，時逢大雨，一聲巨響，一團火球，什麼也沒有了！大雨淋著，烈火焚著，這位詩人就「悄悄的地走了，正如我悄悄的來。」其實他一點也不悄悄，何等慘烈啊！我簡直不敢再想下去。

自忖一生為國，出生入死，生死早已置諸度外，沒有什麼可怕，但若遭此橫禍，屍骨無存，豈有天理？我書還沒寫成，許多回饋社會的事都還沒做呀！

古人說過：「慷慨捐軀易，從容就義難。」置身在數小時漫長的精神酷刑中，若無法用平常心和定力來平衡恐怖，你一定會肝膽俱裂而死去。

我盡力試著用平常心來穩定自己的不安情緒。

「爸，你坐過來，我替你換了位置。」

我驀然從幻覺中驚醒，拿起隨身行李，走向另一個位置，與蕙兒坐在一起。

「爸，您年高福大，與您在一起比較安心，也好照顧您。」

我點點頭，心裡在想：「照顧我，這種大難一旦來臨，誰也照顧不了誰呀！她嘴硬，其實她幾次設法調換位置，我早明白她心裡在想什麼，想要說什麼了。」

「爸，親愛的爸爸，要死，我們就死在一塊吧！」這才是她心裡想要說的話。

想著想著，一陣心酸，我眼眶有些模糊了。

這架跛腳機，在飛著飛著，總算使盡渾身解數，折騰近三小時之後，終於在滿天血紅似的餘暉中，慶幸地降落在印尼首都雅加達，當起落輪子呸呸碰碰觸及地面滑向停機坪停妥之後，我才深深吸了一口氣，唸了句「阿彌陀佛」，精神好累呀！

下了飛機入了關，航空公司經理來接機，蕙兒帶頭向他嗆聲：「像這樣的飛機，你看我們還有勇氣再坐回台灣嗎？」

「好，好，你們要怎樣，提出來，我們一切都照辦。」經理口氣低沉，態度顯得十分溫和而謙卑。

最後決定在希爾頓飯店落腳，一百多人同享一次五星級待遇。第二天下午，另派一架飛機送我們回台灣。

雅加達登機前，每人贈送一盒巧克力，到達桃園機場出關時，每人又送一盒巧克力，雙重禮遇，目的不過在給我們甜甜心，封封嘴罷了。

三女蘭兒，由台北買了包滷豬腳為我壓驚。同學閻鶴心先生，也在桃園市「十里洋場」江浙餐廳為我歷劫歸來擺設「慶生宴」，開香檳酒，盛情感人。

兩天後，在路上與桃園縣文協楊珍華理事長不期而遇，聊著聊著，她問我一個問題：「倘使你現在只能活一刻鐘（十五分），你第一件事要做什麼？」

「向親人告別。」我毫不猶豫回答。

「妳呢？」我反問她。

「我會抱著至愛的家人說：『我好愛你們，今後你們一定要好好保重自己。』」我們所見不謀而合，原來人性的極致就是一個「愛」字，愛親人、愛家庭、愛社會國家，進而愛全人類。

哲學家柏拉圖說：「愛是哲學、感官、生命的原動力；人生的目的，即在用愛來完成真善美的追求。」真是至理名言。

從這次準劫難中，我更深一層體驗到人性的可貴和溫馨。

虎頭山中的寶藏
——日本人建立的「謝恩碑」

從林口向南延伸的台地，到達桃園南崁溪畔，戛然而止，形成都市邊沿平地凸起的一處優山美地。

遠遠望去，一片蒼翠，十分秀美；山中多生長常綠喬木，茂林修竹，風景殊絕。山林中處處亭台樓榭，星羅棋佈，林間步道，蜿蜒縱橫，全隱藏在十五公頃濃濃的綠蔭中，覆蓋率達百分九十以上；漫步其間，綠意盎然，使人塵慮盡滌，真是好一個人間淨土、休憩聖地。

這就是虎頭山，最高處祇有海拔兩百公尺。每逢假日，市民們幾乎摩肩接踵地擁向山頭，十分熱鬧。記得是十一月初的一個清晨，我獨自從山中運動歸來，信步向一個僻靜山谷走去，不料竟意外的在此發現這塊極具歷史價值的「謝恩碑」。

那是一個較為幽靜的處所，林木蓊鬱蔥隆，非常隱蔽，我踏著落葉柔土的小徑步入山谷，途中赫然發現叢林裡矗立著一個巨大的塑像，背面是峭壁懸岩，像似屏障著這位巨人，我急忙走近一看，原來是先總統蔣公的銅像，係由日本人所建，高約五公尺，銅像下方，四個斗大的金字：

「以德報怨」，再下是一排青斗石碑壁，高約三公尺，寬十公尺，上面刻滿了漢字和日文，標題為：「奉建先總統蔣公介石謝恩銅像緣由。」內容主旨敘述二次大戰結束，蔣公寬大為懷，不究既往，使日本國能在廢墟中迅速穩定下來，促成今日的繁榮，此皆出自蔣公德澤及中國官民善加保護所致，故建碑謝恩。

這篇碑文，洋洋約千言，對我來說，可說是一段血淋淋的往事回顧；對年輕朋友來說，卻是一頁活生生的民族血淚史，現將全文一字不露的抄錄下來，與朋友們共勉：

「日本人為了銘感先總統　蔣公介石在中日戰爭結束後，『以德報怨』的寬大胸襟，特奉建銅像，以永懷德澤。

追溯一九四三年，在開羅會議中，蔣公極力主張存續『日左天皇制』及『日本國體保持』，更且發言：『日本的將來，由日本人本身決定。』

一九四五年，大戰結束，堅決反對蘇聯將日本分割佔領，使日本國一致於發生『民族分裂國家』的悲劇。

復於昭和二十年八月十五日大戰結束時，尚滯留中國大陸日本軍民約二百數十萬人，蔣公嚴令『必須保護其生命財產，違者嚴究』，且斷然通令『安全送還日本』，實行史無前例的『軍民遣返故里』。

尤其對中國於戰爭中所受之重大損害，在開羅會議中決定的賠償，迨至日本宣佈戰敗之時，截然宣佈『放棄賠償。』

當然，在戰敗後的全國軍民，身處廢墟、漂泊混亂的慘況中，能夠迅速穩定社會動亂，促進繁榮，今天日本能擠身亞洲第一經濟大國，皆出自蔣公德澤及中國官民善加保護所致。

上述四點事實，缺一，皆絕不會有謳歌於世，繁榮昌盛的日本。

為了永懷大德久遠，庶使日本後代子孫，長誌不忘，原由日本政經人士，發起興建銅像感恩，惟參與人士，少數爭名逐利，怨懟叢生，瑕疵互現，為德不彰，而不能貫徹是志而深感汗顏，並感遺憾。

日本人素重忠義，決不容報答恩澤稍有瑕疵，故本大行社匯集社會賢達，排除私慾及沽名人士，毅然肩負此項責任。

為了日本國家美譽，為了亞洲及世界人類和平，以及共為號召，在正義旗幟下，展開全國國民，共襄盛舉，務期使『不究既往，以德報怨』的偉大精神號召，永存於天地之間。

值茲中日戰爭結束屆滿四十三週年，以日本人感德虔誠之心，恭塑蔣公介石報恩銅像一座，置於中華民國土地上，並祝國運昌隆，中日友誼綿長。特書碑誌，以誌追思，永懷大德。」

日國政治結社大行岸悅郎

暨特別後援者 稻川聖城等一五六人 奉建

讀完碑文，感喟千萬，往事一幕一幕地在我腦海中翻騰激盪。我是二次大戰直接在印緬野人山叢林中與日寇血戰兩年的老兵，抗戰勝利，又奉命率部由廣州護送兩百餘日本僑民乘輪到上海，遣返日本。仇人相見，要求弟兄們克制情緒，發揮愛心去保護敵民，是件很困難的事，但我們仍強忍著悲憤之情，將日僑平安的送達目的地，完成了任務，充分表現我泱泱大國之風。這些塵封半個世紀的往事，每一回顧，歷歷如昨，好像剛發生的事情一樣記憶猶新。

當日本投降時，國共兩黨正處於合作期間，共產黨曾向中央政府建議：

一、處決日本天皇。

二、由中國審判日本戰犯。

三、甲午戰敗，清廷割地（割讓台灣）賠款。今天日本戰敗，我亦應提出割地賠款要求。

（若無款可賠，則以其國內重工業機械折算抵押），。

四、侵華日軍，留置部份在中國做奴工，至死方休。

五、派兵佔領日本。

當時基於國內外局勢動盪，百廢待舉，故國民政府對日本並未作出懲罰性的大動作，祇派遣兩個憲兵隊，分別進駐日本東京及沖繩島，作象徵性的佔領工作。至於戰犯，同盟國在東京成立國際軍事法庭，如攻佔南京屠殺卅萬無辜的日軍指揮官谷壽夫中將及「百人斬」殺人比賽的向井與田野兩少尉，均被判處死刑，由憲兵綁赴兩花台刑場執行槍決，萬人空巷，大快人心。

蔣公治國，向以儒家仁愛精神及陽明力行哲學為本源，惟戰後對日政策，卻不以儒家「以直報怨」而採用道家「以德報怨」的精神作為。故政策上較為寬大而非以牙還牙，但看似無為而無不為，他老人家高瞻遠矚，「為」子孫積德，「為」民族造福，「為」萬世開太平。

前述五項要求，若非蔣公深思熟慮，日本戰後必然一蹶不振，萬劫不復，因此日本人對這位偉大的政治家敬之如神，立碑謝恩。反觀我們自己，少數人對各地 蔣公塑像，不但毫無飲水思源之意，（台灣為日本統治五十年，因 蔣公領導抗戰，犧牲三千五百餘萬大陸軍民同胞，終獲勝利，才換來台灣的光復）竟而視如敝履，任意毀損丟棄。大溪鎮公所曾在各地收集被遺棄的就有數十座之多。世道人心沉淪至此，令人浩嘆！

這座謝恩碑，是日本人於民國七十七年所建造的，全省僅此一座，那天我經過此地，可能是十月三十一日後三天，同時發現碑前排列著十餘個花圈花籃，上書：「先總統蔣公一百晉十五誕辰銅像落成十三週年紀念」字樣，都是由日商「環太平洋協力機構」等十餘個廠商所獻，他們沒有忘了這位外國恩人，每年此時此地，必集體來此碑前隆重謝恩，頂禮膜拜。

看看我們自己當代人物，他們天天忙於選舉（一切施政作為皆以「選票」為考量，失去道德良知）忙於作秀，忙於惡鬥。沒有時間，也沒有那份「感恩惜福」的珍貴情操去慈湖看看這位為台灣創造「經濟奇蹟」的過世老人？「禮失而求諸野」，我們除了惋嘆與無奈，又能說什麼呢？抬頭仰視飄飛的白雲，心情很沈重，「念天地之悠悠，獨滄然而涕下。」我滿懷憂思的離開這塊我所深愛的優山美地——虎頭山。

鹿港漫步

繁華往事百年前，波光帆影遠接天。
中原文物今猶在，祇是滄海成桑田。

這次旅行，採分組實施。大部份都去流攬湖光山色，祇有少數幾個組到鹿港去尋幽探勝，發思古之幽情。別具一格，倒也清新。前面這首拙句，就是當日即景「感懷」之作。

參觀民俗文物館

我們一行四十餘人，最先到達鹿港民俗文物館。這是一棟三層紅磚式鐘樓型的建築物，佔地一千三百坪。為工商鉅子辜振甫先生的舊居，辜氏為弘揚中華文化，保存故里民俗，於民國六十二年，自動捐獻其居家大樓，作建館之用，以發展觀光旅遊。該館建於民國九年，其建築外貌和建材，與台北市的總統府大同小異，所不同的是，是這棟洋房的後半部，是中式古樓，看來中西合壁，趣味盎然。尤其庭院內的花木扶疏，奇石磷峋，更令人流連不已。

館內共有三十個陳列室，蒐集了將近六千件富有民俗意味的文物，包括：各類文獻、圖片和模型，日常生活用具，奉神祭器，民間戲劇、樂器、交通工具、農具、魚具；昔日服飾、書畫及鄉賢遺墨、民間各項活動道具等……可謂應有盡有，濃縮昔日鹿港舊風貌於一堂，美不勝收。

其中有一陳列室，全以民間生活起居器物為主，那些古老的床榻、洗面架、桌椅等，幾與筆者家鄉（湖南）的用具完全一樣，看來很有親切感。兒時記憶起伏，依稀中掀起一份淡淡的鄉愁來！

「不見天街」是鹿港一絕，本想去參觀，聽說早經拆除，祇有在文物裏去找尋了。結果花了半小時，終於在一排退了色的舊照片中，找出他的遺貌來，因照片太小，祇有用素描方式畫出輪廓，公諸本刊，讓同仁也一發思古之幽情。

三座媽祖廟

鹿港在極盛時代，留下有名的「八景」，可是到今天除了龍山寺「龍山聽梵」與媽祖廟「寶殿篆烟」二景外，其餘六景都已面目全非了！

因為時間有限，我們沒有去參觀龍山寺，很遺憾。鹿港人對媽祖的信奉尊崇，也和其他地區一樣，所不同的，是一鎮中有三座媽祖廟，就是舊祖宮、新祖宮、新化媽祖宮，而獨具特色。

今天我們去參觀的是舊祖宮，這座古廟，已有三百三十多年歷史。從前宮外面臨海港，帆檣林立，現在海岸已遠在數公里之外，宮前也變成熱鬧市街了。廣場中聳立座大牌坊，上書「鹿港天后宮」。宮內有龍柱、石壁、石楣上刻書精緻，人物故事栩栩如生。大殿中的媽祖聖像，是由湄州六尊開基媽祖搬來的一尊，彌足珍貴，一般都稱為「湄州媽」。聽說聖像原為粉紅色，經過幾百年來的香火薰繞，現在都變成黑面了。

當日雖然陰雨綿綿，但廟中仍擠滿了進香的善男信女，也有由各地來的中外觀光客，香火鼎盛。大殿後院中，建有龍池一座，再上為凌霄寶殿，左右是龍樓鳳闕，筆者登上閣樓，全鎮風光，盡入眼簾，東望彰化八卦山脈，蒼茫中尚隱約可見。

至於新祖宮與新化媽祖宮，聽說規模並不如舊祖宮宏偉，加以歷遭兵燹，部份已經殘破，遠不如昔日之興盛，我們也無意再去憑攬。

由絢爛到平淡

鹿港是一個有煊赫歷史的文化古城，同時也是大商埠。故昔有「一府（台南）二鹿（鹿港）三艋舺（萬華）」之稱。現在雖因地理變遷，失去商埠經濟價值，但民俗文物尚能保存完整。史學家張其昀先生把台灣文化分為九個時期，其中第四個時間就稱為「鹿港期」，由清康熙至道光之間，歷時一百六十年。當時的情形是：「舟車輻輳，百貨充盈，西望重洋，風帆爭飛，接天無際……」真是極一時之盛。

到了咸豐初年，濁水溪泛濫，港口逐日淤塞，漸漸成了海埔新生地，鹿港不再是良港，昔日繁華，消失殆盡；祗是短短的百年間而已！

看了鹿港的文物古蹟，探本溯源，充分證明台灣與大陸本為一體，台灣同胞都是明清兩代來自閩粵兩省的華夏兒女，所有文物，多為中原模式，所有古老行業與建築，都是出自「唐山師傅」之手，無一不具有傳統色彩。此一民族血緣，又有誰能否定呢？

▲ 台灣鹿港「不見天街」素描。（作者繪）

「龍馬精神」久彌新
——我的十二年主編生涯

我常面對真情流露的文章含淚，
被愛心洋溢的作品激動得熱血沸騰⋯⋯⋯

一九七三年，我第一次退休，承丁善理先生（曾任中貿開發董事長）推薦，我隨緣投入華夏企業，擔任工廠管理，一愰十年。一九八三年，我又將屆滿退休限齡，正服務關係企業友寧公司，有一天副總經理周大衍先生對我說：「華夏要辦一份雜誌，規定每家公司遴派一位編輯，我看就請你擔任吧？」哇塞，當編輯？今生我連作夢也不敢想。「報告副總：拿槍桿，我在行，搖筆桿，爬格子我可是外行，還是另派高明吧？」後經周副總一再解說，連抛幾頂高帽子給我戴，在蜀中無大將的狀況下免為其難，我這廖化祗有厚看臉皮充當先鋒了。

自「華夏之光」雜誌創刊號問世，迄至今天的一二三期「十週年紀念專輯」止，我都參與其事，在格子堆裏，嘔心瀝血，一晃又是十年。

欣逢本刊創刊十週年紀念，做為一個老園丁，面對百花綻放，萬紫千紅的滿園豐姿，能無動於衷，不說幾句應景話嗎？然而，提起這枝禿筆，回顧十年生涯，不知熬過多少漫漫長夜，嚐過幾許酸甘苦澀，往事浮沉腦際，恰如一大籮筐亂麻，剪不斷、理還亂，真不知該從何說起？

今年歲次庚午，屬馬年，一時觸動我的靈感，就用「龍馬精神」作主題，暫且寫下我這段「老驥伏櫪」的滄桑歲月。

擔任編輯一年多，當我已屆限齡退休的那一年，本刊發行人趙先生在三樓見到我，「老滕，你寫的很好。嗯！以後多寫，好好寫。」他說罷便匆匆上四樓開會去了。這突如其來的禮遇，使我楞住，事實上這一年多來我們從未交談過，這還是破天荒第一次呢！由於這份關注與鼓舞，我感覺到人應有的尊嚴，因此我沒有堅持退休，終於被留了下來。

在十年編輯生涯中，共歷經了四位主管，第一任南豐瀛先生，他做了兩年多，便離開了華夏，到某企業當了總經理。第二任張源渠先生，來自中國時報，是一位行家，我學習到不少專業智識，他幹了兩年，離職後自己辦雜誌去了。第三任是吳元次先生，他時間較長，先後約四年，離開華夏在某企業做副總經理兼執行長。第四位即現任陸開明先生，他在短短一年內，建樹不少，如調整編委會主委職稱、委員任期制、高級層面參與制，以及增加英文刊名等，對刊物有正面助益，極具創意。

幾位主管都遠走高飛發財去了，我仍然緊緊擁抱「華夏之光」不放，雖然晉升為四朝元老級人物，但感嘆人生代謝，散聚無常，內心總難免掀起些惆帳。

「龍馬精神」出自唐史，宰相裴度，歷任憲宗、穆宗、敬宗、文宗四朝，由壯年到老年，憂勞國政，兩鬢都已經斑白了，可是他的身體健旺，精力充沛，一點沒有倦勤老態，所以李郢上裴度詩中有「四朝憂國鬢成絲，龍馬精神海鶴姿」，龍馬精神的成語，就是這樣來的。

我目前處境，與裴度先生頗為類似，所不同的是我髮不蒼，視不茫，衣不錦，沒有那份海鶴仙姿。但我的工作壓力所帶來的憂勞心境，以龍馬精神來形容，似不為過。「路遙知馬力」，且看這匹老馬，如何在餘暉中走過這段修漫的路，那怕路再坎坷。

一、對工作壓力的挑戰：編輯定期刊物，有一定流程，每個工作階段都有時效性，必需在一定期限內完成，任何環節出了毛病，稍有延宕，則牽一髮動全身，馴使整個進度落後。所以我的精神負擔很大，而且是長期性的。

在我的感覺上，「工作」與「時間」是兩條平行線，我像火車頭似的不停地滑行在兩軌之間，「時間」一分一秒向前奔馳，「工作」也得配合時間一點一滴向前同步，不能有片刻鬆弛。這份急遽無情的工作壓迫感，不是過來人，絕難體會個中酸辛。與我共事的伙伴，也可能分享到少許壓力，都喊吃不消，甚至不諒解。「知我者為我分憂，不知我者謂我何求？」我不忮不求，再說都是多餘了。

二、以勤補拙的精神：做一個應付公事的「編輯匠」很容易，把幾篇文章撮合起來，稍為過濾，交給印刷廠按序落版付梓即成。做一個「編輯人」可不同，除具有使命感之外，要投入十分心力，用「腦」想，用「心」寫，從編輯計劃到審稿、整合、標題、內容編排、美化設計，甚至留白等，無一不要深思熟慮，掌握刊物方針，配合社會脈息，員工訴求，方能為自己刊物特色定位，既不能流於粗浴，又不能艱深冷僻，取捨之間很費周章，不付出心血成嗎？

有時為撰寫一篇文稿或修飾一句標題，腦筋硬是轉不了彎，徹夜焦思，「枯腸索盡無佳句，苦笑江郎比我行。」愚鈍之資確已到了江郎才盡的地步，此種苦況，除了老伴疼心難過，又有誰能了解。但比起古人「三日兩句詩，一吟淚雙流」的樸拙精神，我還是望塵莫及的。

三、熾熱的感情，一個編輯人不僅要投入心力，更要投入感情，使刊物成為有生命有靈魂的媒體，用熾熱的感情，去化除一切冷漠僵化，趨向感性的交流，帶動整體親和。並以文藝的影響力，變化氣質，美化人生。我常面對真情流露的文章而流淚，被愛心洋溢的作品激動得熱血沸騰。

西方兵聖克勞塞維茨說：「作戰時流血犧牲，精神沮喪，端賴指揮官胸中熾熱的火焰，以及頭腦中閃爍的光輝，再行燃起大眾已趨冷卻的心境。」傳播工作者一旦失去熱情，如何能鼓舞群倫，產生共鳴，尤在產業亮起藍燈時，你自己決不能沮喪、洩氣。要用更大的光熱，再行照高生產線上低迷的士氣，隱而不顯地帶動產業成長。

我的編輯生涯，十二年如一，平淡無奇。纍纍果實，皆為群力的結晶，一切榮耀，應屬全體伙伴們所共享。因篇幅有限，本文只作感性發抒，未作技術性探討，尤其許多關懷、讚揚、勉勵所帶給我的珍貴友情，甜美回憶，都沒寫出來，暫時蘊藏我心深處，永存感謝。由於這股溫馨感人的力量，給予我再出發的奮鬥意志，我將繼續前行，不知老之將至，黃金年代永遠走在明天，讓我追尋。

千山鳥飛絕·萬水魚蹤滅

——我的環保觀

動植物都會平衡自然，只有人類會破壞自然，環境如果被破壞，最後受害的還是人類自己而且禍延子孫！

台灣的河水像醬油

一九八九年初，一個裝滿地球的垃圾袋，登上了「時代雜誌」的封面，標題是：「瀕臨窒息的地球」，我們共同擁有的美麗世界，眼見即將成為宇宙中一個巨大的垃圾袋。

台灣地狹人稠，三方六千平方公里的土地，「平地只佔四分之一，而人口密度，却佔世界第二位，生存環境，真叫人感到窒息，聽說一年垃圾，若舖在地上，可以把全台灣掩蓋起來有兩公尺高，這是何等恐怖的現象。至於何流的污染，情形更為嚴重，全台幾乎沒有一條有魚蝦的河流。（除高山源流）

華塑企業在苗栗頭份設有總廠生產PVC石化產品，有三千多員工。一九八七年，環保署去該廠視導污水處理情形，特別提到「中港溪河水像醬油一樣，污染情形相當嚴重。」等語，發人深省。

這次以環保為重點蒞臨工廠督導，給了我們極大的啟示，地球只有一個，不容我們糟蹋。華塑企業一向重視環保工作，每年支付環保相關設（措）施均在一億元以上，可謂不遺餘力。今後將更落實此項工作，依據國家法令，並配合ＢＴＶ近頒「環保準則」積極推展，達到污染防治零目標，大家合力來極救被污染不堪的河流。

台灣成了野生動物的「黑洞」

台灣人有殺虎、殺鷹、吃娃娃魚、進口犀牛角的紀錄，最近被國際社會指為世界稀有動物的殺手。「為富不仁」的臭名遂遠播全球。

現在問題來了，美國與英國四個環保及動物保護組織，一九八九年在美國召開記者會，聯合發起一項抵制行動，不讓台灣加入關貿總協，希望美國人民拒買台灣貨，宣傳片播出犀牛鮮血從電器中冒出來，叫人怵目驚心。

他們認為「台灣是全世界最大犀牛角進口地。」「非洲的黑犀牛，已從十六萬頭減少至目前的二千三百頭。」「台灣是個黑洞，犀牛、老虎及其他稀有動物都消失在其中。」……現在我們體驗到「地球是全人類共有的，大家都有愛護的義務。」不能因為有錢便可以任所欲為，這樣會遭受國際的干預和制裁，嚴重影響國家信譽。

上月台灣又發生「人鳥爭食」的現象，大批候鳥因河川被挖掘與垃圾污染，使生態失衡，轉而去啄食農作物，被農民大批毒殺。有一種稱為灰面鷲的鷲鷹，是一種大型候鳥，繁殖在西北利亞和中國北方，每年十月，大批南下過境台灣屏東一帶，被當地人民在夜間用紅外線瓦斯槍捕殺，一夜之間最少射殺三百隻，市價三至五百元台幣一隻，報載有一戶投入獵殺，不到十天，賺進四十萬台幣，（相等十萬人民幣）還遠銷到日本呢！二〇〇六年十月，據估計殺死五千餘隻，台灣已成了「殺鷹屠場！」我主管單位若再不採取有效對策，不出數年，台灣不但是稀有動物的黑洞，也將成為候鳥類的葬身之處。「千山鳥飛絕，萬水魚蹤滅」的悲慘世界，將在台灣顯現。

天空破了一個大洞

科學造福人類，也傷害人類，氟氯碳化物ＣＦＣ就是其中之一。

它是一九三〇年發明的「化學聖品」，無臭無毒，使用非常廣泛，可做化妝品和冰箱、空調設備的冷媒。但在一九七四年美國加州大學教授發現這種化學品，有九十九％飄到大氣中，放出一種氯原子，破壞臭氧層，為害地球表面的生物群。一九八五年科學家發現在南極上空的臭氧層被掘破了一個大洞，有歐洲那麼大，使太陽增加紫外線，對人體有礙。

整個地球成了命運共同體，國際間通過一項議定書，以一九八六年為準，逐年削減ＣＦ

C的製造。台灣的準度是二〇〇四年削減四〇%，二〇〇五年削減七十五%，二〇〇六年削減八十五%，二〇〇七年則全面禁止。我們只有一個地球，盼望業者能通力合作，補好這個大洞，挽救人類劫難。

環保主導經濟發展的時代將來臨

因排放污水或廢氣而遭受民眾圍廠抗議，短則數月，長則數年，逼得工廠走頭無路，最後關門大吉。因此業者便意味著環保與經濟環環相剋，不能併存。

不僅業者如此，早期部份學者也曾喊出「限制經濟發展來拯救地球」的口號。

其實環保與經濟之間的依存關係，相當密切。譬如淡水河整治方案，遠在五十年代即已提出，因無經費而止。直到七十年代台灣經濟起飛之後，才以一千億龐大預算重加規劃，分期完成。這顯示沒有經濟發展取得財力支援，環保永作不好。又如以往煉鋼廠房，煙霧迷漫，空氣混濁，溢出廢氣污染社區。現在煉鋼廠投資建立密閉式全廠空氣更新系統，工廠能見度良好，廢氣減少，工作環境舒適，工人樂於工作，一天原來只出四爐，提高到五爐，輕易回收投資成本。可見經濟與環保自有其良性互動與互依性，問題是業者如何取得其平衡發展。

專家預測公元二十一世紀，環保將主導經濟發展，不僅在原料、製程和廢物排放上，都要以環保為主要考量，就是產品也必須符合環保要求，始能保有市場，不受時代淘汰。為因應此一趨勢，我們似應預為綢繆。

請大家來重視「環保」

我們祖先留下這片青山綠水的生存空間，卻被我們這一代糟蹋得面目全非。將來留給子孫的只是一條沒有魚蝦黑得像醬油般的臭水溝，和沒有綠意沒有陽光沒有鳥語的山坡地，我們忍心嗎？動植物都會平衡自然，只有人類會破壞自然，環境一旦被破壞，最後受害的還是人類自己，而且禍延子孫。

這樣嚴肅的人生課題，我們豈能忽視？下面提出幾點淺見，讓大家一起來重視「環保」，擁抱「環保」：

一、ＢＴＶ頒發的「環保準則」，是一項規範宏遠綜理微密最具專業性與前瞻性的指導原則，落實活用，必能事半功倍，功德無量。

二、個人能正面積極來保護環境最好，不然也應避免造成環境的負面因素，如在公共場所吸煙，尤其在兒童和孕婦面前吸煙更是不道德行為。

三、不亂拋垃圾，亂扔煙蒂，亂吐檳榔汁。在家中不要任意製造垃圾，並實行垃圾分類處理，以便資源回收，碎玻璃用厚紙包紮好再丟棄。

四、淡水河污染源，六十％來自家庭廢水，所以我們盡量少用洗潔精。

五、環保是近十年衍生的新事務，大家較陌生，不妨多參與環保活動，如「萬鳥歸林」，「萬流歸宗」、「種二千萬棵樹救台灣水源」等活動，或擔任環保志工，吸取環保新知。

六、愛護動物，不捕殺動物，愛護植物，不折擷花木，盜伐森林。

七、建立環保宇宙觀，地球只有一個，請給地球更多的愛。給我們住地四週更多的關懷。

八、少用塑膠袋，不製造塑膠垃圾。否則，我們的子孫將無地可種，無米可食。

九、心中有環保，永遠不會老，處處做環保，世界多美好。

長街

——我十二年通勤生涯

這條長街，有二十五公里長，可能是台灣最長的一條街。

黎明，我披著星月或冒著風雨，趕上巴士，通過長街。

傍晚，我迎著餘暉，像倦鳥歸巢般的再駛過長街，回到我溫馨的家。

日復一日，年復一年，就這樣朝朝暮暮、顛顛簸簸地度過我十二年坎坷歲月。

這條所謂「長街」，原來並非街道，只是縱貫台灣南北、由三重到桃園的一段公路。十餘年前，道路兩旁阡陌縱橫，綠油油一片美景；曾幾何時，舊房子一幢幢拆掉，新大廈紛紛建立起來，現在鱗次櫛比，形成了街道，有二十五層公寓大廈，有三十二層辦公大樓。原來只是兩線道路面，現在已擴展至四線道，新莊至迴龍段為六線道。台灣經濟發展與社會進步之速，看了這段小小縮影，就夠人驚訝。

我親眼見到這條長街一段段成長，由小變大，由平靜到繁華；所以對她產生一種特殊的感情，付出容忍與關懷；本來四十分鐘的行程，塞上三小時的車是極平常的事，雖然「包青天」已在家等候多時，你也得處之泰然，無所怨尤。因為我太愛這片土地，不忍深責。

除了塞車之苦，最叫人難以忍受的，是大熱天在三十六度高溫下擠車之苦，人多擁擠，滿車汗氣，加上五味雜陳，真不好受。所謂五味，一是零食味；許多人喜歡在車上吃零食，什麼梅、水果、三明治、漢堡、肯德基等，放出的氣味像置身餐廳。二是狐臭味；遇上這類乘客，唯一辦法只有換座位。三是香煙味；老煙槍不僅吐氣有煙味，連一身都是煙味，是一般人難以苟同的，尤其吐檳榔汁的惡習，更令人側目。五是脂粉味；有些珠光寶氣的中年婦人，喜愛濃粧艷抹，滿身脂粉味，那份香氣不是怡人而是逼人作嘔。這種五味雜陳現象，直到一九七六年台灣高速公路完成才逐漸改善。

在通勤道上，紅塵滾滾，有苦澀的一面，也有喜悅的一面。這長街有一所大學、兩所五專、三所女高，早班車全是莘莘學子，人手一冊，朝氣蓬勃，充滿青春氣息，使自己也跟著年輕起來。

有一次，兩位盲啞青年上車，第一位用三個手指做成「个」狀，第二位用雙手姆、食指合成「心」狀，車掌小姐頗感茫然，不知如何是好，我知這是手語，遂告知一位要到新竹，後一位要到桃園，兩人點頭，車掌微笑。

最有趣的是一對熱戀中的青年男女，雙雙隱坐後座，突然一聲尖叫，口吐鮮血，要求下車。

原來二人正相擁熱吻，在渾然忘我之際被一陣顛簸將女的舌炔咬傷，血流不止。使我聯想起李清照「醉春風」的詞兒：「……動動動，臂兒相兜，唇兒相湊，舌兒相弄。」弄不好，當然要弄出事兒來的。

這條長街，有朝一日，可能會延伸到高雄，從北到南成為一條四百公里的長街，創世界金氏紀錄。

文馨飄香桃花源

——服務文化公益十二年的感動

人生除了追求物質生活之外，還有文化、藝術、宗教等較高的精神層次需要追求，以提昇生活品質。再進一步的最高境界，就是無私無我為社會奉獻的「志工事業了」，生命能量也因此而更安祥，更快樂，更光燦。

在台灣多元社會的激盪下，經由自我的警覺，許多人都自動自發的參與各項公益服務，以無私之心回饋社會，形成一種善良的新風尚，「志工」文化就這樣風起雲湧地擴散開來。

一九九五年六月，我第三次自「雜誌社」職場退休下來，已屆「從心所欲」之年，孩子們都成家了，這隻老牛也該放下破車，怡養一下天年吧！但我賤體硬朗，又不甘寂寞，於是重新規劃生涯，決定參與社會公益服務行列，既可學習成長，提昇心靈境界，又可為社會善盡一份棉薄之力。

一個偶然的機會，我加入地方文化中心的公益服務，當起「志工」來。志工是近十年來台灣社會的新趨勢，新族群。花蓮慈濟證嚴法師，不是結合了百萬志工大軍，慈悲無私的喚起世人對人類苦難的關懷，而創造了除政、經之外另一個人文奇蹟？全台灣現有兩百五十萬人參與各類志工服務，這數字並不高，在歐美先進國家有百分之五十的人參與這項工作，日本也有百分之三十，台灣實際只有百分之七點六左右，尚待我們為努力提昇公益服務而加把勁。

文化是一種融合，就因全程參與一次「民俗文化」的活動，使我有機會與這塊土地結下深厚的情緣，相互激盪出一股濃郁的鄉土之愛。

感情、人、土地

文化中心於一九九六年，舉辦一次「人與土地—土地伯公的信仰」文化節系列活動，以土地伯公為主題，從恭迎一座土地伯公的神像，到中心展場供市民膜拜，並實施戶外「聚落采風」，下鄉到田野和鄉間小路旁探視各式各樣的土地伯公數十處，使我印像深刻的是鄉間小路旁的「三粒石」和百年榕樹下的「福德正神」。

回憶一九四九年，我們部隊初到台灣，駐紮在桃園一個叫「伯公岡」的小鎮上，發現田頭田尾、村前村後都有堆着三粒石頭，一個土罐香爐所組成的空間，不知是何神祇？甚至在小路旁或大樹下，也有類似的景觀。入境問俗，經詢問村民，方知是供奉護佑一方的「伯公」土地神。當夕陽落入海峽，部隊野外歸營的時候，我會告訴兄弟們這是陰間土地守護神，我們是陽間土地守護人，大家是同行，應相互尊重，與民同好，不許任何人隨意搬動它。這地方就是現在楊梅的「富岡」。一個純樸的鄉村，我開始對台灣這片土地付出初戀，播下愛的種子，而「三粒石」伯公卻作了我感情的紅娘。在此駐了三個月即移防彰化，我派到鹿港担任了半年多港口檢查所長的職務。

十三年後，一九六三我成了家，又回到桃園落戶，九別重逢，倍感溫馨。桃園的人及環境和文化資源十分豐厚，在政府與民間文藝機構共同耕耘下，市民文化素養與認知不斷成長，文化人口也不斷增加，我在服務文化的長河中，深深感受到文化的包融性與影響力非常驚人，雨果曾說：「文化的力量遠勝過軍隊的武力」確是如此。

我的看法是一個國家像座森林，「文化」好似森林的土壤，由根部不斷傳輸看「經濟」的養份使枝葉繁茂。「政治」祇是代表季節的轉變，替森林更換衣裳，塗抹些顏色而已。正如春去秋來，潮起潮落，轉眼即逝。惟有「文化」才是森林的根本，根部深處呼吸的強弱，養份的多寡，直接影響國家社會的興亡盛衰。雖然它的延續與發展是柔和的、自然的、漸進的，但它的潛力卻是無窮。

人與人相處，也屬一種文化，一種緣份。近幾年與志工伙伴們上山入谷，飛天過海，攀登了無數高峰，踏遍了花東峽谷，在麻太里看最早日出，在太魯閣看阿美族拜日高歌。我們結隊飛越黑水溝，邁步跨海大橋，擁抱沙灘、陽光、白浪，歌聲笑語，震盪着外婆的澎湖灣藍色的海洋。

大夥共同遊樂、共同歡笑，共同成長於這片親愛的土地—福爾摩沙作深情對話。遠溯三百年前，若非鄭成功趕走荷蘭人，六十年前中國八年抗戰勝利，光復台灣，留下吾土吾民、好山好水的「蓬萊仙島」，我們那有今天的福報。

二〇〇三年我寫了一首七言傳統律詩「話我新故鄉」，表達我對這片土地的深情摯愛：

其一

石門涵碧接山光，蜿蜒如帶源流長。
霧裡層巒堪入畫，微風輕送野花香。
三粒石旁鄉間路，齋明古道映夕陽。
黃金海岸魚滿簍，復興水密桃滿筐。

其二

慈湖頭寮伴聖哲，萬方景仰四海揚。
大溪山水織百錦，踏歌聲落新故鄉。
虎頭山下世外地，桃花吐艷滿庭芳。
薰風吹得離人醉，直把桃園作鳳凰。

這首七言律詩，刊載於桃園文藝作家協會第二十集「桃園集粹」專輯中，不知被那位編輯垂青，把它收納在二〇〇五年十二月出版的「桃園市誌」第六章「文學與藝術」篇，並將我個人經歷及著作披露，表示對我的肯定。一個外省籍作者，憑著一念之誠，寫下對養我六十年這片土地的愛，而能並列桃園地方典籍，與這片土地血肉相連，名留青史，也不愧今生今世落籍異鄉的一份榮幸了。

安徒生在桃花源復活

「童話之父」安徒生，是北歐一位浪漫的思想家，可是他萬萬想不到一百九十七年後，他輝煌的藝術生命，竟在東方亞洲海域一個世外桃源復活，與一百九十多萬桃園人民，共享了一場豐盛的文化饗宴。

他常想往着通往東方的路，憧憬與古文明接軌，在童話故事「牧羊女和掃煙囪的人」中的「中國爺爺」和「夜鶯」中，中國皇帝被優美歌聲感動得流淚，不正是他的文化心靈貼近東方華麗國度的表露嗎？

二〇〇二年九月，安徒生「魔法花園」童話故事原稿原畫二百多幀，自日本東京來到桃花源，將展出二十六天，這是一件國際文化交流的大事，所有服務及解說工作，全落在志工肩上，所以在一個月前，我們作了一週的講習，安徒生一生寫了一百六十多個故事，為配合這次展出，在一週內我們得熟讀其中三十六個故事，同時要深入瞭解各種圖畫技巧的基本原則，真是一大考驗。

果然文化的桃花源沒有使安徒生失望，開幕那天，一大早像海浪般的人潮，一波一波湧向文化局與安徒生對話，尤其是幼稚園的兒童，一批離去，一批又來，他們小手牽小手，排排坐着聆聽我們的解說，那份純真而又期待的眼神，使我好感動啊！兒童最基礎的感情是從童話開始，成長之後，才能獲得一份純潔的愛來溫暖心靈。

這次「魔法花園」的原畫展出，分三個展場，以第一展場為主體，由我與三位伙伴負責導覽，每天四小時。我為適應多元對象，因材施教，將觀眾分為三類，第一類是兒童，以「看圖說故事」方式，引導幼兒欣賞畫中的故事，用最直接最富感情的語言重複解說，同時使用輔助教材，介紹「買火柴的小女孩」時，拿出火柴實物來，（我收藏多年的火柴盒，派上用場）使幼兒知道什麼是火柴？突然劃一下，發出火花，哇！幼兒會驚叫起來，很有趣。介紹「野天鵝」時，我先在參考室影印許多鴨、鵝、天鵝、鵠、雁……等鴨類的圖形，翻閱給孩子們去辨認。

第二類是學生，比較有理解力，故事也看過了，我以賞析畫作為重點使他們了解每幅原畫的創作技巧和特色。第三類是成人，首先必須強調安徒生寫童話，不是專寫給兒童看的，他曾說過：「我並沒有忘記孩子的家長也在一旁傾聽，所以我必須在故事中加些思想，讓大人也可以思考，與孩子們同樂。」用這段話穩住了大人的信心和尊嚴之後，他們有了興趣，便易於解了。有一位八十多歲的退休將軍，葉昌煒先生，前來參觀，他高中時已經讀過童話英文版本，對這樣高水準的觀眾，我即刻決定採用另一層次的「畫作賞析」和「故事本身的教育性」向他解析，其中包括人權、道德及人類追求真善美的藝術表達手法。二十分鐘下來，他很滿意，臨去時向我與杜素雲（女、國中國文老師）一一握手致意。

桃花源這項文化交流活動，持續了快一個月，每天參觀人數都在千人以上，閉幕那天，「記數器」指針停在「四六七九」數字上，已超越了四千多人，我們已經是人仰馬翻，口枯舌乾，但內心卻充滿了快樂的成就感，因為我們做了一件有意義的事。

「生命有涯，藝術無窮」，安徒生兩百週年原畫展雖已結束，可是他的藝術生命永遠都存活在東方人的心靈中，我們的藝術素養，也得到同步成長。

快樂奉獻終身學習

擔任文化公益服務，擁抱文化局八年，桃園縣文藝作家協會總幹事義務職四年，在漫長四千三百多個日子裡：

長年累月
徜徉在文化的殿堂裡
浸沐在藝術的風景中
生活充滿了「美」和「詩意」

心湖盪漾着「愛」與「喜悅」
「服務」於「學習」的長河
快樂「成長」於人文豐盛的綠洲
生命能量──因擁抱文化
綻放出青春活力
閃閃發光

一九九八年，我接受文建會頒發績優文化獎章之前，五位評審委員瀏覽了個人資料之後即問：「我知道你當過憲兵營長，也當了五年文化義工，你的感受如何？」我毫不猶豫的說：「我早已放下身段，一切歸零，謙卑喜樂，高高興興做志工的事。五年前手上長出的老人斑，現在全都消退了，我快樂的創造了生命奇蹟。」委員們一陣笑聲，代表肯定的掌聲，我佩着文化獎章回來。

的確，一個人能長期保持快樂心境，是會減緩老化的。根據科學家研究，發現人類如在恐懼、憤怒，內心感覺極度不安時，腦內會分泌一種荷爾蒙，叫「去甲腎上腺素」nar adr enaline，這是一種毒素，僅次於蛇毒，會使人生病、老化、早死。反之，如果長期過着積極正常的生活，心情愉快，樂於助人，腦內也會分泌一種快樂素B-enaline，產生腦內嗎啡中最有效的物質，使人健康舒暢，可以提高免疫力，永保青春活力。這可能就是我老人斑消退的原因吧！

在服務長河中，我體驗到人生最快樂不是佔有，而是奉獻，付出愈多，快樂也愈多。同時覺得人生的進步來自學習，在服務長河中不斷學習，學習中不斷進步，進步中獲得成長。成長後必得快樂；若能終身學習，保証快樂一生。我任圖書館大組長期間，成立了「舞蹈社」，由陳芬蘭老師指導，常在外義務演出，每獲好評或獎勵，大夥跳起來樂翻了天，後來又編組「合唱團」，請同安國小呂校長指導，李淑華老師担任伴奏，二十一人分二部合唱，在「傳情說謝」之夜，担剛演出，讓音符在空中跳動，唱出歡樂，唱出健康，唱出生命的樂章。總之，輕歌曼舞，使大夥在快樂中神采飛揚—同步成長。

一九九九年春節，中心舉行志工授証及聯歡晚會，我寫了一首「紅塵中的暖流」朗誦詩，由二十位伙伴在晚會中朗誦，為默默奉獻者發出心聲，寫下無私的諾言：

親愛的伙伴們
時代變了，社會被撕裂得病入膏肓
看那濁流滾滾，濁浪滔天
排山倒海地湧向我們而來
這塊美麗淨土
被撞擊得東倒西歪，人倫失恆

弄得君不君、子不子、臣不臣
—宗教信仰迷失
—法律網常潰散
—道德勇氣淪亡
—文化盡失光環
啊！多少善良的生命
因失業負債而走上絕路毀滅

×××

親愛的伙伴們
我們不必憂懼，不必傷感
人文的關懷，植根深遠
愛心的擴散，潛力無限
我們是紅塵中的暖流
我們是濁流中的砥柱
我們是污泥中的白蓮
大夥兒手攜手、肩並肩

堅持理想與信念
用文化的寬容和光熱去
熔解冰山，戰勝邪惡，遏阻亂源

×××

親愛的伙伴們
讓我們來肯定自己，寫下無私的諾言
文化志工是服務人群的先鋒隊
文化志工是祥和社會的生力軍
文化志工是文化資產的傳說人
文化志工是無私無我的奉獻者
文化志工是快樂人生的源頭活水
文化志工是多元社會的安定力
文化志工是心靈改革的模範生
文化志工是仲夏夜的靜美長空，星光點點
（浪漫的「美」）
文化志工是艽野上的星星之火，可以燎原

（凝聚的「力」）
文化志工是紅塵中的暖流，溫馨人間
（關懷的「愛」）
文化志工是一支永不熄滅的巨燭，薪火相傳
（永恆的「光」）和「熱」）

（全文完）

▲ 作者擔任童話作家安徒生兩百週年原畫展解說員，孩子們聚精會神傾聽。

文藝是人間的繁星
——寫記豐盛的國際文藝饗宴

原本單純的畫展，竟渲染得如此狂熱多嬌，是水墨揚波，還是彩帶飛舞？潑動了文藝的寂靜，文藝閃亮人間的繁星。

一、台北、漢城聯展濫觴

「二〇〇五台北、漢城現代彩墨創作聯展」，由台北「元墨畫會」的推動，桃園縣文藝作家協會的策劃，桃園縣政府文化局主動大力支持，八月十八日終於在文化局三樓第一、二展覽室揭開序幕。

台北「元墨畫會」是由師範大學美術學系畢業校友所組成，沈以正教授任會長，韓國漢城「新墨會」成立一九八三年，由弘益大學美術系教授河泰瑨等所組成，由羅基煥教授任會長，經由周澄大師的創意，將兩會互結為姊妹會，分別於台北、漢城兩地輪流展出。

這次展出的觸角延伸到桃園，應歸功於文藝作家協會顧問吳長鵬教授的引薦，文協楊珍華理事長申請場地安排展出，也是文化局繼二〇〇二年安徒生童話故事兩百週年紀念展之後，又一次盛大的國際性藝術交流。

二、「視覺藝術」與「表演藝術」交互輝映

隆重的揭幕典禮，由桃園縣大家長朱立倫親自主持，他首先對韓國「新墨會」的朋友遠道來此與「元墨畫會」作藝術交流，感到高興，並贈送紀念品以表示熱烈歡迎。繼而由簡子愛舞蹈研究社十六位少女擔任「迎賓舞」。此時東方古典音樂在室內揚起，一批一批的彩蝶，帶著長長翅膀，輕盈地飛進展場，躚踏看古典音符的韻律，在「水墨」的流光中翩翩起舞。原來寂靜的展場，頓時熱鬧起來，蓬勃起來，美與力、光與熱、音樂與美術幾乎全融合於同室共舞，使「視覺藝術」與「表演藝術」相互輝映，幻化成一個綜合藝術的繽紛世界，美麗極了。

另一特色是桃園文作家二十餘幅作品，同時在此展出，不僅是水墨，尚有張穆希先生、吳英國先生的「行草」，林啟明先生的「篆刻」，江漢童先生、余勝芳先生的「水彩」，陳素安女士的「刺繡」，都是經典之作，使聯展更豐盛多姿，同時協會諸先進藉此觀摩切磋而獲益匪淺。

三、「現場揮毫」與「場外攬勝」的美感交融

盛大的揮毫場面開始了，大師們分為三組，第一組由王獻亞、吳長鵬、陳俊傑三位先生合畫，

第二組由周澄、沈以正先生及羅芳女士三位組成，第三組由韓國羅基煥、王亨烈、李成永、張泰英四位先生合畫，三張大畫桌，放置水、墨、紙、筆、赭石、花青等一應俱全。但見大師們個個精神貫注，有如勇士赴戰，那份氣吞雲夢的人文豪情，令人肅然起敬。他們都以山水和樹石為合畫題材，韓國哪一組由羅會長最先落筆，畫了一株濶葉樹，著墨濃重，遒勁有力，其餘三位則以此為中心一一作適當舖陳，其中還點綴一對白鵝，使畫面生動。最後由羅會長用水墨暈染，增加秀潤的感覺，也使得畫中的山巒渾厚，樹木蒼茂，遠樹重山，層次分明，完成這幅佳作。水墨畫是不寫實的，但也不絕對抽象，如畫中兩隻白鵝，就沒有採用西畫透視法來處理實體，這與中國傳統水墨很接近。第一、二組大師們的畫作，則用彩筆著色勾勒，使山水畫更具濃重的裝飾趣味和美感效果。

總之，這次現場揮毫的場面之大，人數之多，以及揮毫者皆為國寶級人物，藝術造詣之高，是文化局歷年來從未嘗試過的。堪稱空前的風華盛事。

中午在文化局以餐點款待，下午三時由楊理事長陪同韓國友人作了一次大嵙崁探幽之旅，哪兒風景旖旎，江山如畫，讓外國朋友看看我們的好山好水，藉此陪養藝術家的創作美感，當他們到達老街步上青石板路的時候，楊理事長指看街道兩邊「巴洛克」式的建築，說明在一百年前，根據裝飾美學ART DECO的藝術，以此為設計基礎，完成了模擬西方古典豪華的建築，十分雅緻，可見大溪開發很早。繼而前往「鴻禧山莊」參觀現代建築之美，並在該地進了晚餐。

這次戶外攬勝，希望能在建築藝術的觀賞中，培養些心靈美感，俾助藝術創作的發揮。

四、「文學」與「藝術」結合的五美之夜

甚麼是五美？就是聲情之美、琴韻之美、歌舞之美、友誼之美和珍饌之美，全在晚會中展現出來。

晚會在桃園市芷園餐廳舉行，楊理事長簡短致歡迎詞完畢，即開始「詩歌朗誦」，由葉忱老師朗誦「造一座愛的彩橋」新詩，她清晰的音調，穩健的台風，感人的表情，將新詩內涵。詮釋得淋漓盡致。

「二十六年來
多少前輩菁英，文藝碩彥
拎著一盞愛的孤燈
滿懷成長的苦澀和喜悅
跨過這座愛的彩橋……」

她的聲調低沉，帶有些感傷。而當她朗誦到：

「看吧！百卉正為我們展顏歡唱
老幹新枝，朵朵芬馨
共同攜手迎向豐碩的輝煌」

音調拉得很高，似乎在分享成長的喜悅。

朗誦詩是一種新興文學，詩詞未經朗誦吟唱，它是靜態的、平面的，但一經吟誦，便成為動態的、立體的、有生命力的「聲情之美」。

接著是陳圓女士用韓語唱：「阿里郎」，觸動他們的鄉情，站起來大家合唱，簡女士用台語唱：「望春風」，這是桃園作曲家鄧雨賢先生的傳世之作，很鄉土，都由我用口琴拌奏，獲得不少掌聲。

陳錦雲女士用古箏演奏了一曲「陽關三疊」，又名「渭城曲」，曲子有一句「勸君更進一杯酒，西出陽關無故人」需要疊唱，故謂三疊。陳女士琴藝造詣很深，彈奏時音色清亮，能融入情感，講求意境，那份千言萬語，欲語還休的離情別緒，在琴聲中表露無遺。可惜韓國朋友不太理解從詞意裡釋放出來的「琴韻之美」。否則，會激起思鄉之情來。可見藝術的真理，在能心領神會才有意義。

美食也是一種生活藝術，今晚豐盛的菜餚，可使大家盡情享用「珍饌之美」。席間相互把酒言歡，華燈紅酒，觥籌交錯，韓國朋友還與我們年輕貌美的秘書小姐共飲交杯酒呢！

好在酒力差的，都能自我克制，適可而止，充分顯示藝文界高雅的人文品味。

一面飲宴，一面欣賞歌舞表演，由桃園市長青藝文學苑兩位女士擔任的「港邊惜別」，彩裝登場，用歌舞劇形式演出一對戀人的深情難捨，表演得絲絲入扣。這時楊理事長自動出來唱了一首英文歌Well be Well be Well be感嘆世事之多變，她用中音唱出，玉潤珠圓，充分表露她的才藝和魅力。韓國朋友也用韓語唱了一首Happy，極似貝多芬D大調的「快樂頌」，記得主題中有這段句子：

「你哪不可思議的魅力
使世間分裂的人再次團結
在你溫柔的雙翼下
四海之內皆成兄弟……」

一陣掌聲響起，表達心靈快樂的感受，席間有人在叫ENCORE、ENCORE的。可見藝術沒有國界，超越了地域和文化的藩籬。

最後簡老師以一曲「鳳陽花鼓」帶動唱，用筷子作道具，一時杯盤餐具都成了打擊樂器，叮噹噹，齊而有力的旋律，正譜寫出兩國文藝界人士團結友愛的偉大讚歌。

壓軸戲是舞蹈教育家簡子愛女士與韓國羅基煥會長一場共舞，這是一次國際性高水準的標準舞，踩步穩健高雅，舞姿優美，難得一見。

慢慢的，華燈將熄，夜色已深，歌舞已歇，只有點點星光在夜空裡閃爍發亮。為這次浪漫的聯展劃下完美句點。

是水墨潑醒了文藝的寂靜，文藝閃亮了地上的繁星，人間却因你而美麗。在此藉用冰心女士「繁星」中的詩句作為本文的結束：

「弱小的草啊！
驕傲些吧，
祗有你普遍的點裝了世界。」（繁星48）

我對「生、死」的看法與領悟

生命不是暫短的燭光，而是耀眼的薪火；
人祇要活著，熱愛生命，就是奇蹟。

一、緣起

二〇〇一年七月，文化局邀我赴嘉義「南華大學」生死學研究所，對「生命教育」作短期研究進修。同年十月，我又參加「空中大學」生活科學系，研究「生死學」一個學期，這一年我腦子裡裝滿了生生死死的陰陽怪氣和光怪陸離的奇麗幻覺，有時竟到了怪力亂神的地步，夜間常做惡夢，好在我思維尚稱清明，以長期對生命的體念，再融會「生死學」的應用理論，反復鑽研，倒悟出一些玄機來，不僅是對死亡有進一步了解，而是對整個生命展開對話後，獲得一些體認與領悟。

「生死學」目前成為一種顯學，在台灣誕生已有十三年歷史，一九九三年，宗教學者傅偉勳寫了一本「死亡的尊嚴與生命的尊嚴——從臨終精神醫學到現代「生死學」，在台北出版，「生死學」一辭首次問世，他從美國的「死亡學」進一步配合中國本位的生死智慧，演發形成「現代生死學」。他將現代生死學在理論探究上擴展為四個面向——即自然科學、健康科學、社會科學、人文科學。此外還包含生物學、醫學、護理學、心理學、社會學、哲學、宗教學等，都視為生死學的基礎科學，而加以理論探討。

在實務方面，包括生命教育、臨終關懷、悲傷輔導、殯葬管理等，牽涉十分廣泛，而且都很專業，非本文所能涉及，我所要寫記的僅限於生死學理論探討，並記述南華大學這段師生因緣，該校為佛光山星雲大師所創辦，教授都是佛教法師，宗教氣氛濃厚，因此我所探討的多偏重宗教與哲學的人文科學，參証中外先哲智慧，提出些管窺之見。

我已八十高齡，仍能本著「活到老、學到老」的精神，永遠不停止學習，因為學習是生命永恆的過程，研習「生死學」更能引起年長者對生命價值永恆的關切，從關注中達到認識生命，尊重生命，進而建立完美人生的價值觀，創造生命奇蹟。所謂奇蹟，不是長生不老，而是活得快樂，活得有價值，活得有尊嚴。

二、從「拈笑微花」說起

在嘉義南華大學「藐姑射」(註一)的會議廳裡，發生一件小小的故事，帶有幾分禪意。

比丘尼伊昱法師（愛知大學文學博士）八月二十五日上午，在校園大佛堂教我們禪修，從打坐的姿勢、呼吸、到眼觀鼻、鼻觀心，使心念完全靜止下來，發現清妙自在的真我，才能達到禪定的境界。兩小時下來，雖然筋骨酸痛，但覺思緒清朗，週身舒暢。

禪是生命的悅樂、生命的智慧。智慧由何而來？把內心種種欲望、煩惱、憂慮都放下，便可產生禪定而孕育出智慧，照亮自己的心靈世界，求得生命的悅樂。

夕陽漸漸沒入嘉南平原，晚間是電化教育，仍由伊昱法師輔導，電影內容描述一位母親在醫院照顧癌症末期兒子的情形，映畢，法師第一個指著我說：「請這位學長說出電影中你印象最深刻的一句對話？」我毫不猶豫的答：「母親告訴孩子：『金錢不是萬能，它買不到健康、買不到親情、買不到生命的尊嚴』。」法師慈祥的微笑著，順便在講臺花籃中拈下一朵紅玫瑰，口中不斷地說：「很好，很好！」我似乎看出法師的動念，那花是屬於我的，於是搶先說：「法師手中的花可以布施給我嗎？」

「可以可以，你上來！」

我高興得一躍而起，趨前向法師合十頂禮，接下鮮花，回座對著麥克風說：「感謝法師拈花微笑，加持布施，禪是生命的花朵，這朵花帶給我生命的喜悅、生命的智慧和能量，從今以後我將更珍惜生命、熱愛生命，快快樂樂地活下去！」稍停片刻，我拉高嗓門：「我要活一百歲！」如雷掌聲隨之而起，一百二十多雙熱情的手似乎在為我的心願背書，記下這歷史的一刻。

今天法師「拈花微笑」，與佛陀在靈鷲山法會上的故事十分吻合：那時佛陀手中揚起一朵金色蓮花，正準備向成千上萬的弟子宏法，大家望著佛陀手中的花，卻茫然不解其中含義，就在此時弟子大迦葉面對香花，微微一笑，立即被佛發現，並當眾宣佈：「我有正法眼藏，微妙法門，不立文字，教外別傳，現在已經傳付給大迦葉啊！」同時將金縷迦裟披在他的身上，從此大迦葉成為禪宗第一祖。為什麼佛要拈花微笑？原來那朵花正象微著生命，佛拈那朵沒有凋零的花，是告訴我們生命的意義，掌握在自己手中，對花報以喜悅的微笑，就是對自己生命真實的熱愛。

在當時我並不知道佛陀這段故事，只見法師在講座上拈下一朵玫瑰，我感覺很有趣，發出會心一笑，我坐第一排中央，被法師發現，演出這場公案，（註二）原來禪是以心傳心，自悟自解的，悟的主體，就是自己這顆純靜的心念；一個恬淡的微笑，傳遞了一切，綻放著心靈的和諧、完美與圓融，看到了真正的自我。

生命就像花朵，只有綻放自己的本性，才有屬於自己的芳香。今天無意中見性發慧，是很自然的因緣和合。星雲大師說：「禪是悟的，不是學的，禪是從自然中流露出來的。」原來禪悟竟是如此自然，我感受到「小悟」了。

三、生從何來？死往何去？——中國人對生死的看法

人從那裡來？眾人皆知，乃父母所生，父母又從祖父母而來……若再往上一一追溯，就發現

不易作答了。

聖經上說：「人是神按照他自己的形象造的。」「耶和華用地上的塵土造人，將生氣吹到他的鼻孔裡，他就成為有靈的活人。」婦產科醫生說：「人的生命是從受精而來，數億男性精子進入女性子宮，等待與卵子結合受孕，精子到達目的地大約存活一千個最後只剩一個有機會和比自己大八萬五千倍的卵子受孕成功，產生細胞分裂，經過二百六十六天的分化成長而縺變成一個新生兒。」對，但再追問下去，第一對夫妻從那裡來？又將回歸原點。

達爾文進化論認為，世界上形形色色的生物，都是由原始變形蟲（阿米巴）的生物，在極冗長的時間漸漸進化而來，人乃是這進化程序裡最後的產物。

人是否由神創造出來？或由變形蟲進化而來？抑或由猿猴慢慢變成的？有宗教的解釋，有科學的解釋，到今天還沒有定論。而學術界多偏向於進化論。

其實達爾文的進化論，只是一種理論，它是基於不同動物形體有許多相似之處。人從猴子變來的原因，是猴子最像人，但有些學者認為，要從形體上找證據去證明進化論是非常勉強的；例如長頸鹿的存在，照進化過程應該有半長頸鹿、短頸鹿的存在。若猴子能變人，依漸進性的進化邏輯，現在應該還有半猴半人的動物存在，可是都沒有。因此相信宗教的「創造論」比「進化論」的人越來越多，這大概是人類知識和科學都無法尋求答案時，只有無奈地崇信於宗教理論了。

人有生就會老，人為什麼會老呢？當人吃下動植物後，這些碳水化合物為人體吸收，分解成葡萄糖，隨著人體的成長，葡萄糖會產生一種焦黃物質，在體內堆積，氧也會帶來「氧化物質」，為身體增加負擔，這些物質都是會令人「老化」的原因，用於鐵叫「生鏽」，用於人就叫「老化」。

人老了之後，因為身體器官年久耗損，以致功能減退，百病從此而生，終必走向死亡之途，不分貴賤，人人平等。

人有生就有死，生與死是人生兩件大事，所以人死叫「當大事」，人生叫「誕生」，每年都要慶祝自己這件生辰大事。人由生到死，本是一件很自然的過程，但中國各家，如儒家、道家、佛家，都有他們不同的看法，茲分析如下。

（一）道家對生死的看法：

以老子的「自然論」來看，認為一切萬物生命，由大地來孕育、滋長，病老凋謝之後，仍要回到大地，乃是自然現象，故老子的生死觀可稱「自然論」。與儒家甚至莊子都不相同。

莊子說：「生死，命也！」可說是典型的「宿命論」者，依莊子的看法，不僅生死有命，對於窮達、貧富，毀譽、賢與不肖，也都是命定的。比孔門「生死有命，富貴在天。」更為極端。但孔門不認為賢與不肖、毀與譽是命定的。莊子喪妻，竟「鼓盆而歌」，一邊打臉盆，一邊唱歌，大家都認為太過份了，但莊子說：「妻子生命原本從無到有，現在又回到無。生命變化，正如春夏秋冬運行一樣自然，她正安睡在天地大宇宙中，如果對她哭，豈不太「不通乎命」了嗎？」這是莊子對生命豁達的看法。

（二）儒家對生死的看法：

孔子對死亡和鬼神問題較少涉及，學生子路問生死，孔子回答：「未知生，焉知死。」意思是既然「生死有命」，就不必去深究死後的世界，也不必追問什麼時候死，只要問現在本身的工作和責任是否做好。孔子精神是「物有本末，事有終始，知所先後，則進道矣。」如果眼前的事都做不好，如何奢求未來。所以孔子認為應以眼前現世為先，才能符合正道。

孔子對死亡的另一解釋，即「犧牲小我，完成大我」的精神，強調「仁人志士，有殺身以成仁，無求生以害仁」，為了國家民族的大我，可以犧牲個人寶貴的生命而去求仁得仁完成大我。影響所及，形成孟子所倡導的「浩然之氣」，以及文天祥的凜然正氣：「孔曰成仁，孟云取義，惟其義盡，所以仁至，讀聖賢書，所為何事？爾今爾後，庶幾無愧。」中華民族五千年來，民族生命浩浩蕩蕩，只有朝代的更替，沒有民族的滅亡，就是憑藉著儒家豐沛的文化生命力支持維繫的結果。

孔子到了晚年才學「易經」，開始探究生死之學，過去在論語中罕言「性與天命」，但學易之後，始言「樂天知命，故不憂……」立志於傳承中華文化道統，「朝聞道，夕可死矣！」生死以之，無怨無悔。

（三）佛家對生死的看法：

根據地藏經的說法：「人從中陰而來，往中陰而去。」中陰是一種游魂，（又叫中陰身）一個人命終之後，其中游魂在七七之內，不知罪福，所謂「冥冥游神，七七之內，如癡如聾。」其功過還有待辯論審定，此時，如果未得家屬骨肉誦經造福超渡亡魂，就很可能由中陰身墜入地獄。

西藏渡亡經中將中陰身區分三個階段，第一個階段死亡之後，靈魂離開身體的瞬間，為「臨終中陰」；第二個階段，死後三週內的游魂，即為「實相中陰」；第三階段，從第二十二天開始，準備去投生的「投生中陰」。（即再生的中陰。）星雲大師對此有所解說：「中陰身狀如三尺小兒，具有神通，能夠穿越銅牆鐵壁，來去迅速自如，惟有佛陀的「金剛經」與母親的子宮不能穿越。」待七七四十九天之後，中陰身便去轉生「輪迴」了。

西哲柏拉圖及蘇格拉底也有類似「輪迴」的觀點，認為靈魂是不滅的，在「現實界」之上，還有個「理想界」，那才是一個實在的永恆快樂的世界，所以人不必害怕死亡。

人死之後，究竟到那裡去？一絲漂泊未定的孤魂（儒家稱游魂，佛家稱神魂，又叫阿修羅。）悠悠忽忽的游走在六道之間，什麼叫六道？就是天道、人道、畜牲道、魔鬼道，最低層是地獄。阿修羅就在這六道之間往返徘徊，該走何道？需看自己生前帶來的「善業」與「惡業」來判定。並由親人助唸超渡，指引亡魂向上提昇，方不致淪入地獄。

星雲大師用六種比喻，來說明他對死亡的看法：

1．死如出獄。
2．死如再生。
3．死如畢業。
4．死如搬家。
5．死如換衣。
6．死如新陳代謝。

聖嚴大師對生死的看法：

「人一出生，死亡隨之而來；因而面對死神，我們要看看自己有永遠的過去，還要「想」看看有永遠的未來，這是接受死亡最好的心理準備。」

至於「喪葬」問題，儒家主張「厚葬」，使死者安之。墨子則主張「節葬」，反對儒家「厚葬、久葬」，認為厚葬耗費財物，造成貧困，久葬會哀毀傷身。而莊子（道家））更主張「不葬」，放置山野讓老鷹啄食。各家學說都不一樣。因非本文重點，故未闡述。

四、西方人的生死觀

（一）各宗教的生死觀：

「基督教」的生死觀，根據「創世紀」中的記載，上帝首先創造宇宙天地和亞當、夏娃及蛇，因亞當夏娃偷食禁果，被趕出伊甸園，來自塵土，最後歸於塵土，這是最早的猶太教對生死起源的註解，基督教也接受這種詮釋，認為上帝不但創造宇宙，連人體細胞如DNA等基因的小宇宙，也是上帝所造。

上帝是萬能的神，人死後不必悲傷，大家都會去上帝的殿堂裡團聚，比起現世更美麗、更光明、更快樂，因此死亡並不可怕，死亡是永生的開始，沒有死亡，便沒有永生。傳統耶教堅持，凡背起十字架而跟隨耶蘇基督的信徒，死後必進天堂，不信我的或作惡的人則無「永生」的希望。這一點從佛教印度教的「輪迴」觀點來看，耶教的「永罰」之說，未免太殘酷而沒道理。一次就要解決人的死後生命問題，被永罰者則永無「救贖」的希望，這項理論，連同屬一神論的猶太教徒與伊斯蘭教徒，都不承認，其他人士是更難接受了。但有些信徒把「永生」希望寄托在耶穌的再度復活，結果不但沒有復活，直到今天仍然杳無音訊。

「印度教」以婆羅門為唯一的創造性主神，類似基督教的上帝。印度教社會階級制度很明確。最高層是僧侶（即婆羅門）依次是王侯、武士、農工商、庶民、奴隸、賤民。西藏的密宗還保留印度教社會的階級意識。

印度教強調「輪迴」，它是決定人生未來的命運，以「三道」和「十四生」來說明「輪迴」的區別。三道是天道、上道、獸道。十四生是天道八分：「梵王、世主、天地、乾達婆、阿修羅、夜叉、羅剎、鬼神。」人道僅有一類，獸道有五分：「四足生、飛行生、智行生、傍行生、不行生（植物）。」人即在此三道十四生中輪迴，根據個人在世間的功德業績，決定來生應走那一道？那一生？

「回教」的代表人物是穆罕默德，出生在麥加，他不是神，真神是阿拉（Allah），上帝透過穆罕默德的口，宣告聖諭，後來集結成「可蘭經」，規定生命的期限由上帝決定，「生有時，死有日。」生死來去，需經上帝許可。生死之間，應視為神對人的緩刑期，就是上帝對人的觀察考驗期，如刑法中的緩刑期一樣。

回教徒死亡時，天使便來審問兩句話：「你崇拜的是誰？誰是你的先知？」如果回答：「崇拜的是阿拉，先知的是穆罕默德。」此人必得安息，如果回答：「不知。不信。」便立刻受到體罰，直到他相信為止。

可蘭經說：「人是由肉身、靈魂結合而成，在肉身形體中吹進了上帝的靈，即有了精神生命。而人死後，阿拉便取走他們的靈魂和精神生命。」因此回教徒視死如歸，死便可以歸回到真主阿拉身邊共享天福，形成其宗教狂熱。

現在全球有二十幾個阿拉伯國家信奉伊斯蘭教（回教），約有十六億人口，分佈在中東和遠東一帶。

（二）西方哲人的生死觀：

西方哲人對「生死問題」曾做過深入探討。柏拉圖（Plato）說：「人生的目的在求真善美，但永恆的真善美只有在死亡之後。」所以他主張人死之後靈魂不會熄滅，並認為肉體和牢獄將靈魂困住了，「死亡是靈魂從身體的開釋。」獲得開釋，重新進入理型界，理型界是不朽的，是宇宙間永恆的光明。

他的學生亞里斯多德（Aistotlo）雖然否認靈魂不死，但也肯定「神聖理性不死」，並強調「我們應盡力過理性生活，使自己不朽。」他進一步指，人生還有更高的價值重於生命，例如追求正義、追求榮譽，便能看破生死，肉體雖不存在，而神聖理性永遠不死。

到了康德（Kant）他採用折衷說，認為靈魂不死，雖然沒有「邏輯的確定性」，卻有「道德的確定性」，所以他提創精神愈用愈出的道理。「想得越多，做得越多，活得越久。」在康德看來，人生應有高尚的理念，服務大我，本身才能充滿生命動力，精神才有寄託，生活才有重心，這就具備了「活得越久」的條件。

康德還有一項主張，就是反對自殺，因其並非「普遍的自然律」，他認為無論人生多痛苦，感情有多挫折，仍應堅強的活下去，不應毀滅生命自身，違背自然。

西方哲學家對生死的看法，大致如此，但他們謳歌生命、熱愛生命的觀點則是一致的。尼采（Nietzsche）說：「在我心中，只有生命為我所愛——尤其是最恨它的時候，也是我最愛它的時候！」寓意深遠，耐人玩味。

五、結語——生命有涯，好好把握當下

不管有沒有靈魂，並不重要，能不能死後上西方或是天堂，要看個人造化，但首要的，還是先關注當下這一世生命，能不能好好把握。

有首好聽的歌：「花非花，霧非霧，夜半來，天明去，來如春夢無多時，去似朝露無覓處。」這首歌詞，用文學手法表達禪的意境，來去匆匆，虛無飄渺，是人生最好的寫照。金剛經也說：「一切有為法，如夢幻泡影，如露亦如電，應作如是觀。」說明宇宙一切實相，皆為空有，剎那（註三）就灰飛煙滅了。

人生雖然如斯短促，但生命卻是莊嚴神聖，活著就是奇蹟。易經說：「天地之大德曰生」。佛經說：「此身難得」。孟子也勸告我們：「身體髮膚，受之父母，不可毀傷，孝之始也。」在

在都說明生命的可貴，感恩報德，猶恐不及，我們應如何珍重惜福，如何在有生之年，盡心盡力服務社會，才是面對人生最好的積極態度。

蔣中正先生說：「生命的意義，在創造宇宙繼起之生命。」這有兩種涵義：一為繼民族生命的繁衍綿延；一為繼民族文化的發揚光大。而蘇東坡說得更為直接：「有子為不死，有文為不朽。」中國文化強調的「三不朽」，不是早已為我們短暫的生命，指引出一條安身立命的光明大道嗎？再看西方哲學家亞理斯多德所強調的：「神聖理性不死，」認為人們應盡力發揚自性中的神性，將人潛在的神聖理性充分實現，透過理性去立功、立德、立言，才能使本身真正不朽。這與中國的「三不朽」極相吻合，有異曲同工之妙。

孟子有句話說：「夭壽不貳，修身俟之，所以立命也。」這句話明白的指出三個重點：

一、傳承孔門所說：「生死有命」，無論短命長命，都有定數，不要太在意它。

二、面對這不可知的定數，只有日日修身，處處行善，若有不及，即使突然面臨厄運，也可以從容無憾，心安理得。

三、所謂「立命」，是在激勵人們克服對死亡的困惑和恐懼，專心立志修身盡責，建立生命的價值觀，綻放生命之光。

星雲大師對三世流轉的生命有所解釋：「因為有過去，才有現在，因為有現在，才有未來，才有三世，才有希望。我們能把身心努力的照顧現世，耕耘未來，那未來一定比過去更美好。」

他的三世因緣，即在鼓勵人們把握現在，開創未來。

一九七九年諾貝爾和平獎得主德蕾莎修女（Mother Tevesa）曾經謙虛的說：「我們成就不了偉大事業，只能懷抱無限的愛來做些小事。」她心懷大愛做小事，結果小事都成了大事。我們不要妄自菲薄，立大功需要風雲際會，可遇而不可求，但立德立言，修身行善，終身學習，我們總可全力以赴吧！我七十二歲開始擔任文化志工八年，又服務文藝作家協會總幹事職務四年，在漫長參與公益的服務長河中，「樂而忘憂，不知老之將至」，充分展現生命活力，凡事大處著眼，小處著手，樂觀熱情，勿以小善而不為，那怕一個恬淡的微笑，一個小小的關懷，一句鼓勵的話語，都能傳遞一切，鼓舞人心，讓我們在平凡中創造非凡，在小事中發揮大愛，照亮別人，也光耀自己。生命不是暫短的燭光，而是耀眼的薪火；人只要活著，熱愛生命，就是奇蹟。把握當下，認真渡過每一分鐘，就是生命的虔誠，現世的不朽。

最後，將我在「藐姑射」檢討會上臨時寫好朗頌的一首詩寫在下面，作為本文的結束：

我們常年累月奉獻於服務長河
徜徉在藝術的殿堂裡
浸沐在文化的風景中
生活中充滿了「美」和「詩意」

服務中盪漾著「愛」和「悅樂」
終於，進入「藐姑射」之山
承接法師度化，綻放心靈中的花朵
幡然了悟生命智慧竟如此豐盈無限
誇下百齡期頤的囈語狂言
把握當下每一分鐘
感恩萬有，多種福德因緣
千年如一日
一日如千年

（註一）「藐姑射」是南華大學「學人招待所」，設有國際會議廳，其名取自莊子逍遙遊篇：「藐姑射之山，有神人居焉，肌膚若冰雪，綽約如處子，不食五穀，吸風飲露，乘雲氣，御飛龍，而遊乎四海之外。」寄喻居其中者，皆能超脫塵俗之氣，如神人之高潔也。」

（註二）「剎那」。佛經說：「彈指」之間，有六十個剎那，其速可見，表示很快速的意思。

（註三）「公案」為禪門用語，凡透過禪的意境，來探索現實生活與心靈的具體事證，都稱為「公案」。

淺談貞觀之治——讀書劄記

貞觀之治是中國歷史上最輝煌的一頁。

大唐開國之後，太宗李世民，於武德九年（民前一二八四年，西元六二六年）即位，次年改元貞觀，那時他才廿九歲，唐帝國經過這位青年皇帝的領導，蔚成中國歷史上少有的盛世，版圖擴展到空前之大，人民生活美滿，社會秩序安定和樂，都是不可多見，史稱「貞觀之治」。其文德武功，不但遠邁唐虞，近接漢武，遺澤流傳，一直接到玄宗明皇帝的「開元之治」。中間雖經高宗、武后、中宗、睿宗六十多年的變亂，但這只是宮廷之事，即李勣所謂的「陛下家務事」，對政治、社會的影響不大。所以玄宗的「開元之治」，未嘗不可說是「繼承祖宗之餘蔭」。享福的老百姓，一直把「貞觀」、「開元」連在一起，和堯天舜日一般歌功頌德，吃的安樂飯，敲的太平鼓，人有活過百歲者，直到老死還不知兵戈為何物（貞觀元年，民前一二八五年——玄宗開元二十九年，民前一一六九年，前後計一百十六年），這麼長久的太平日子，老百姓過的豈不舒服。

分析貞觀之治在政治上的成功，因素固然不止一端，而主要乃為太宗的英明領導，史家稱他為「發跡多奇，英明神武」。蓋為政之道，首在得人，在人事上如能控制人才、善用人才，實為導致政治清明的主要因素。太宗的優點就是知人善任。此外他虛心好學、容納直諫，都為大唐帝國後代人君樹立了好的規範。

一、知人善任

唐太宗的用人，不問出身，惟賢能品德是尚，尤其摒除私人的感情好惡。

太宗曾對侍臣說：「為政之要，唯在得人，用非其才，必難致治，今所任用，必須以德行學識為本。」在貞觀許多名臣中，只有長孫無忌是他的親戚，房玄齡、杜如晦是秦府舊屬，可算是他的私人，其他如魏徵、薛萬徹原是建成的舊屬，尉遲敬德原是劉武周的部下，李勣、程知節原是李密的部下，戴冑原是王世充的部下，岑文本是蕭銑的部下，褚亮、褚遂良父子是薛舉的部下，溫彥博是羅藝的部下，李靖是高祖的仇敵，封德彝、虞世南、裴矩是隋的降臣。

這些人中曾與太宗為敵者，如魏徵、薛萬徹，但他能捐棄前嫌，重加委用；也頗有幾位堪稱「佞臣」的如封德彝、裴矩，但他能棄其所短而用其所長。因此他的臣下，包括了不同的品流和各種的人才。

此外他採納封德彝的建議，命宗室登仕進之途，出任官吏，以革除他們坐享富貴的惡習。這辦法自太宗創立之後，歷朝因之不替，故唐朝宗室人才之盛，為古今所未有。

二、虛心好學

太宗的好學也是值得讚揚的，在他作秦王時，因愛好文學而開「文學館」，用以延納當時文學知名之士，杜如晦、房玄齡、虞世南、褚亮、姚思廉、孔穎達等，都是文學館的學士，他們分三批輪流在館中值宿，每當傍晚，太宗就到館中與諸人討論文籍，有時談到夜半才散。

他即位後，在宮中設置「弘文館」，聚書二十餘萬卷於其中，選任虞世南等各以本職兼學士，聽朝餘暇，召集學士至殿，講論前賢文章行誼，商討治道。貞觀君臣的論治，傳千載美談。

在前人中，太宗最喜歡陸機的詩文和王羲之的字，據說太宗曾千方百計獲得王羲之蘭亭序真跡後，如獲至寶，乃命供奉內庭的搨書人趙模、韓道政、馮承素、諸葛真等，各摹搨數本，賞賜太子、諸王及近臣。而當時書家如歐陽詢、虞世南、褚遂良等都有臨本，並經刻石傳世，後世摹本竟不下數百種。只可惜真本却遵太宗囑而殉葬了。

此外他崇敬儒道，曾說：「功成設樂，制定禮樂，禮樂之興，以儒為本，宏風導俗，莫尚於文，敷教訓人，莫善於樂，因文而宏道，為學而光身，不臨深淵，不知地之厚，不遊文輪，不識智之源。」又大興國學、中央之學、正系六學（國子、太學、四門、律、書、算，或加廣文館為七學）直隸國子監。旁系崇文館、弘文館、醫學、小學、地方之學。僅國學生徒將近萬人，四九君長也多遣子弟前來留學，一時學術大盛。

三、容納直諫

太宗即位後，每以隋煬帝的愎諫為戒，因而盡力求言官，朝臣中最能直諫的是魏徵曾與李密投唐，後建成引為僚屬，建成死後，太宗仍加以重用，前後上疏數十，直諫太宗過失。他深明君臣一體之理。因此每諫必竭盡所能務求必行。其所諫諍的事，不外勸太宗實行仁政，偃息兵革，屏除奢侈，尊重禮教，以期抑制太宗的放縱。

由於他們的直諫，有時氣得太宗大怒，甚至咬牙切齒的道：「殺此田舍翁（指魏徵）！」但結果仍然容納了他的諫諍。史書曾有一段他們君臣間的有趣記錄：太宗曾得到一隻優良的鷂，時常加以調弄。一天正用臂駕著那心愛的鷂，忽然看到魏徵走來，便趕忙把鷂藏在懷中，魏徵向他奏事，良久不止，等到魏徵離去，那隻鷂已被窒息在太宗的懷裏了。

魏徵死，太宗嘆道：「以銅為鏡，可正衣冠；以古為鏡，可知興替；以人為鏡，可明得失。朕常保此三鏡以防己過。今徵殂逝，遂亡一鏡矣！」其後太宗征高麗無功，因而思及魏徵，說道：「魏徵若在，吾有此行耶？」由此可知魏徵對他的影響以及在他心目中的地位。

他之能容納直諫，過而知改，乃有政治上偉大的成就。魏徵之外，朝臣如馬周、王珪、褚遂良等，也都以論諫知名。太宗不但自己竭誠納諫，更把諫官的職權擴大。他即位之初，即規定中書、門下兩省的首長和三品以下的官員，入閣議事時，也要以諫官自隨，遇有缺失，立即諫正。

此外復又由諫官而發展創立中央及地方的監察制度。

貞觀在政治上的措施及其成就

唐高祖武德時代，不但國家尚未完成統一，政治似乎也未上軌道。太宗曾批評武德時的政治是「貨賂公行，紀綱紊亂。」到太宗貞觀，國家雖然統一，但因新承大亂之後，民間殘破已極，當時全國的戶口，尚不及三百萬戶，較之隋朝極盛之時，減少三分之二，初時所遭遇最大的難題是災荒。貞觀元年（民前一二八五年，西元六二七年）關中地區發生饑饉，斗米值絹一疋。貞觀二年，全國普受蝗害，三年又有水災。幸虧太宗君臣勵精圖治，對百姓勤加安撫，人民雖流離失所，對政府並無怨言，到貞觀四年，全國豐收，災民陸續還鄉，國內秩序恢復，政治漸臻完美。史書記載這一年的米價不過三、四錢，社會秩序安定到「商旅野行，無復盜賊，囹圄常空，馬牛布野，外戶不閉……」被判處死刑的罪犯只有二十九人。這些記載，雖然令人感到溢美，但無可置疑的，當時的政續定然在水準以上。而自貞觀四年以後，政治日益進步，國勢也日昌隆。就政治史而論，貞觀之治，承先啟後，繼往開來，政治思想上，承接周秦，在政治制度上，集魏晉以來之大成，為宋、元、明、清，樹立了典範。

安內攘外

隋失其鹿，群雄追逐，裂山分河，皆成戰場，高祖李淵崛起太原，以李世民提一旅之師，先破西秦，下薛仁果，遣張興賢攻擊襲河西，擒李軌，擊破劉武周，李靖伐蕭銑，李世民自將討王世元，王世元乞援竇建德，世民擊破之於氾水，並擒王世元與竇建德。繼而劉黑闥、徐圓朗及東北諸州又叛離，先遣元吉攻討，不克，世民乃親自將兵征討，諸州紛紛請降，劉黑闥逃入突厥，屢次借兵入寇，均未得逞，後為他的部屬所殺。至貞觀二年，煙塵盡滅，全國統一，戰功大部為世民所建立。

太宗即位後，全國統一，既勤修內政，以期富國裕民，復用兵攘外，以彌邊患，從而協和萬邦，開拓疆土，其版圖之廣，空前未有。綜合其對外武功，概述如左：

一、降突厥：高祖武德九年，李世民與突厥頡利可汗，結白馬之盟，不久頡利與突利兩叔姪，舉兵內犯。貞觀三年突利南下，結盟降唐，叔姪失和，頡利勢力遂大為衰退，而其北部回紇又叛離，貞觀四年太宗遣李靖，外結回紇薛延陀，前後夾攻，將頡利擊破，東突厥遂平，分突利地為四州，頡利地為六州，置定襄、雲中兩都護府以鎮之。

二、制吐谷渾：吐谷渾可汗常犯邊，太宗召見其使臣，諭以禍福利害，不聽，乃命段志玄、李靖先後征討，大破其軍，虜其王室宗親數千人，舉國請降。十三年其王諸葛鉢朝見，請婚。其南吐蕃也入貢請婚，同時討滅北方的高昌，天山北路的西突厥也都來降。

三、征高麗：蓋蘇文殺了高麗王建武，立王弟，秉政專國，斷絕新羅貢道，與唐抗衡。貞觀十九年太宗渡遼水親征，另一路由李勣領軍從遼東陸上夾攻，得遼、巖兩州，迄二十一年李猶在高麗，次年拔平壤。

四、收薛延陀：回紇部眾殺了國王，另立真珠可汗於漠北，貞觀十五年舉兵二十萬入寇，唐遣李世勣、張儉等討之，大破其軍，真珠可汗請降。其他回紇拔野古、僕固、多興葛、同羅思結、阿趺奚結、斛薛、契苾等國酋長，也遣使歸命，並推太宗為天至尊——天可汗。

五、服天竺：僧玄奘自天竺回中原，具言天竺狀況，太宗特頒璽書慰勉，並遣長史王元策報聘，宣慰諸國，適逢天竺內亂，以兵襲擊王元策，並搶去諸國貢物，王元策逃入吐蕃，以鄰國兵攻入天竺，擒其國王阿羅那順，於是天竺王國皆稱臣請降。

六、臣龜茲：西域龜茲王，對於鄰國經常侵擾，對唐又不盡臣禮，太宗遣阿史那社爾、契苾、何力等合吐蕃、吐谷渾討之，擒其王，攻下大小城池七百餘座，西域諸國大為震嚇，俱皆稱臣進貢。

結論

太宗承大亂之後，虛心納諫，勤求內治，群臣也都盡力輔佐，史稱三代以下善政，必稱貞觀，以往的成康之治、文景之治都還遜一籌。即後來的開元之治、康雍之治，也有所不及。雖說人物、情勢以及時空等因素甚多，但「為政在人」，人的要素則為主因。有了英明睿智的領導，輔之以忠貞練達的幹部，才能規劃完善的制度，才能徹底的執行，而最重要的，則要有一顆愛國愛民的愛心，貞觀之治，就是這個道理。歷代判定政治良窳，也是以能否實行愛民的仁政為先決條件。只是太宗發動玄武門事變，殘殺手足，納元吉妃，混亂人理，深為後世所詬病。不過，歷史是做人做事取法的一面鏡子，吾人誠能取法所善，蠲棄其短，其良好的治績，實有其光輝的一面，是值得取法的。

輯二：參與台灣工業建設，促進經濟起飛

經濟發展重要因素之一，在生產事業中的精神激勵與勤奮勞動。一九七三年我退休後，有幸參與十大建設中的「石化工業建設」，扛起一枝生產的筆，成了勞資心靈溝通的橋，終能萬眾一心創造了台灣傲人的經濟奇蹟。本輯是作者十三年間所發表的部分文圖與短篇。

建立工廠倫理
——將儒家倫理，融入現代管理中

韶光如逝，轉瞬又是七十三年的來臨；今年是甲子年，甲子為六十花甲之首，是一個新的歲次，新的開始。值此一元復始，萬象更新之際，在此先向大家道聲「恭喜」，並祝新年快樂，事業如意。

在我相關企業中，由於多元化經營，有各種不同類型的行業，如塑膠原料、塑膠加工、電機、資訊、玩具、手提箱等業別，但仍以塑膠事業群為其主體，屬於重點式關係企業。各姊妹公司的組織型態，除友寧公司外，其餘都是與美國和日本著名商社集資經營與技術合作的；這是我們與其他關係企業不同之處，也是比較突出的地方。

由於各公司組織結構的特殊，因此在組織管理上所採取的方式，多少有些差異。與日資合作的公司，如華玉習用豐田式管理，華淵實施品管團活動，較偏重日式；與美資合作的公司，如美寧採用零缺點計劃（zero defect planning），人事獎勵制度多採用美式。而友寧則建立自我品管，偏重精神層次，完全中式。不論採用西方模式也好，日本模式也好，中國式也好，祇要推行起來合情合理，暢行有效，公司從未做任何干預，總是樂觀其成。因為各公司狀況不一，各有客觀因素，不可能異中求同，強加整合。

談到管理問題，屬於文化產物，歐美有歐美文化，從而產生歐美管理方式，日本有日本文化，自然產生日本管理方式，很多人將西方觀念引進中國並不成功，原因是西方人講求科技物理，東方人則偏重人文倫理；文化背景不同。我們學人之長，必須有所選擇，不能照單全收。國父在民族主義第五講中說：「管理物的方法，可以學歐美，管理人的方法，當然不能完全學他們。」這真是今天我們接受外來文化衝擊而感到徬徨無主的時候，重溫 國父金言，歷久彌新，確是最有力最正確的指導南針。因此我認為一面要儘量吸收外人的科技文明（物理層面）同時也將自己文化中優良部份（心理層面）發揚光大。兩者齊頭併進，交互輝映，才能有助於現代管理與經濟發展。

世界未來學家康恩，在其「世界經濟展望」一書中，指出亞洲幾個新興國家和地區經濟之所以勃興，其成功因素，主要是受到中國儒家思想的影響。美國社會學家彼得•白格也一再強調中國儒家倫理，確是促進東方企業發展的動源，而新加坡更是積極在推展新儒家運動，學習我們自認為阻礙現代化的絆腳石，真是不可思議的事。世界任何制度，都有正負面，若能去蕪存菁，擷其精華，納入我們的管理運作中，必能產生奇效。文化本來就是一大融合，成敗全看捨取是否適當。中國儒家「倫理」精神，乃是維繫我們五千年歷史文化於不墮的珍貴遺產，也是我們傳統文化的根基，必須加以發揚。現在要探討的，就是「建立工廠倫理」問題，我要將儒家倫理觀念，融入工廠現代管理中，以利我關係企業的整體發展。

什麼是「倫理」？簡單說，倫理是人倫的道理。人類在共同生活中，人與人之間，包括個體對個體，個體對群體，也就是個人對家庭、對社會、國家、乃至世界人類應有的關係，訴之於人的理性，而定出來的行為標準與道德規範，就叫做「倫理」。

孟子所說的「父子有親、君臣有義、夫婦有別、長幼有序、朋友有信。」這父子、君臣、夫婦、長幼（即兄弟）、朋友，便是我們的五倫。五倫實踐是從家庭開始，而家庭道德又以孝弟為先，孝是侍奉父母，弟是善待兄長；這可以看出，五倫中親屬便佔了三倫，一倫是相識的朋友，一倫是公職的君臣，可見重點全在家庭。現在社會結構正急遽變遷，已由農業社會邁入工業社會，人與人之間的關係日趨複雜，舊五倫已不能適應現代社會，無法圓熟地運作，以指導個人在多元社會中的行為。所以李國鼎先生提出第六倫，即群己關係，來促進社會和諧。另外尚有軍中倫理、學校倫理、護理倫理等特殊社會所定的行為準則，以適應其各自需要。

「工廠」是工業社會的基石，經濟發展的重心，關係著國家興衰強弱，更須要積極建立倫理的規範。這裏我要說明的一點，就是我所指的「工廠」，並非僅限於生產系列的單位，而應包括公司在內，實質上，企業集團內每一份子，都是一個整體。我們應該讓優良傳統在整體企業中落實，以修明每位同仁心、物、群、己的倫理關係，塑造工廠新五倫。茲分別臚述如左：

一、主管對屬員的關係

廣義解釋，主管包括所有各級幹部在內，對你的所屬都要基於愛心去善待他們。儒家以「仁」為倫理的中心思想，樊遲問「仁」是什麼？孔子答：「愛人」。要知道公司投入的是資金，員工投入的青春年華。資金可能收回。（有時也有風險）而青春則一去不返。故主管應本「仁慈」與「愛心」，視員工如手足，關心其生活福利，疏導其心理情緒，把你的心交給他們，他們才會把心力交給公司，同心協力，同舟共濟，真誠與你合作。

主管還要進一步瞭解，此時此地，是生存競爭最激烈的時代，優勝劣敗，強存強榮，非常現實。主管應隨時激勵同仁，奮發圖強，力爭上游，不為時代所揚棄。次如：

（一）求「安」：操作上重視安全，人命較產量重要。工作上求其安穩，生活上求其安定，有了安全感，爾後才能安心工作。

（二）求「和」：對人熱忱和靄，對事取中用和，恰到好處。不鑽牛角，不走極端，化暴戾為祥和。「家和萬事興」，必能鼓舞群倫，提高士氣，發揮團隊精神於極致。

（三）求「樂」：時時發揮創意，舉辦各項社團遊樂，犧牲個人享受，以身作則，起帶頭作用，與同仁共度休閒活動，調劑生活情趣，提升工作效率。

（四）求「利」：謀求同仁應得福利，透過理性觀點為所屬追求權利，並創新產品，改善品質，提高附加價值，以謀取合理利潤，供應社會人類需求。

二、下級對上級的關係

要忠於事上，所謂「忠於事上」，不是忠於個人，而是忠於你自己的職務，忠於你自己的良知。上級的合理指導，是促進團體進步的動力，必須尊重其職權，聽從其指導，與上級堆誠合作，戮力以赴，共同達成整體目標。

更重要的是對自己的工作，不要一味被動，要抱著捨我其誰的氣慨，有膽識、有創意、主動積極去推動，隨時與上級做建設性的建議與溝通，以活潑雙方管道，今天我們同仁均受有相當教育，素質良好，若能人人踏踏實實對你獻身的單位有所奉獻，那麼我們的企業必能日新又新，不斷向前邁進。

三、同仁與同仁之間的關係

所謂「同仁」，並不限於你相識的好友，可能他是一位新進，也可能是許多位不相識的陌生人。既然一塊兒工作，就要一視同仁，親愛精誠，視若家人，和睦相處，休戚相關，大家把心結合在一起，為共同目標而努力。

與同仁相處，應多替別人著想，多替別人服務，多幫助別人。「己所不欲，勿施於人」，不把自己不喜歡的事，加在別人身上，對自己要多挑剔，養成克己功夫，對別人則少批評。不要斤斤計較人家給你多少，先要問自己能給人家多少。這樣才能心平氣和，與人為善。對團體事務，不妨多參與社團和公益活動，培養與同仁感情，掃除疏離感，自我提升對團體的參與感、成就感。

四、人與物的關係

「物」的涵義，包括各項有形的材料、機器、設備，及無形的技術、資料等。人與物的關係，就是對這些有形無形的「物」理，窮理致知，透徹瞭解。有了對物的智識技能，當你作經濟活動時，才能運用自如，發揮其功能，再具體一點說，自己的本行不能不知，效率成本觀念，不能沒有。

至於節約能源水電，養成儉約習慣等，各公司都有約定規章，希能遵行。

五、人與心的關係

「心」是思想行為的原動力，一切言語行動，都是經過心的思惟而決定。成敗禍福，皆取決於一念之間。「誠」是一切本源，一個人若能正心誠意，至誠無欺，踏踏實實做人處世，沒有不成功的。

儒家思想，雖然博大精深，但仍以「誠」為中心，為起點，進而做到修齊治平之道。因此，我們要培養自己的「誠心」，所以「精誠所至，金石為開」，有了誠心，天下沒做不好的事。你若為領導層面，更需要先自我培養，才能保證自己的言行合乎準則，獲得同仁向心力，發揮團隊力量，朝向一個目標發展。

以上所列五項人際關係，都是平易的道理，但卻寓有中國管理哲學的深意。希望同仁多加體認，互相砥勵實踐。

國父說中國人有如一盤散沙，表示大家缺乏整體觀念，國家觀念。過去祇重視家庭倫理，而忽視社會倫理，更沒有團隊精神。所以我們的工業科技，無法迅速突破。政府對建立經營管理新理念，及工業倫理與團隊精神，以促進勞資合作，安定生產秩序等，均有多次指示。最近又提出「以廠為家」的號召，以建立工廠倫理。倫理觀念是我國特有的傳統，國人自小家庭裏就養成這些觀念，我們應將其帶入工廠，發揚光大。我所提出將儒家倫理，融入現代管理中，即是響應政府「以廠為家」政策指導的具體行動。希望姊妹公司同仁，大家同心同德，心語相連，共同為企業發展而奉獻心力，使傳統與現代貫通，科技與人文結合，為國家再創一次西方人無法想像的經濟奇蹟。

發揚「勤儉」美德，迎接經濟復甦

在華塑企業結構中，有兩項非營利的文化投資，一為財團法人修德文教基金會的設立，一為「華夏之光」雜誌的發行。這本刊物創刊迄今，瞬屆三週年；在這短短的三年歲月中，由播種到萌芽，祇能說是起步，談不上茁壯，今後還有走不完的路需待我們邁步向前，全力以赴。

雖然先後有兩次獲得「優良」與「特優」刊物的光輝紀錄，但這祇是一種鼓舞，並非意味著我們一切登峰造極；所以我們仍須再接再勵，銳意創新，不但要求刊物外型的美化，更重要的，是內涵的充實與豐盈，才能邁向新里程，使「華夏之光」更趨篤實，真正蔚成華塑企業精神的主導，公司與員工間雙向溝通的一座心橋。

值此創刊三週年之際，又逢景氣復甦伊始，在此關鍵時刻，特別提出「勤儉」二字，與同仁互相砥礪。

近年來，由於台灣經濟的快速成長，國民所得，由一九五二年的一四四美元，增至一九八二年的二五七〇美元，促進了社會繁榮，國民生活水準普遍提高，但是物質的生活雖然提高，精神的生活卻反而降落，社會風氣日趨奢靡，錦衣玉食，縱情揮霍，使有識之士，引以為憂，深恐我們卅年的奮鬥成果，必將毀於安閒逸樂中。因此政府特以「勤儉建國」號召國人，並指示大家要發揮「勤儉」精神，來從事各項建設，促進經濟成長。語重心長，足以發人深省。

大家都知道，「勤儉」是我們中華民族傳統的美德，也是我國文化精神的特質。周公一沐三握髮，一飯三吐哺，夜以繼日，勤勞國事，奠固周朝八百年基業，漢文帝布衣帛冠，節衣縮食；唐太宗戒奢以儉，居安思危，才締造了中國歷史上最光輝的漢唐盛世。可見大至一個民族的勃興，國家的強盛，小至企業的成長，個人的成功，無一不是從克勤克儉中得來，再看我們與大陸僅一水之隔，我們工作能鬆懈嗎？而且台灣是島國型經濟，外銷導向，競爭激烈，本身資源極為貧乏，我們能不節省嗎？事實也不容許我們作無謂浪費。此時此地，放眼天下，「勤儉」二字更有其時代意義，也更具重要性。

再就企業的觀點來解釋「勤儉」。所謂「勤」，是指提高生產力，「儉」是降低生產成本。關於這問題。近年來經濟遲滯期中，總公司曾經要求各姊妹公司，就本身企業結構與現況，釐訂降低成本專案實施計劃，另方面積極對生產力之提高，研擬切實可行方案，澈底執行，並定期追蹤檢討，評估績效。實施以來，此項自救運動已蔚成良好風氣，在關係企業中大力推展，馴使各姊妹公司得以安然度過驚濤駭浪中的能源危機，仍能在穩定中保持成長，實值欣慰。我記得年前有一次在美寧公司所舉辦「降低成本及提高生產力」的檢討會上，針對此一運動，做了詳盡的分析，同時舉出兩則具有代表性的事例，供同仁參考砥礪。第一件是「勤」的方面，華淵公司做得很有績效。所謂提高生產力，不是馬上添設備，買機器，一蹴可成。必須經過深入分析評核的邏輯程序，逐步改善，才有效益，否則便是盲目的自動化，於事無補。於是他們先在人力浪費上研究改善，設法突破。他們一九七九年原有作業員二千四百人，到一九八〇年精簡到一千八百人。可是他們仍然保持二千四百人時的產量，大幅降低了成本。這要歸功於每位同仁都能發揮勤勞精神的結果。第二件是「儉」的方面，美寧公司一年的銷售量，也不過十億元台幣，而在檢討中顯示他們一年節省下來的錢，就有一億元，這不僅是降低成本的計劃執行澈底，也是全體員工都能共體時艱，無私無我涓滴從公的結果。這兩件有關「勤儉」的事例，都很值得參考。

現在，國內景氣信號，自六月份起，已連續展現綠燈，顯示景氣正持續而快速的復甦。美國雷根總統也宣佈世界不景氣已經結束，全球經濟正進入成長的新時期。這是可喜現象，振奮了長期疲憊的信心；但我們千萬不可因此而有所怠忽。過早樂觀，反而會鬆弛了憂勞勤奮的意識。我們仍應一本以往克勤克儉的精神，將既定的各項策略性計劃，適時檢討修正，庚續實施。同時在現有基礎上，從事技術的改進，設備的更新，生產力的提高；穩紮穩打，逐步漸進，才是我們迎接經濟成長新時期的自處之道。

我再引述經國先生一段話：「勤的真諦，不祇是身體上勤勞，更主要的是精神上永保主動進取的幹勁。而儉的真諦，也不祇是講金錢上的節省，更主要的是精神上永保臥薪嚐膽的志節。……」讀了這段講詞，使我們體認到勤儉精神較諸其他重要，我們應在心理上先建立共識，認同許多先賢格言，作為精神基礎：

一、勤儉是美德，懶惰是罪惡。
二、勤能補拙，儉以養廉。
三、憂勞可以興國，逸豫可以亡身。
四、由儉入奢易，由奢反儉難。
五、奢者富不足，儉者貧有餘。
六、勤儉福之源，奢靡敗之因。
七、一日之計在於晨，一生之計在於勤。
八、流水不腐，戶樞不蠹，以其勞動不息也。

這些名言雋語，都是先賢智慧結晶，堪為我們個人立身行事進德修業的典則。一般人以為勤儉是物質方面的建設，而不知勤儉更是心理建設的首要；因為沒有勤儉的精神體認，那裏會產生儉樸的生活與勤奮的工作呢？

企業是一個有機體，員工的整體中的一個細胞，血肉相連，榮辱與共。假如每位同仁都能自動自發，切實在心理上體認勤儉的真諦，一切由個人克勤克儉做起，配合公司政策，盡心戮力地落實在你的本職工作上。人人如此想，人人如此做，個人與公司必能兩蒙其利，同臻繁茂之境。各位同仁！讓我們攜起手來，發揚個人「勤儉」美德，共同為創造美好的明天而努力。

值此「華夏之光」創刊三週年，特為文誌慶，並盼與全體同仁共勉之。

八卦圖新解

勞資本一體
萬眾合一心

八卦能生財
太極轉乾坤

我們在躍昇中
——為「華夏之光」雜誌創刊五週年紀念而作

在不算太長的歲月裡，我們矻矻孜孜，嘔心瀝血的熬過一千八百二十五個日子，使這粒稚嫩的種子，經過智慧和心血的蘊育，由新芽、成長、茁壯，終於在一萬多顆心園中，深植根蒂，綻開了繁麗的葩，結下豐碩的果，為華夏企業文化寫下輝煌的一頁。

成長的軌跡

今天，我們以愉悅的心情祝賀它五週歲生日，撫今追昔，一方面回顧光輝的歷程而引以自豪，另方面展望既崎嶇又光明的未來而深感惶遽。但我們並未停滯，執著地珍惜所擁有的，迎向未來的，讓我們踏著昔日成長的軌跡，作一次探討。

一、企業的成長，來自一種無形的動力，這動力就是企業主的經營理念。五年來，董事長先後發表有關經營管理卓見，共計五十四篇，連同歷年講話紀錄，總計一百三十餘篇，均有其一貫思想體系，若稍加系統化整理，足堪彙編一部管理鉅著問世。雖然董事長從未作此籌謀，可是他的思想意識，卻因刊物的傳播，早已融入企業文化中，形成華塑企業的精神主導，而深植於所有同仁思想中，發抒為有形的生產力，使企業在穩定中不斷躍昇。

二、各姊妹公司成員對管理學術的探討，意趣濃厚，已蔚為良好風氣，所創作具有獨特見解的專文，總計有三百八十餘篇，分析統計如次：

（一）企管理論方面計七十五篇。

（二）管理實務方面計二百三十一篇。

（三）技術（含資訊）新知方面五十四篇。

（四）其他二十五篇（含評介美日管理學說）。

洋洋灑灑，不下數十萬言，真是漪歟盛哉。有人說要看出一個企業的興衰，不要去問他營收盈虧如何？而是從他成員中學術研究風氣之有無而定，這話極富哲理，因為文化水準與生產效率是成正比的，一個逸居無教，思想停滯，不學無術的企業能有前途嗎？縱然一時僥倖獲利，也不能持之恒久。反之，一個學術研究風氣良好，隨時求新求變的企業群，必然充滿朝氣，人人勤奮上進，其發展潛力，自是無可限量。華夏關係企業成員的管理思想、生產技能，就是在如此交互砥礪中不斷向上躍昇。

三、員工休閒，幾成時代趨勢，也是生產力的滋潤調適。我們以四分之一版面開闢「姊妹公司生活動態與社團活動」專欄，報導各公司多采多姿的生活百態，藉使彼此間能觀摩學習，以提高休閒品質，煥發工作情趣。近年來各公司在相互激勵下，紛紛增設各種社團與藝文編組，現在華夏關係企業共有六十二個社團掀起活動高潮。動態方面，上山下海，攬勝探幽，各出奇招；靜態方面，琴棋書畫，輕歌漫舞，無所不有。整個企業同仁都生活在蓬勃朝氣中，充實而愉快。他（她）們的歡聲笑語，雪泥倩影，點點滴滴全烙印在本刊冊頁裡，足可編撰一部「休閒百科」而有餘。此外還經常舉辦廠際聯誼和球技競賽，使同仁感情交流，精神契合。尤其各姊妹公司之間應加強聯繫，彼此溝通，無論在管理訓練，生活福利各方面，均可彼此切磋，互通有無，從而造成一股巨大力量。

四、本刊是專為員工而設的刊物，是一項非營利的文化投資，耗資甚鉅。創辦迄今，前三年付出經費約八百萬元，一九八三年十月革新版面，成本略為降低，近兩年支出約三百五十餘萬元，總計一千一百五十餘萬左右。這筆龐大的支出，純屬福利性質，不計投資報酬，是看不見的員工福利。主要在透過傳播功能，使大家觀念一致，建立共識，可謂用心良苦。我們應體認企業主「愛人以德」的旨意，勤勉奮發，力爭上游，期使個人品質與企業品質不斷躍昇。

盈科而後進——準備攀越另一高峰

五年來，本刊在董事長兼發行人睿智領導下，編者、作者、讀者的通力合作，獲得兩年優良期刊，連續三年特優期刊的殊榮。今後當加倍努力，百尺竿頭，牢牢把握方向，使刊物充分克盡其良性導向，在企業中發揮教育與宣導功能，而且更為員工所喜愛而樂於接受，在默化中人人奮勵，增產報國。我們未來的取向是：

——所追求的不是卓越，而求踏實。

——所期盼的不僅是榮譽的外表，更是精緻的內涵。

——所秉持的是民生主義的經濟思想。

——所依循的是企業主的經營理念。

——以進步的管理學術，啟發新思想、新觀念、砥礪品德，充實技能，提高生產力。

——以建設性的文藝導向，滋潤心靈，美化人生，激發真摯情感，開拓互愛、互助團結和諧的人生寶藏。

——以闡揚優良的企業文化，來凝聚同仁的歸屬感與團隊精神。

蕭伯納先生說：「人生可以攀登至峰巔，卻不能在那兒逗留太久。」老子說：「窪則盈。」孟子則說：「盈科而後進。」先哲們的智慧之言都不主張急功近利，必須自我充實之後再邁步向前，我們還是歇一會兒充充電吧！巍峻的高峰正準備我們去登攀。

讓我們造一座心橋

華夏之光三週年紀念

漫談「自我品管」

——一個值得推廣的理念

在世界性經濟呆滯聲中，我們為提高產品品質，增加外銷競爭能力，近數月來曾實施一系列的「品管講習」，聘請專家、學者蒞廠指導，由理論到實務，由品管基本概念到執行技巧，訓練內涵十分廣泛。同時提倡「自我品管」，以啟發心靈意識，加強訓練效果。

溝通整體觀念

基於當前經濟成長緩慢，外銷商品競爭，似乎愈來愈激烈，沒有和緩的餘地。唯有在優良的品質上取勝，才能提高產品附加價值，在國際市場佔上一席之地，否則，優勝劣敗，難以自保，這是極為現實的不爭之理。

觀念的改造，較諸業務的執行更重要，必先確定目標，建立一個「全員品管」的共同概念。這一概念是，從工廠管理人到基層從業員，每一個人都不能自外於「品管」工作，有工作的地方就得品管。任何產品，任何工作，都有「提高品質」的意念在內。因為品質的良窳，決非品管部門的專責，而是所有參與直接生產與間接生產員工的共同職責，包括採購、生產、製造、倉儲、包裝、運銷與機電修護及有關業務等部門在內。尤在生產過程中，祇要任何一個環節發生瑕疵，即將嚴重影響到整體性的完美，使品質貶低，商譽受損，其後果自不難想像。這一概念應深植於每一成員的心湖中，讓它滋長。

儒家思想潤育的自我品管

品管制度，一九二四年在美國便開始運用在生產工程上。我國實施較遲，一九五五年，才由中國生產力中心、臺肥公司新竹廠先後創導推展，迄今各企業已早具規模。

其實，中國古代雖然沒有品管制度，但一切工藝產品，尤以瓷器和絲織品，在十八世紀就傳入歐洲，成為西方上流社會的稀世奇珍。法國著名思想家服爾德（Voltaire）曾說過：「我們對於中國，應該讚美，應該自慚，尤其應該模仿。」可見我們古代的工藝產品，是屬於高級品的，很受歡迎。明代有一位叫夏白眼的雕刻家，他能在一粒小小的果核上，雕刻十六個嬰兒，各有不同的姿態表情，栩栩如生。這種工藝技巧，較諸現代由機器製造出來的精密工業，又有何遜色！

中國古代既無品管制度，怎樣能巧奪天工，創造出這些精品呢？探討起來，無非是得力於儒家思想的薰陶。儒家以「忠誠」為天下倡，「忠」為主要德目，人人忠於事、忠於師、忠於人。中庸以「誠」為中心觀念，大學講「誠」重在不自欺。中國過去學徒拜師，一日為師，終身為父，故尊稱「師父」。學徒忠於師，誠於內，而敏於行；師父交付的工作，他能不盡心盡力去完成嗎？所謂「精誠所致，金石為開。」天下那有做不好的事！這就是我們儒家思想與傳統精神所蘊育出來的優良產品，而不需要什麼品管的原故。

啓發自覺的團體遊戲意識

品管工作，不是專業化，而是企管業務中的一部份，富有整體性，任何成員在你的工作中都需要品管，本質上你自己就是一個不折不扣的「品質管理者。」任何工作，都需要自我管制，才能使團體受益。這是一個觀念問題，必須從訓練中潛移默化，下列數項，應先在心理上培養共識：

一、企業是一個整體，每一成員都是這有機體中不可或缺的一份子。因工作性質不同、職稱各異，但其重要性則無分軒輊。猶如一部汽車，引擎重要，零件也同樣重要，引擎故障，不能發動，若缺少一個螺絲釘，則可能有輪飛車覆之禍。可見個體在群體中的使命，同樣神聖。

二、「成品」是一項綜合性的傑作，決非一人所能完成。在製作過程中，各部門都有責任，你千萬不能自忖：「我在這裏馬虎一點沒關係」，怠忽職責，否定自我價值，這是一種非常可恥而不道德的行為。

三、每件產品，都含有每個人的心力與血汗在內，要求好品質，可以利人利己，你所付出的心力，決不會浪費。所以對製作一件產品而言，要把它看成是自己血汗結晶，滲和著感情的成份，而由衷地去愛護它，並保證其品質優越。

四、每位操作員都應有此自信：「產品是否符合標準，祇要經過我的眼、滑過我的手，標準自在我心中，發現缺點，我會力謀補救，不必待品管員去發現。」這是品管工作要求的最高境界，也是我們共同追求的目標。

結論

品管作業，有其一貫的制度和程序，而本文所提述的。重點不在作業方式的探討，而在個人整體觀念之轉變，較偏重於精神層面與心靈意識方面。假如每個人對「自我品管」的基本概念都建立了共識，人人能自動自發地奉獻自己的智慧與潛力，盡心盡力把品質做好，沒有一點瑕疵，不良率也減至最低限。到那時，我們的品管人員必然輕鬆愉快，我們完美無缺的產品，必然傲視全球。（本文曾刊載于一九八六年五月七日經濟日報二版）

同舟共濟

「自我品管」發表會

——共同追求真、善、美的最高境界

開場白：

本刊二十二期我寫了一篇「煥發『自我品管』的團隊意識」的拙作，發刊之後，即獲得同仁們的普遍共鳴，認為這是值得推展的一件事，同時熱烈發抒他們自己的心聲，來認同這一屬於精神層次的最高品管境界。

「自我品管」，顧名思義，就是自己管制自己的工作品質，求其完美無缺。所以他們一致認定：工作在於追求「真理」，沒有理性的工作，等於罪惡；惟有在認真踏實的工作中，才能尋求真正優良的產品。工作也是一種「道德」，其本質是善，善盡心力去把工作做好。善的最高境界，是犧牲小我，完成大我。工作也是一種「藝術」，藝術的本質是美，先求心靈美化，再去美化產品，決不讓醜惡破壞了完美，務使產品盡善盡美。

發表意見的同仁很多，因為觀點接近，不便一一刊列，免蹈重複，請同仁們原諒，並致謝意。

下面請看他（她）們從工作中體認出來的至理卓見。

張素姜小姐說：「工作是追求真實的行為，沒有虛假。」我們整日為外銷生產而忙碌，為了促進國家經濟繁榮，忙碌是有代價的。所以我們工作時要真心實腸，誠心誠意把它做好。對自己品質要嚴格求好，不能有半點差錯，連虛假應付的想法都不要存在。這樣才能達到品質標準，為公司建信譽，為國家爭體面，也為個人爭利潤。

陳清芳先生說：「工作是一種道德行為，追求至善。」

對自我品管，我有兩點淺見：

一、企業活動，形態上在為公司賺錢，但實質上任何一件成品，都有你的「利潤」在內，也可以這樣說，在為自己工作，為自己賺錢。

二、工作就是「道德」，道德的行為是「善」的。因此我們對工作，在品質要求上，盡量去追求完善。道德的最高境界，是犧牲小我，完成大我。決不以計件求量，草率從事，而影響整體信譽，得不償失。

黃素梅小姐說：「將工作視為一種藝術。」

我認為「自我品管」，就是每位工作人員，都要有一信念，那就是：「將工作視為一種藝術。」使每一件製造出來的東西，都是完美的藝術品。每一件物件都代表了個人對藝術的執著。使每位工作人員打從心裡關懷著產品的好壞。儘量減少廢料的存在，切勿因爭取產量而降低品質。

吳麗娟小姐說：「自我品管是每一位同仁應有的責任。」

提高品質幾乎成了企業界的口頭禪，但我認為空喊口號是沒有用的，增加品管人員也是捨本求末。我認為最有效的，是如何啟發每位從業員對自己職責的了解，打從內心去自動自發把工作做好。工作的本質就含有品質管制在內，每位工作人員就是「自我品管」的品管員，這是你應有的職責。

許麗卿小姐說：「摒棄計量不計質的錯誤觀念。」

我們的外銷成長，全賴有優良品質為信用的後盾，然而如何求得優良品質？原物料的好，也是原因，但主要的還在每位同仁能了解「自我品管」的重要，而實實在在於製作中便把品質做好，這是最重的一個環節。

千萬不可抱著「計量不計質的錯誤觀念」，寧可來不及而延期出貨，不要粗製濫造趕數量，而毀了公司的商譽。

洪惟霖先生說：「做出消費者所滿意的品質。」

在製作過程中，你要以消費者的眼光，去審查你自己所做的成品，而做出消費者所滿意的品質。假如連你自己都看不過去，我奉勸你千萬不可濫竽充數，向成品堆扔過去了事。

黃秀惠小姐說：「把自己份內事做得盡善盡美。」

每一個人對自己都要負一分責任，對工作也要盡一分心力堅守自己的崗位，把自己份內事，做得完美無缺。

品質的優良，要靠每位同仁合作無間來維持，樹立品質第一的觀念，專心於自己的工作。同時要發現問題，提出問題，才能解決問題，使我們產品，達到高水準的境界。

楊淑美小姐說：「工作是一種樂趣，亦是神聖的。」

工作是神聖的，應善盡其職責，堅守其崗位。對工作應視同鍛練自己培養自己能力的過程，而盡心盡力去完成。

蔡影峰先生說：「把你的心放在工作上。」

我對「自我品管」提出三點意見：

一、就個人工作體念，如裁剪時首先應領料取膠布時，就必須詳查料是否有色差，軟硬度是否合乎標準。

二、上裁剪桌拉裁剪的時候，一定要裁得準，裁得直，合尺寸。這樣做出來的成品，才夠標準。

三、操作時你要把心放在工作上，不要胡思亂想。

卯玉枝女士說：「我們要視工廠為家庭，常存體諒之心去愛護它，有此一念之誠，什麼工作都能做得好。」

張靜枝女士說：「品質的優劣，關鍵在於個人是否盡責。如果團體中每個人都能善盡自己一份職責，這團體一定堅強，產品一定優良。」

許月霞小姐說：「自我品管首先必須建立員工對品質的榮譽感與責任感。另在改善員工福利，安定員工生活方面，也要配合，才能竟其全功。」

張進煌先生說：「自我品管發表會，在增進同仁對自我品管的認識，有了共識，才能很自然的付出心力，使產品臻於完美的地步。」

潘玉秀小姐說：「操作員要了解製作過程，熟習機器使用性能，對產品品質的提高，才有幫助。」

卓春美小姐說：「自我品管是管理心的工作，祇要你有心到，一切都好轉，會有好收穫。」

提高生產力的方法和目標

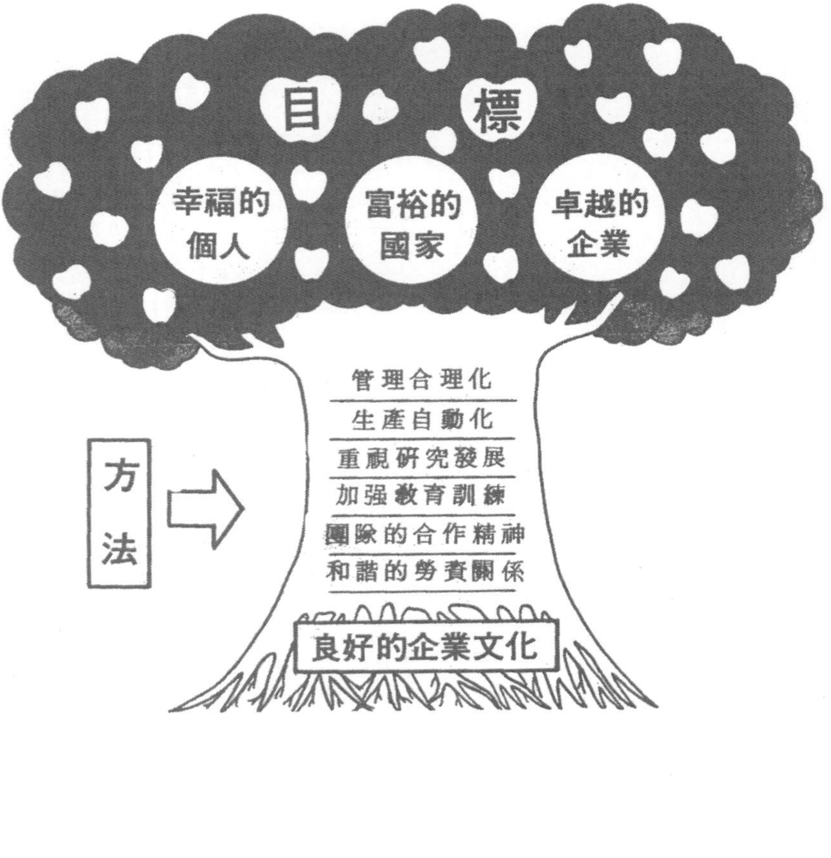

品管的核心「自我品管」

（本文係「經濟日報」記者王鈺小姐採訪紀錄）

由於品質管制與品管圈普遍在各工廠推行，使得生產管理也日漸受到重視，然而生產管理最主要的關鍵，莫過於員工工作素質的提高與自我要求的提昇。

華夏關係企業中的一環——友寧工業公司（RVC塑膠三次加工廠）今年六月份開始，全面在工廠內各生產單位推行員工「自我品管」。

推行員工「我自品管」的用意是在於強化生產管理，喚起員工自動自發的精神，提高工作的品質，從人事單位到生產單位，全面推行，不分彼此，並且建立「全員品管」的共同概念。

究竟什麼是「全員品管」的概念，友寧公司廠務課課長滕興傑解釋，所謂「全員品管」就是從工廠管理人員到基層從業人員，人人都列入「品管」的範圍，而且抱定凡是「有工作的地方就得實行品管」的信念。

滕興傑說，只要徹底實行品質管制後，任何產品、任何工作，都包含「提高品質」的意義在內。因為品質的良窳，決非品管部門的專責，而是所有參與直接生產與間接生產員工的共同職責，包括採購、生管、製造、倉儲、包裝、運銷，以及機電修護等相關部門的共同配合。

滕課長以他實際參與廠務的經驗認為，在生產過程中，品管工作應該是環環相扣的，只要任何一個環節發生瑕疵，即將嚴重地影響到整體性的完美，使品質貶低，商譽受損；所以每位參與生產的員工，都能產生「榮辱與共」、「物我合一」的情操，進一步激發「自我品管」的團隊意識，才能使品質管制做到百分之百的水準。

雖然滕課長認為，在現階段的工廠管理型態中，推動員工實行「自我品管」，似乎陳意過高，但依照品管實施的情況來講，確有實行的必要。

在中國古代雖無品管制度，千百年老店代代相傳，品質始終如一的名牌，比比皆是，這完全是儒家思想中——「忠信」意識的發揚，人人忠於事，工作品質自然不會有任何的偏差與瑕疵。

一九二四年，「品管制度」首先在美國開始進行在生產管理中，原因是生產管理專家認為，在工商業社會型態中，人們由於激烈競爭的結果，難免會產生「以私害公」的心態；因此在工廠生產過程中，為了顧及整體利益，生產管理實行「品質管制」，使產品規格化，品質提高，然而在本質上，這種制度的精神是被動的。

如何使員工發揮自動自發的精神，才是品管工作的「務本」之道。品管作業，雖然有其一貫的制度與程序，但是還是有賴於個人整體觀念的轉變，每位員工都能培養「自我品管」的基本概念，進而從實際行動中表現出來，盡心盡力奉獻出自己的智慧與潛力，品質做到盡善盡美，使不良率減至最低的極限，品管推行通行無阻。

為了使生產員工能成為自己的「品質管理者」，滕興傑認為，必須經過潛移默化的訓練，從心理上培養幾點「共識」：

一、企業是一個整體，每位成員都是這有機體中不可或缺的一份子。因工作性質不同，職稱各異，然而工作本質上，其重要性無分軒輊。譬如一部汽車，引擎固然重要，但是零件也不可缺少；引擎故障，無法發動，但若缺少一個螺絲釘，同樣有輪飛車覆的危險。可見個體在羣體中的使命，同樣神聖。

二、「成品」是一項綜合性的傑作，決非一人所能完成。在製作過程中，各部門都有責任，千萬不能怠忽職守，馬馬虎虎。

三、每件產品，都含有每個人的心力血汗在內，也包含每個人的一份「利潤」，基於利己利人，在製作產品時，滲和感情的成份，盡心盡力提高品質。

四、日本所以成為經濟大國，其團隊精神佔了極重要的因素，員工對企業非常忠誠，而且為了團隊共同利潤，寧可捨個人福利，而取社會福利。

五、每位作業員應有此信心——產品只要經過我的眼，滑過我的手，標準自在我心中，一旦發現缺點，我會力即補救，不必等待品管員檢驗指正。

友寧工業公司，為使生產員工逐漸邁向「自我品管」的境界，該公司人事課、廠務課、品管課相互配合，透過在職訓練與問卷調查，提昇員工對品管精神層面的認識。以下就是一些員工對於「自我品管」的意見與認識，可以見微知者。

卓春美說，自我品管是管理心的工作，只要你心到，一切都好辦，會有好收穫。

張素姜認為，工作是追求真實的行為，沒有虛假。

許月霞表示，自我品管首先必須建立員工對品質的榮譽感與責任感。另在改善員工福利，安定員工生活方面，也需配合，才能竟其全功，發揮效用。

（本篇轉載自一九八二年十月十三日經濟日報第三版）

「華夏之光」百期抒感

百為十的十倍，雖非大數字，但在中國文化運作中，常被視為多數的象徵，如行業之多稱「百業」，姓氏之眾稱「百姓」，商品之盛稱「百貨」，年代久遠稱「百代」，又如百子、百忍、百壽圖等，實不勝枚舉。

「華夏之光」創刊整整百期，地球需要自轉三千六百餘次，在宇宙光年中，固如白駒過隙，稍縱即逝，算不了甚麼，但以吾人有生之涯，面對定期刊物所承受的精神壓力與付出心力而言，確是一段漫長而坷寂的歲月。守成不易，看似容易卻艱難，時間是最好的考驗。當此百期之日，謹抒感懷，願與同仁共勉。

一、在這段漫長的時光裡，我們無時無刻不在默默奉獻中求突破，在既有定點中求進步，在進步中常存感念之心，感謝企業的支持，感謝同仁的愛護，感謝社會人士的稱許，在感念中激發心靈契合，再接再厲，克盡棉薄，惟有如此，才能在平凡的曲調中唱出新韻，鼓舞群倫，產生共鳴。

二、企業萎縮，期刊不可能存在，惟有不斷成長的企業，始能潤育出繁茂的期刊。多少年來，華夏關係企業對期刊的長期投資，耗資甚鉅，創刊迄今，前36期共支出經費約八百萬元，七十二年十月革新版面，印製成本略為降低，由37期到百期，共支出九百萬元，總計支出一千七百餘萬元，這筆龐大的費用，純屬員工福利的文化投資，沒有顯見的報酬率，我們對企業的誠意與遠見，能不感佩？

三、企業管理是我們一致追求的目標，最適切的管理方法有三項途徑可循：（1）是探求新學理、新知識，再就現狀配合實務運用。（2）分析管理工作的得失，比較優劣，作自我捨取，自我調適。（3）觀察別人使用的方法，吸取其經驗，來改善自己的管理體質。本刊基於上述三項管理途徑，百期來提出有關論著供同仁研習，以期管理實務益臻完美，茲分列如次：

（一）企業理論介紹八十六篇。

（二）美、日及中國式管理學總計六十五篇。

（三）管理實務報導計一百四十五篇。

（四）觀摩學習報導計七十三篇。

（五）技術新知六十二篇。

總計撰文四百三十一篇，洋洋灑灑不下數十萬言，其管理學術風氣之盛，在華夏關係企業中，已到了百家爭鳴的境界，真是漪歟盛哉，令人自豪。

四、企業主持人的經營理念，是引領企業發展的精神主導。發行人趙董事長先後在本刊發表的企管論述，共計六十二篇，連同歷年講話紀錄，約有一百四十餘篇之多，均有其一貫思想體系，稍加系統化整理，足堪彙編一部管理鉅構問世。本刊為使同仁易於接受其經營理念，特將董事長歷年撰文，加以濃縮，摘出其精華語句，開闢「箴言集錦」專欄，連載三年始畢，期使全體同仁觀念一致，行動一致，在董事長的領導下，共同為企業而努力。

五、由於編者、作者、讀者的通力合作，使本刊在編排、內容設計方面，不斷創新，不斷突破，獲得同仁的喜愛與社會人士的讚譽。我們除表示誠摯的謝忱外，今後自當百尺竿頭，更進一步，努力發揮刊物的良性導向，落實教育與溝通功能，因此，我們再次提出本刊未來取向：

——所秉持的是民生主義經濟自由化思想，達到均富的境界。

——所依循的是企業主持人的經營理念與企業文化。

——所追求的不是卓越，而是踏實，不是繽紛的外表，而是精緻的內涵。

——所緊扣的是時代的脈動，並與同仁的思想、觀念、工作、生活打成一片。

——以前瞻性的管理學術，啟發新思想、新觀念，砥勵品德，充實技能，提高生產力。

——以建設性的文藝導向，滋潤心靈，美化人生，激發勞資感情，開拓理性的、和諧的人生境界。

——以闡揚優良的企業文化，來凝聚同仁的歸屬感與團隊精神。

正當本刊百期之時，適逢己巳新歲，大地春回，謹作椒花之頌，願與編者、作者、讀者心手相連，齊步邁進，共同迎接這嶄新的一年，為個人、為企業、為國家去創造更完美的明天。

對「管理哲學」的體認

一個企業若長期不能求變求新，除非它具有極優良的客觀環境與特殊背景；否則，極難逃過時代浪潮的無情衝激。今天我們正依循著這個規律；積極整備、求新求行、朝向一個嶄新的坦途邁進。雖然前行的腳步稍嫌緩慢，但它的架構卻一天天的紮實，枝葉一天天繁茂。筆者於耳濡目染之餘，得到許多新的啟示。在變革的過程中，似覺有一種潛在力量，在不斷向前推展；到底是一種什麼力量？概言之，就是管理哲學——事物推展的原動力。

「管理哲學」的重要性

所謂哲學，簡單解釋，就是「人生觀」，一個人對事物的基本看法與想法及其原理原則。英文叫做 Ideal 你的理想或 Thinking 你的想法。其含義，中西的解釋大致相同。

「管理」的解釋，乃是對事物的處理方法，小至個人修身齊家，大至治平之道，任何時間任何地方，無不需要管理。尤其是企業組織，更需要有良好的管理，才能提高效率，獲取利潤。一個企業為達成某一目標，必須依賴多數人的力量去辦事，有多方面的工作需要配合去完成，人員既多，事物龐雜，接著就自然的產生「管理」問題了。

在管理過程中，隨時會遭遇到許多問題，而你面對這些問題，必需「窮理於事物始生之處」，全憑你的智慧與判斷力，取決於頃刻之間。一個人一生成敗，多取決於這微妙的頃刻之間，你的看法與想法甚至做法，都在這頃刻之間慢慢演繹出來，失之毫釐，繆之千里。尤其是一個單位領導人，最重要是把你的想法與理想，讓你的所屬能充分的瞭解，進而依照你的意圖，自動自發的去執行，使你的看法與想法得以實現，這就是「管理哲學」。

管理哲學對基層幹部並不重要，重要的是負有獨當一面的單位主管或事業主持人，他的作風，他的看法與想法，往往可以帶動這個單位整體煥發，日趨繁榮。同樣也可使這個單位積非成是，而日趨衰退。這一切似乎都是看不見的。緩慢中進行的，但影響卻很大。

「管理哲學」與「管理技術」不同，「管理哲學」是一個較高境界的管理理驗與基本方針，「管理技術」是形諸於制度付諸於行動的執行準則；層次不同，有如「戰略」與「戰術」之不同一樣。有些企業在「管理技術」方面雖然成功，但若「管理哲學」有了偏差，最後仍然會歸於失敗。因此「管理哲學」對一個企業領導而言，是非常重要的。

歷久彌新的行政三聯制

當局在四十年前所倡導的行政三聯制，計劃、執行、考核。是一個最基本最合理則的辦事方法，到今天我們仍然驗證其實用性，歷久而彌新。任何事物，在工作之前，先要有最佳設計，設計之後才能執行，行後接著做考核。而管理就是依據這方式進行，行前必先有「思」，所謂三思而「行」，不做無思之行，盲目之行，行後必有「省」，省察考核其成效，追蹤進度，以收事半功倍之效。這「思」「行」「省」三者，有如三足鼎立，缺一不可。

歐美一般學者，也有辦事理則，是用左列方式行之：

第一：Planning 如何計劃做事。

第二：Organizing 那些事需要做。

第三：Staffing 選什麼人去做。

第四：Directing 引導大家去做。

第五：Controlling 控制。

此一方式和三聯制的精神一樣，重在行前計劃。譬如我們要整頓一個工作單位，必須先計劃為何去整頓，用什麼方法，那些地方需要整頓，用什麼人去整頓，如何引發共鳴，使多數人樂意去協力完成，最後檢討成效，再定次一目標。此一理則程序，對管理決策階層，較為重要。

充分發揮人的潛力

為政在人，事在人為，科學再進步，「人」永遠是一切事物的主宰，成敗的關鍵。「管理哲學」最重要的是了解人的心理傾向，而後才能因勢利導，現在一般學者對人的看法，多半歸納下列幾項：

一、人具有「私心」具有「惰性」。

二、集體做事與團體行動時，惰性較少。

三、人有自尊心，尤其在眾人面前，自尊得更厲害。

四、人是接受領導，希望能跟隨一位他所敬佩的領袖。

五、人都有求生存、求安全、求榮譽的意向。

六、人喜歡追求權力、接受表揚。

一個管理者對人性要有充分了解，熟練人性的管理作為，洞察部屬的性向異同，才能根據他的能力，做適度的安排。而且要配合單位組織，加以調配，因為人的功能，必須寄附在群體組織上才能發揮，尤其是對一個基層主管，若編組不當，很難發揮群體力量，所以必須替其調整組織，創造環境，使能在一個部門內密切配合，將人力發揮到極致。

現代與傳統——結語

本文所闡述的行政三聯制度與以「人」為中心的「管理哲學」，都是較為接近傳統的做法，而且經行之有效。最近國內外都在熱烈討論「日本能」「日本第一」，個人認為日本工業確具潛力，他們利用電腦控制機器人從事生產力之提升，以加速自動化作業。這是有學習的必要，但日本職工對公司的忠誠，受傳統影響很大，同樣可以造成經濟成功的重大因素，所以有人說儒家思想與中國傳統妨礙了工業化的進展，此種論調，實難令人苟同。筆者最欣賞的是美國管理學教授威廉提出的「Z理論」，他呼籲企業不必一味盲目模仿，要力求探索問題的根本，不斷的在既有的傳統中去求證，建立一套合於自己需要的「管理哲學」。這種實事求是的態度，才真正值得我們學習。

前些日子，美國在台協會負責人丁大衛於眾議院聽證會上講了一段話，很有意義，他說：「……在激烈競爭的國際市場中，最可能成功的公司，是擺脫過去不合理束縛，吸收最新最適用的管理技術，建立健全的財務會計程序，以減少浪費，並且取消無助於獲利的職位。」這段話確實發人深省，值得我們參考借鏡。

開發腦力，發揮潛力！

向提高生產力挑戰！

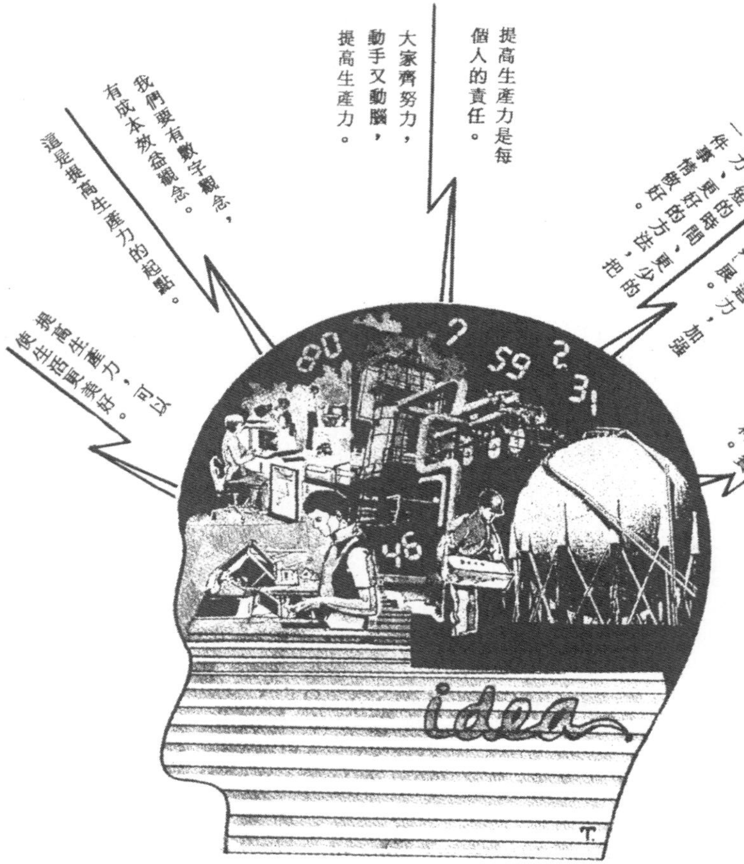

224

漫談工廠工員的休閒活動

工廠員工休閒活動，一般看來，似非大事；做得好，皆大歡喜一場，做不好，也沒有甚麼，並無立竿見影的價值標準。所以多為人所忽略，認為無可無不可。

不容忽視的問題

其實我們稍加分析，自有其嚴肅的一面。台灣目前有兩百八十萬的勞動人口，他們不但是工業生產的主力，也是經濟建設的尖兵，在自由民主的工業化國家中，他們對國家社會的貢獻是無可比擬的。正因為他們既影響經濟的發展，也關係著整個社會的進步與安定，所以任何問題都是多面性的。單就「工廠休閒活動」來說吧？假設某地區多數工廠祇重生產的經濟面，而忽略企業分擔社會責任的精神，漠視員工休閒活動，可能該地區青少年問題，社會問題，必較其他地區為多，馴使治安機關疲於奔命，「工廠張老師」也將接應不暇！可見工廠休閒活動過於貧乏，影響所及，不僅員工身心無法調劑，且使整個社會規範與道德堤防，同時受到衝擊，我們豈能忽視！

充實休閒活動內涵

工廠休閒活動包括那些範圍？有無活動項目？目前就我們所想到的或已做過的，大致可區分為左列三類：

一、文康活動：如閱讀書報雜誌、看電影電視、聽音樂、聽講座、彈奏樂器、攝影、釣魚、下棋、跳土風舞、插花、美容、烹飪、繪畫、書法、唱歌、游泳、騎馬、雕刻、剪紙、做緞帶花等手藝品。

二、體育活動：各種室內外球類活動、早安晨跑、健身操、國術、瑜珈術、柔道、擊劍、操舟、射箭等。

三、旅遊活動：如旅行、登山、健行、露營、野餐、郊遊、散步等。

右三項只是一般性的區分，大如舉辦晚會、園遊會、運動會……小如逛夜市、聊天等，也屬休閒範圍。工廠輔導員工活動時，應就本身經費、場地、以及員工的興趣傾向，做多樣選擇、靈活運用，不必拘泥於固定形式，才能達到多采多姿，舒暢身心的目的。

休閒活動的功能

我們生活在工廠的時空中，一切運作，可區分為「職業活動」與「休閒活動」，一為剛性（制式的），一為柔性（自然的）兩者互為因果。休閒活動做得好，職業活動效率高，休閒活動太貧乏，職業活動效率少，這是必然邏輯。同時筆者發現從事休閒活動，不但使員工很快恢復身心活力，提高職業效率，而且還意外地獲致兩項無形功能，提供參考：

一、容易溝通人際關係

在「職業活動」中，無論是橫的協調，縱的溝通，由於立場不同，觀念各異，難免滋生齟齬，而心存芥蒂。惟有在休閒活動中，人與人之間很容易相處，心與心之間也容易契合，在月下，在曠野，併肩遨遊，攜手言歡，情感更容易交流，你會發現人性的善良與親切感，而構成和諧的人際關係。

二、容易激發團隊精神

生產線上最需要同心協力，互助合作。此種團隊精神的激發，不是來自「職業活動」中，而是在「休閒活動」中潛移默化得來的。尤其是代表單位與友廠作各項活動，最能激發團隊精神。上月本廠與桃園二十個公司作多項友誼競賽時，發現每位同仁叫得聲嘶力竭，為的只是「友寧第一」，每位參加比賽的同仁，一分一秒一點一滴爭取的，不是個人的成績，而是友寧整體的榮譽，每個人當時的意識形態，只知有團體，不知有個人，甚至犧牲個人，奉獻團隊，也在所不惜，幾乎達到忘我的境界。這種潛意識，逐漸轉化於「職業活動」中，必然形成團隊精神，能發揮無比的震撼力，而有助於企業生產。

目標與展望

筆者在本刊創刊號生活點滴欄寫了一段「工廠像遊樂場」的報導，是描述友寧員工休閒活動的熱鬧景象，漪歟盛哉，我們不冀求夜夜笙歌，但求員工「休閒活動」與「職業活動」在良性循環中，得到調合，俾益身心。並使企業對社會責任的分擔，略盡棉薄之力而已。

經濟學家認為休閒活動是一種社會建設，也是工業發展後的經濟活動，將來可能有一天生產時代將被休閒時代所取代。因為我們的國民所得日增，生活品質也日漸提高，在民生主義經濟政策與工業化的國度中，這是必然趨勢，我們企業對此不能不有未雨綢繆的心理準備。

人也要「折舊」嗎？

——由「機器折舊」引發的聯想

在工商業術語上，有句「折舊」的名詞。凡是你購買一批新機器或任何一件生財產物，都必須按年度把價值打折扣遞減，直到不能使用為止，謂之「折舊」。

按照一般物理來說，機器使用日久，必然會磨蝕消損，而逐漸失去經濟效益，這是自然現象，雖有邊際效用之說，但到底它已失去了昔日的光彩，價值減低。可是由於時代進步，工商業競爭激烈，對機器使用日久功能減退而折舊的觀點，有了不同的看法，一般認為今天機器被折舊的主要原因，不全在於它磨損而老化，而是機器設備不能趕上時代進步而失去其競爭性，價值減低，即使機器再新，如果不能藉以發揮其經濟效益，則它的價值，照樣要被折舊掉，這就是有些工廠把新買不久的機器，擱置在一邊而不用的道理。

人也有折舊的時候

基於此一理念，使我聯想起人的折舊來，人是否也同機器一樣要折舊呢？讓我們試作探討。

人類的價值，發自兩種不同的來源，一為體力，一為智力。人因受歲月的磨折，產生新陳代謝作用，活存年代久了，自然發生老化現象，生理機能衰退，反應遲鈍，像老爺機器一樣不能再用，應該折舊，請你從工作崗位上撤退下來，讓年輕力壯的接上去遞補。

但另方面我們也看到一些年輕朋友，年齡雖然不大，可是精神頹喪，心智萎靡，對工作毫無興趣，不求上進，再新奇的事物，好像也引發不了他內心追求新知的熾熱，未老而先衰。像這樣的年青人，正如同新機器一樣，雖然沒有磨損老化，而實質上他已失去對時代的競爭力，價值效益減低，照樣要遭受到折舊的命運。

我們再看一些將屆或已屆耳順之年的人，他們年齡雖然不小，可是精神矍鑠，心智隨著年齡的增長而日趨圓熟，反應銳敏，充滿了活力，身體輕健如五十許人，再加上工作的穩定性，辦起事來，其效率並不遜於年輕人。像這類人，在本質上不應比作老化的舊機器，也不是失去競爭力的新機器，它是介於兩者之間的中古貨色，尚有邊際價值可以運作，不完全折舊。

對老年的價值觀

近來美國部份經濟學家，已改變了過去蔑視老人的觀念，認為老年人（指六十五歲以上）繼續工作，會帶來社會蛻變中的平衡，可以減輕政府對社會福利的過重負擔，促使經濟的正面效益。因此美國許多機構，對老人爭取工作權利，漸漸獲得尊重與諒解，多採彈性主義，甚至得到政策措施上的認同，這是時代未來可能步入的趨勢。

老化現象研究，福特Roy Walford經過三十年的研究，已發現人類將可以活到一百五十歲，九十歲的男人，會有今天五十歲男人的活力，使人享有更長的青年與中年期，而不是僅延長老邁的年限。事實上今天醫學科技進步，生活品質改善，人類壽命已普遍延長，我國社會逐漸步入高齡化，若在政策上不予適當調適，將來可能會產生不少負面作用，影響社會正常發展。

追求新知、自我突破

總之，折舊是必然的，面對這一殘酷事實，任何人都不能避免，而只有自我突破的去減緩它。無論老年、中年、青年，要降低折舊率，都必須振作起來，不斷追求新知，學習新技術，使你的思想觀念、技術能力，與時代並駕齊驅，追上時代的進步。提高你的生存價值。

人有三種年齡，從出生算起的是「實際年齡」，只代表歲月痕跡，身體健康所顯示出來的是「生理年齡」，但年齡雖大，而身心健康樂觀向上，活力十足，永保一顆赤子心的是「心理年齡」。因此，年輕並不可貴，可貴的是持有較長的生命活力與一顆奮發向上的心。相反的，年老並不可悲，可悲的是失去生命的創造力與一顆年輕的心。所以決定人生價值的，不是年齡，應該是以心智的旺盛與衰頹為其分界。

老年人（一九八〇年政府立法通過老人福利法規定七十歲以上為老人）只要常保持一顆年輕

的心與適當的活力，雖耄耋期頤，仍有其存在價值。年輕人若僅憑藉年輕而不知追求新知，充實自我，讓歲月虛擲，同樣會遭到時代所遺棄，你的價值必將受「歲月」與「時代」的雙重折磨，而加速被折舊掉，比老年人自然折舊更可怕，我們能不深自警惕？

生產線上幻想曲——工廠如戰場

當你踏入我們工廠，視線所接觸到的，一個個英姿煥發，動作俐落，全心全力都貫注在工作上，分秒必爭，好一片蓬勃氣象。保證你耳目一新，絕不會產生「無力感」、「憂鬱症」。她們洗盡了鉛筆，消退了唇紅，似乎已失去女性外在所有的魅力。那份莊敬虔誠的形象，很自然地會引導你遠離現實，走向另一個意識境界——幻想的戰場。看這批工業尖兵，肩負沉重的使命感，為了開拓國家更美好的明天，不是正在生產陣線上，進行著最慘烈的生之博鬥嗎？！

※ ※ ※

「高縫機」一陣陣隆隆的聲音，很有節奏的拍拍作響，此起彼落，彷彿敵人密集的機槍，由四方八面掃來，對人產生一種超時空的急迫感，逼著你向前猛進。「熔著機」的火花，一陣陣散發出閃電般的強光，有如核彈巨砲發射瞬間的震憾，使金石流、土山焦，令人驚悸不已。那動作緩慢些的，閃避不及，不是被灼傷，便是被彈片（針頭）擊中，血流不止，幹部扶傷救急，壓住血口，直奔救護站，護士將彈片拔出，連眉頭皺也不皺一下，包紮後又重上前線，繼續戰鬥，真不愧是巾幗英雄。

※　※　※

戰況愈打愈激烈，彈藥用罄、糧食不足、指揮部急令彈藥輸送車（送料車）駛赴前線補充糧彈。強力的擴音器不斷播放慷慨昂揚的戰歌，激勵士氣。為了擴大戰果，裝甲車（堆高機）也投入戰場，加入戰鬥行列，往來衝殺，從拂曉攻擊開始，整整經過八小時的慘烈戰鬥，直到日暮，才將強敵殲歿，鳴金（鈴）收兵，獲得了輝煌戰果。

※　※　※

檢討戰勝原因，固然第一線將士用命，而運籌帷幄，指揮若定，也是功不可沒。原來指揮部每天都要召開作戰會報，由指揮官親自主持，下達作戰命令後，便由參二（業務）分析敵我情勢，（訂單與產量）先來個知己知彼。參三（生管）則根據目標，策訂作戰計劃，（排程）排訂攻擊發起時間。參一（人事）提出兵力補充和人員支援方案。參四（廠務）就兵力佈署，提出衣、食、住、行及福利等支援計劃，以增強戰力，提高士氣。我們有這樣一個組織嚴密的參謀團，又有仁慈果敢、老成達練的指揮官來領導，打起仗來，那有不勝之理。

※　※　※

工廠如戰場，豈是幻想？世界經濟本是一場不折不扣的無形戰爭，國際間的貿易，不僅是短兵相接，而且到了肉博戰的階段，競爭得你死我活。我們生產線的尖兵，若不拿出「拚命的戰鬥精神」來工作，如何能贏得過國際間競爭的對手呢？同仁們，奮起吧！

鼠年畫鼠

老鼠對人類雖有百害，但也有二利：一爲醫學實驗，一爲鼠鬚做筆。相傳王右軍寫蘭亭序，用的就是蠶繭紙和鼠鬚筆。

至於老鼠偷蛋、偷油，聞而未見，是否眞有其事？祗有姑妄聽之了。

由於工業的高度發展，生產已逐漸走向自動化的途徑，此外，如倉庫自動化、辦公室自動化，也相繼的在企業中推展。

「人」的自動化

有一次，華夏公司召開會議，探討加強辦公室自動化的問題，由董事長親自主持。大家對這項新事務，很感興趣，討論得非常熱烈，正在爭執不下的時候，董事長發言了：「辦公室自動化固然重要，如果大家沒有自動化的辦事精神，縱有一切自動化的器材，也是枉然……。」真是一語道破。

在理論上，辦公室自動化應包括六個要項，即資料處理、文件處理、影像處理、通訊、網路和人的因素，而在六個要項中，最重要的還是人的因素。人為萬事主宰，如果失去自動化精神，上面叫一下你動一下，不能劍及履及的話，「自動門」絕不會為你自動打開，「機器人」也將被你弄得毫無光彩。

關於「人」的自動化，最近總廠提出不做「八〇五」員工，什麼是「八〇五」員工呢？就是說八點鐘上班，五點鐘下班，在這段時間裡到底做了些什麼？答案等於零，這就是「八〇五」員工，這樣被動而消極的工作精神，當然談不上自動化。

會議討論，我也在場，由董事長作了結論：「對自己的工作，不要一味被動，要有捨我其誰的氣概，有膽識，有創意，主動積極地去推動……」。這是多麼明朗而令人激奮的話。

●自我品管

自我品管，顧名思義，就是「自己管制自己的工作品質」，自動自發地把它做好，不打折扣。在一般的概念中，好像自我品管祇適用於現場直接生產人員，以提高其產品品質。其實不然，任何間接生產人員，無論職位高低，勞心或勞力，都可派上用場。祇要你有一念之誠；對工作執著，自我品管的潛意識，將會隨時烙印在你的心靈深處。

目前社會一再呼籲國人「提高生活品質」，但對「提高工作品質」，迄今尚無所聞。自我品管就是提高工作品質的一種方式。其管制對象不限於產品，而是整個企業內成員的工作品質。

工作品質究竟要提高到何種程度？須視工作性質而定，但求提高工作績效，發揮最大經濟效益，以達到講求完美，止於至善的境界。

自我品管不是一種制度，沒有形成制約行為，祇是一個觀念問題。人都是具有善良的潛在意識，能溝通觀念，有了共識，在精神上建立「把我的工作做得更好，達到完美境界」的自我肯定，而顯現在行為上的必然是「認真工作，全力以赴。」

●企業文化

「企業文化」是一個較新的名詞，近年來很流行。上月看了一本由美國哈佛大學教授迪爾TERREN CEE DEAL與人合寫的書，經過翻譯，略知梗概。這些不易看到的企業文化，原來竟是推動企業的主體，也是企業成敗的關鍵。

「人」永遠是推動企業的資源，如何維繫公司與工廠「人」的一切運作，使上上下下都能一致遵循的行為準則，就是企業文化。換言之，可以說企業文化是企業團體中共同的信仰、觀念、習慣與作風，再加上企業創辦人的精神風貌融入其中的一個混合體。

最重要的，還是企業創辦人形象，他是企業文化的主角，一言一行，對公司的影響很大，他的道德學養，經營理念，以及他所揭示的處事原則，往往在公司內流傳甚廣，於不知不覺中形成公司的「文化資產」，滲入企業的生命中，掌握著企業命運。

每個公司的存在，都有它獨特的企業文化在支撐。要使公司強勁有力，必須讓每位員工都能了解企業文化的內涵與目標，進而一致為共同目標而努力。

華夏企業能在穩定中成長，自有其優良的企業文化傳統，若能繼續發揚光大，叫大家都知道

「我在這樣一個公司」、「我有個好老闆」，而以此為榮，使企業更強勁。

「管」得合「理」

友寧公司為求管理上的突破，最近成立一個「合理化委員會」，由馬副總經理兼主任委員，吳廠長兼副主任委員，下設四個推行小組負責執行合理化工作，現在積極展開中，工廠洋溢著一股新銳之氣。

工廠的運作，以「生產、管理、成本、安全」為重點工作，你若能切適把握這四大要項，不但可以四季平安，還可能四季發財，無往而不利。

生產是工廠主要目標，但如何保證品質提高生產力，就必須有良好的生管與品管制度。在追求生產目標時，也要衡量投入成本及代價是否划算，安全、訓練是否配合。這一切運作，無論生產、成本、安全，都必須透過好的「管理」方式，才能達到預期目標。

竟究什麼才是好的管理？見仁見智，其學說浩瀚龐雜，各有所宗，絕非三言兩語所能說清其梗概。但歸納起來，簡單得祇是一句話：「管得合理」，就是管得有道理，也就是合乎理性的管理。

趙董事長常勉勵我們做事要合理，凡事合理化後，公司的營運，自然能夠暢順，績效自然衍生。今年是合理化的行動年。友寧公司成立「合理化委員會」，正是邁向此一目標的初步，我們樂觀其成。

一分鐘的讚美，一剎那的微笑

常言道：「做事難，做人更難。」的確，生活在這分秒必爭的工商時代，每個人都得綳緊面孔，穿梭於冷冰冰的機叢中，時間一久，人的味道少了，機械因摩擦而發生火花的機會反而多了，所以筆者願在此提出建議，機器使用相當時間要上機油，人在機械的生活中，也要添加潤滑劑，這潤滑劑就是一分鐘的讚美、一剎那的微笑。

西哲曾言：「很多人都知道怎樣奉承，但却只有少數人知道怎樣讚美。」又說：「讚美像黃金和寶石，只因稀少才珍貴。」往往由於上級的一句讚美，或同仁彼此間會心的微笑，坦誠的規勸，常能產生意想不到的美好效果呢！俗話說得好：「種良因，得良果。」只要同仁們一剎那的微笑，再加上上級『一分鐘的讚美』我敢擔保您這一天必然生活在喜氣洋洋的工作環境中，不覺得疲憊！

工廠好比一個家，同事們好比是兄弟姊妹般，今生相聚，前世有緣，這一切真值得珍惜。為了家庭的美滿，我們不妨發揮愛心，共同推展「一分鐘的讚美，一剎那的微笑」。

一分鼓勵，一分收穫

知人之明再加上適當的讚賞，這是使人產生熱誠、激發潛能的強心劑。

由於每個人的天賦及所受教育的不同，員工但對於上級主管所分派的工作會產生不同的成績，而在潛意識裏，也許他們只認為這是吃糧當差的事，事情完成也就罷了，至於成績怎樣，那是老闆的事了！

人都有榮譽感，喜歡接受別人的讚美，人同此心，心同此理，每個人都一樣的，千萬別忽視企業中的員工，他們每個人都非常具有可塑性的。而大多數的員工都希望被視為是有成就的人，如果主管人員在教訓練時，或在平時的工作生活中，隨時不忘加以適當的鼓勵，則員工們將更樂於為工作而效命，盡全力朝著目標前進。假使他們失敗了，那麼不斷來自主管們的支持和鼓勵，仍將是他們發揮潛力、邁向成功的最大動力。

企業的營運，除了合理的管理制度外，保持高昂的士氣將是提昇生產力的主力。一分鼓勵，一分收穫，身為主管的你，別忘了隨時給您的部屬加油打氣！

●善用賞罰

一般基層員工，對賞罰最敏感，如有不當，對士氣影響最大，不能不慎重將事。

獎賞與懲罰，是統御領導學上兩種最重要的方法，其目的促進個人與團體的和諧進步。

賞是獎掖功績，鼓勵好人出頭，激發整體榮譽感，所以賞要賞其當賞。罰是規戒過失，懲一人而使眾人皆知所警惕，所以罰要罰其當罰。立小功的不可賜大賞，犯大過的也不可以袒護倖免，姑息養奸。所賞罰一定要公平、公允，勿枉勿縱，才能促進團體的進步。

賞自下起，罰自上先。賞自下起有鼓舞群倫的作用。罰自下先有殺一儆百的功效。

賞罰之道，只認功過，不論親疏，方可使僚屬心服口服，知所戒惕。否則賞罰不公，必然曲直不分，是非不明，結果落得個人心鼎沸，怨聲載道，這樣的管理領導，一定會失敗的。

賞罰是鞏固團結的妙方，凝聚人心的法寶，必須慎重將事，要發自愛心，秉諸公理，千萬別把賞罰當作一種權力運用。

●雷射光的啓示

我們都知道「光」能發亮，是看得見而摸不到的東西。現代科技猛進，能使「光」產生力量，可以滲透物質，作掃描、切割、彫刻之用的，就是雷射光。

光為什麼能產生力量？正應著我們一句「團結就是力量」的話，是同步光波的作用。

何謂同步光波？淺喻如下：用一粒小石子投入日月潭中，水面便掀起微波，一波一波向四週盪漾。若用一萬粒小石子，分散投入潭中，便產生了一萬個微波，各自向外擴展；當波與波接碰時，彼此力量抵銷，波光如鱗，亂成一片，很快就消失掉。假如將一萬粒石子聚集在一起投下，就必然掀起驚濤駭浪，產生排山倒海的強大力量。明乎此理，則將「光」波凝聚起來投向一點，便產生強力的同步光波。

最近華夏頭份總廠各生產單位普遍超產，有的已突破歷年產量的最高紀錄，其理安在？據膠皮課分析，應歸功於各部門的通力合作，充分發揮團隊同步精神有以致之。

華夏之光連續三年榮獲「特優」刊物獎，又未嘗不是全姊妹公司同仁發揮同步性（Coecrence）的結果。

達爾文說：「微乎其微的優異，往往會帶來整體的成功。」寄語同仁，祇要大家團結合作，發揮同步性力量，天下何事不可為。

●「三心二意」可嘻嘻

當台灣景氣低迷聲中，全公司品質管制活動，卻正在華夏關係企業裡，風起雲湧地全面推展著，這股蓬勃的新銳之氣，令人感到十分鼓舞。

現在，ＣＷＱＣ活動已進入Ｄ的行動階段，緊鑼密鼓，正需要全員參與，需要大家付出「三心兩意」的心力，來共同投入ＱＣＣ的品管活動。

何謂「三心兩意」，我們的看法是：

第一要有「信心」，信心是一切成功的保證，對公司的熱愛，對自我的肯定，對董事長引進ＣＷＱＣ的睿智決策，都是信心的來源。

第二要有「熱心」，熱心使你工作愉快，活力充沛，那怕問題如冰山，照樣可以用你的熱力把它溶解掉。

第三要有「恆心」，僅憑五分鐘熱度是不夠的，凡事要能持之以恆，不斷的深思熟慮，精益求精，始克有成。

二意就是「誠意」與「創意」，做人固要誠懇，做事尤貴誠意。誠是一切事物的原動力，創意乃革新的契機，只有開發腦力，推陳出新，才能把QCC弄得更深動鮮活起來。

QCC不是苦兮兮，是可嘻嘻。

●建立「信心」最重要

本刊上期，刊登一篇「風雨中的寧靜」的短文，將華夏企業近半年來，在國內外投資買廠、擴充設備的新聞報導，都一一刊露出來，使我們讀後一顆沉鬱已久的心，豁然開朗起來，雀躍萬分，也感動萬分。

值此景氣受挫，投資意願衰頹，一窩蜂跳票聲中，華夏企業能有如此魄力，突破逆境，為人所不敢為，形成一股定力，其理安在？原來都出自我們董事長睿智的遠見、樂觀的信心有以致之。

信心是成功的主宰，它可以叫人做成不可能成功的事。哥倫布發現新大陸，不是憑著航海圖，而是靠信心引導他成功。

董事長贏的決策，來自信心。他對企業有信心，對國家整體經濟有信心，常憑信心冒風雨前進，實堪稱勇者。上月接受經濟日報記者訪問，董事長分析當前台灣經濟潛力，他的看法是：

一、有龐大的下游加工業，基礎穩固，絕非一時經濟成長緩慢所能阻撓其發展。

二、民間有雄厚的資金累積，有充沛的再投資潛力。

三、台灣工業水準是建立在中小企業的基礎上，適應性與應變能力極強。

四、人力資源充沛，勞工教育水準高，技術及高科技人才為極可觀。

五、小貿易商林立，運用靈活，其推銷網路，無孔不入，累積成龐大的外滙收入。

就上述分析，可見我們有充足的資金，有優秀的人才，有以往成長的經驗，更有安定的政治環境，國家整體經濟十分樂觀，所以董事長說：「我實在找不出懷憂喪志悲觀的理由。」洵非虛語。

我們有這樣一位睿智勇健的舵手為企業領航，信心十足，安全可靠，真為華夏人自豪。

「面對當前經濟景氣低迷的景象，大家一定要堅定信心，團結力量，站穩腳步，不慌不忙，必然可以再一次突破難關，開創新局。」讓我們堅定信心，緊扣著勇者週圍前進。「怒海行舟莫緊張，華夏兒女當自強。」祇要有信心，一切成功都會向您招手。

小氣財神

從小處著手，是常用來勉勵欲成大事者的良言。在家庭裡，尤其是克勤克儉，量入為出的家庭，一定是精打細算，從水電、瓦斯的隨手關閉，到衣著的添購時的斟酌，都是將物力發揮到最大的邊際效用，因而家庭也就生生不息，日趨興旺。

在公司，許多人對「放在口袋裡的錢，才是自己的錢」相當執著，而公家的錢不是「錢」，能方便的就多方便一下，能享受的就多享受一下，造成公司能源的浪費，事務支出的浪費，甚至於人力的浪費，而這些「浪費」往往個人不會自覺，更不會心痛。

財富的獲得，靠小錢的累積，小錢的累積，靠小氣的推動，小氣不是罪惡，它是克己的修養，表現在公務上，尤其是一種高貴的德行。

小氣也不是壞的代名詞，是一種約束自己行為，控制自己慾望的動力。當用則用，當省則省，才能創造自己的財富，提升生活層次。

各人有各人的計劃，公司也必有其賴以生存的利基（Niche），如果能借個人小氣的哲學觀，用以改善公司營運體質，創造更多的發展利基，相信對公司對個人都有好處。

●明天的贏家

處順境中，往往在不知不覺間滋生一種安適逸豫心理，久而久之淪為習性，得過且過，不思奮發，因而窒息了事業的進步和發展。

經濟發展之變化莫測，世界上任何一個角落發生新的變動，我們都要以最快的腳步取得先機，以便掌握未來發展的趨勢。

企業的發展，眼光要遠，腳步要快，現有的成就未必能滿足未來發展的需要，今天打贏了這場仗，且慢自傲，因為還有明天的仗要打，如果打輸了，更不要氣餒，因為明天仍有打贏的機會。

今天國內最大的資源，就是有潛力的人才，在適當的環境中循序培養，待機而善用之。商場如戰場，明天永遠有新的戰局；「將」，是策劃指揮，仗仍需要靠「兵」來打。成功的企業家永遠把員工的成長、人才的培養、激勵員工進取放在第一位，企業的生命永恆，必須為無數個明天做好準備。

不論經營者或從業員，彼此懷著「我要讓這個公司比現在更好」的工作精神，朝著這個目標努力，明天將是戰場中的贏家。

●智識產品

在生產事業中，任何一種工作成效，都應該視同「產品」，這是一項新的嘗試，觀念的超越。

人人把工作視同「產品」，隨之而來的是品質觀念，能把品質提高，工作附加價值也高，成效一定輝煌。

準此認定，當然「華夏之光」也是一種產品——「智識產品」。在這智識爆炸的社會，尤具多元媒介功能，它不但對內是企業溝通的橋樑，而且對外是文化出擊的先鋒，除此之外，最重要的，它是傳播專業智識，啟迪智慧的多向管道，它可以幫助你把別人辛苦得來的東西吸收過來，作為改善自己體質的最佳方法。

它更可以幫助您

——了解老闆在想什麼?做什麼?期望我們什麼?

——了解企業未來走向，經營管理方法，和賺錢的訣竅。

——引導您上山下海，訪古探今，神遊山河歲月，開拓心靈世界。

——鼓舞您奮鬥意志，向上精神，和永不倦怠的工作樂趣。

——還有，使您知悉工作環境中的一切動靜，維護您知的權利，增加您對團體的認同與歸屬感。

「書中自有黃金屋」這句老話，到現在已經產生了新的時代意義——「知識即財富」。「華夏之光」是老闆花錢提供我們知的權利和新的財富，您能擯棄她，不愛她嗎?

●管理之「道」，天下一「理」

台灣經濟發展的另一面，有一可喜現象，就是管理學說之勃興。尤以近年來各管理顧問公司的創立，猶如雨後春筍，坊間管理書刊什誌，琳瑯滿目。大家一股勁追求卓越，尋求突破，爭霸天下，幾乎到了群雄併起，百家爭鳴的戰國時代，真是猗歟盛哉。

由於工商業繁榮，管理學說愈來愈廣泛、愈艱深；古今中外、各式各派，浩瀚如海，形成紛紜的眾說，令人莫衷一是，頗覺困擾。

其實管理科學的探求，人同此心，心同此理，無論之外，大致都在「理」的範疇裡打轉，名稱雖異，其理則一，譬如美日流行的「腦力激盪」、「頭腦開花」，在中國不是老早也有「深思熟慮」、「絞盡腦汁」的警句嗎？蔣經國先生過去常以「挖空心思」的話，來激勵我們多出新點子想盡辦法達成任務。又如西方人創導「走動式管理」Management by wandering aronnd，盼管理者勤於涉足工作現場，直接發掘問題，即時解決問題，與我們力行哲學的內涵，並無二致；曾國藩先生「五到」的辦事精神，其中「腳到」，不是告訴我們做事要劍及履及嗎？再看全公司品管轉動P、D、C、A的循環程序，與行政三聯制計畫、自主性、績效性、以及統合力為其理論基點，萬變不離其宗。外國有中國也早有，怪只怪我們文化遺產太豐盛，滿桌珍餚，使人眼花撩亂，不知如何下著？倒不如來份漢堡，反而新鮮可口，清心爽頭。

管理之道，無分中外，天下一理，共通性愈來愈大，差異將越來越小，任何理論，任何方式，只要適應企業體質，配合經營策略，都會有助於企業之改善。不過有一點，不能忽視文化的差異，千萬別走火入魔，硬將一批寬容平和之人，塑造成魔鬼兵團，那就是削足適履，得不償失了。

●盡職的「水門警衛」

美國水門事件WATERGATE AFFAIR，發生在一九七二年六月十七日的一個早晨，這件事鬧得美國滿城風雨，幾乎使白宮形成癱瘓，也逼得尼克森總統在電視節目中傷心落淚，非同小可。然而這件轟動世界的大事，你可知道却發自一個警衛人員的身上。

這個警衛，名叫法蘭威爾士FRAN WILLS，是個美國黑人，三十二歲，擔任水門大廈——民主黨總部的警衛工作。大選期間他們特別辛勞。當六月十七日零時左右，他正巡邏大廈底層時，發現一個門的鎖舌和鎖洞被膠帶貼住了，他以為是白天保養工人貼上的，並不介意，撕下後把門鎖上，繼續巡邏。後來回到執勤室喝杯咖啡，提一提神，他越想越不對，二時左右，再折回到底層去察看，嚇然發現所有的門，都貼上了膠帶，他馬上打電話向華府警局報案，並協助警方在六樓逮了五名現行犯，他們都帶有做案的膠手套，對話機，竊聽器及敲鎖工具等。由於五人都與共和黨有關，遂演變成轟動世界的政治諜報案。

威爾士雖然是個警衛，但由於他盡職與機智，能夠見微知著，馴使小兵立大功，最低限度，他的名將隨美國歷史同在。我們的「長泰演習」已經來臨，任務艱鉅；他山之石，足堪借鏡，願與肩負安全工作者共勉。

當同仁上班時，他們忙於門禁工作，當同仁下班時，他們忙於守護工作，當同仁作夢時，他們必須獨醒；遇急風驟雨，他們照常執勤如故。當宵小來襲時，他們更要冒生命危險，與暴力博鬥。這是何等莊嚴的職責，實非常人所能為我們共同認定警衛工作是非常工作，沒有精神修養定力，不足肩此重任。因此，我們的警衛要：

「做同仁的好朋友，
做工廠的安定力，
做公司的守護神。」

●自我「驅魔」訓練

近年來，由東洋引進一種新的企管訓練，採用軍事化管理，強迫收心，改變觀念，很夠刺激，名之曰「魔鬼特訓營」。

聽說這魔鬼訓練，目的在針對一般公司員工平日懶散消沉、因循苟且、不合作、不服從的習性，對症下藥，而且下的是一帖猛藥，務期三天兩夜間，來個藥到病除，面目一新。一個成人的觀念與習性，是否能在瞬間脫胎換骨，筆者未親歷其訓，成效如何，未便置喙。

不過這些懷習性，確是咱們中國人的通病，病者魔也，自當驅除而後快，立意至佳。惟其命名稍有微疵，不妨改作「驅魔」或「降魔」訓練，較合邏輯。若謂之「魔鬼特訓」，豈不把人趕入地獄，都變成魑魅魍魎，不是越訓越糟嗎？

「大趨勢」作者約翰．奈恩比，在他「企業改造」一書中，認為未來資訊社會中，「自我管理」將逐漸形成一種新的管理理想，全體員工都將學習如何自我學習，學習如何敢於改變觀念，使更富創造性、獨立性而形成「全人投入」的工作社會，可見要適應未來新趨勢，個人改變觀念與不斷自我學習，將是未來企業和個人成敗的一大關鍵。

蔣經國先生說；「我的過失，是恕己太甚，不能完全克服懶散逸樂的念頭。」又說：「在我心的深處，要焚燬一切可恥的邪惡念頭。」這幾句話說明了人不怕有過，最怕拿不出勇氣去改過。時代新趨勢即將來臨，我們不妨做一次前瞻性的「驅魔訓練」，拿出驚人勇氣來學習自我管理，學習自我學習，學習改變觀念，在您心靈深處，將一切不合作、不服從、不積極的病根與懶散萎靡的魔障，通通連根一起掀出來焚燬掉，以新面貌挺立新世紀而毫無愧色。

●漫談「研究發展」

華夏、台達、亞聚三公司，於二月十四日奉准成立研究發展部，由協理楊金城先生統一籌劃推展事宜，這是遵循董事長新年度工作重點指示「積極做好研究發展工作，開發新產品」的決策而衍生的，我們欣見此一部門之設立，更寄予厚望樂觀其成。

華夏關係企業最大特色，就是與外商合資經營，故以往多以透過技術合作，吸取新技術、開發新產品，雖然沒有研究之名，但早具發展之實。各關係企業的成長，幾乎百分之七十皆歸功於產品之創新。

研究發展工作，是企業中最具積極性與前瞻性的一環，但國人對此從未重視，最可笑的是部份公私機構，將一些閒置或退休的冗員，群集一堂，不知是那位金頭腦出的餿主意，竟美其名曰：「研究發展室！」這批人終日閒散，喝茶聊天，言不及義，成了道地的養老院，也成了整體進步中的絆腳石。不過這些怪現象，近年來由於觀念的現代化，早已煙消雲散了。

可是在國外，任何企業都以研究發展為其求生的命脈。美國廠商每年投入研究工作上的經費，最少佔總營業額百分之二，電子業則高達百分之五。反觀我國企業用於研究的經費，據專案統計，平均只佔總營業額的百分之零點四左右，可見國人對研究發展工作，推行得不積極。

話又說回來，金錢固然是辦事條件，但非要件，有多少錢辦多少事的理論已成過去；投入少，產出多，才是贏家的勝算。董事長在一年前曾說過：「假如僅僅是講求研究發展的金額比例，而不追求實質上的成果，則往往投入與支出之間不成比例，不但不能提昇研究水準，也浪費了資源。」這幾句話立論正確，切合實際，可做為我們研究發展工作的準則。

●創造新的輝煌——賀CIS的導入

華夏、台達、亞聚三公司，已於上月導入新的企業識別標誌，刊載於本刊第七十九期首頁，公諸於世，可喜可賀。企業識別系統（CIS）是一個新的企業觀念，它代表的不僅是一個企業的「標誌」或是「符號」，最主要的是在建立一個具有代表性的企業精神，顯示出三公司一元性的整體形象。

一般認為企業識別系統，只是一個「廣告的符號」，能將造形設計得簡明美觀，使人看了喜歡就好。其實「符號」本身只是視覺上的設計，其形象之美與醜，善與惡，好與壞，都要依賴人為的努力去塑造，諸如公司的制度、辦法、作風、公益，甚至員工的思想言行、服務態度，都必須與公司的主導精神相配合呼應，才能使靜靜的「標誌」賦予生命與活力，建立良好的企業形象。

我們的主導精神，是以「以圓滿的產品品質和服務品質，創造一流企業的營運品質」，來服務顧客、回饋社會。C是代表八項經營方針，分列如下：

一、「克服」一切困難，迎接景氣衝擊。Conquest.

二、以臨深履薄的警惕，建立憂患「意識」。Conscience.

三、配合時代潮流，迎接時代「挑戰」。Challenge.

四、接受科學新知，發揮統合「能力」。Capabcity.

五、充實軟體設備，提高生產「能量」。Capacity.

六、結合軟體智慧，「創造」整體榮譽。Creatiyity.

七、團結「合作」，全員同心參與。Cooperation.

八、「貢獻」個人心力，締造豐碩業績。Contribution.

華夏、台達、亞聚三公司歷年來業績斐然，不斷成長，深具發展潛力，現三公司合而為一，其產品之完備，規模之龐大，遠非昔日可比，此時此際導入CIS觀念，使企業更能發揮其統合戰力，勝算可期。

我們在此轉期間，既要持昔日的光輝傳統，又須發揚新的主導精神，責任艱鉅，實有賴每位同仁多投入一份熱愛、一份心力，為母體企業樹立形象，再創新的輝煌。

●暖流滿人間——我們默默的熱愛著這個社會

近半年來，華夏關係企業同仁掀起一股暖流，滿懷熱愛，由北向南又從南到北的擴散著，溫暖了社會每一個角落。

首先由華夏加工部「慈暉社」黃美蘭小姐發起「天寒送愛心」，從一個盲婦的故事揭開序幕，立即獲得桃園佛教蓮社撥款響應。接著，華夏桃園分廠謝楨雄君發起「愛心社」，徐國洼塗等多人籌款贊助。此時華玉公司的「愛心社」也相繼成立，並由班長謝武昭、曾玉金等十餘人，利用假期，携款兩萬元，赴汐止慰問盲婦，這是「慈暉社」善行的第三波迴響。這此同時，華翔公司同仁集資十餘萬元，濟助湯學平先生的遺孤，充分發揮了同胞愛。

這股暖流由北向南緩緩流去，到達亞聚、台達林園廠，同胞愛又在同仁們的血脈裏熾熱奔放，化為一次義舉，由葉士魁先生等一九二人捐出五萬兩仟餘元，救助漁民黃順德夫婦的遺屬，溫暖了一個瀕臨絕望的家，這是繼「慈暉社」救濟盲婦後的第四波偉大義行。

暖流回頭流向蘭陽之濱，華翔公司林木益君即刻申請成立「愛心之友社」，擴展社務，出錢出力，將這股熱烘烘的暖流送往「仁愛之家」，惠及孤獨，廣被殘障。

由蘭陽迴旋的暖流，到達苗、竹地區之後，更見熱愛激盪，引發了華淵公司待產中的「惠他社」的誕生，楊素雲班長解囊三千元，共集資四萬，救濟盲婦，這是響應「慈暉社」善行第五波的回響。

華夏頭份總廠賴新興夫婦沉默多年的善行，終於獲得共鳴，「愛心送德蘭」，得償宿願。那蟄伏已久的「華夏愛心社」，亦在暖流中復甦，由李章順先生振臂一呼，重振旗鼓。

走筆至此，一股暖流湧入心頭，甜美無心，頓使精神為之振奮，深深地為同仁們高尚的情操而引以自豪。這股暖流發自愛心，源自人性，何其崇高偉大。但願今後能付出更多的熱愛與關懷，使我們的社會溫馨、人間更美好，為個人積功德，為企業結善緣，應該是我生產之外另一個追求的目標吧！

●水的啓示——向大自然學習管理秘奧

有一天，孔老夫子站在河邊，望著東流的ㄧ水發呆，子貢覺得十分奇怪，很有禮貌的問孔子看什麼？孔子說：「水有很多特性，它滋養萬物，不求回報，是德；順著出路流去，循理就勢，是義；不貪多，器滿必盈，是廉；出百仞之谷，飛騰而下，是勇；止水無高低，是平；水性滲透，深入內層，是察；水向東流，受折不變，是立志；洗滌萬物，使之不污，是善化……」

子貢回家之後，想起孔子的話，覺得很有道理，水確實是一種了不起的物質，孔子分析水性有「德、義、廉、勇、平、察、立志、善化」等許多特性，他才恍然大悟，原來這些都是我們立身處世、待人接物的基本修養。孔子在兩千五百年前便有這樣觀察入微的看法，來啟發世人，真是一個了不起的大思想家、大教育家，不愧為我們的萬世師表。

物理與人性有許多相近處，若能將大自然的平衡定律，一一發揮在人類的管理行為上，人生必然更和諧完美。筆者循著孔子思維過程，以現代眼光分析，尚發掘幾項特性，足堪我們效法：

水有浮力——能負重，能浮眾，有作為，有擔當。

水有衝力——把握方向，不懼橫逆，一往無前，突破困境。

水有帶動力——不但自己動，還能推動別人去動。

水有凝聚力——團結各種不同分子，聚集成一個整體。

水有融解力——排難分解，淡化一切，融合異己，合萬眾之心為一心。

水有應變力——遇熱成氣，遇冷成冰，無論形態如何變化，它的本質永遠不變，牢牢把握自己原則。

雖然水是柔媚的化身，當它忍無可忍發起威來，驚濤駭浪也夠嚇人的。即使涓滴之水，若能持之以恆，滴水照樣可以穿石，若遇上壓力而集中一點發揮時，更能生出萬鈞之力，可以斬鋼切鐵。水真的可以切鐵嗎？可以，它就是近年工業上所用的「水刀」Water jet「柔能克剛（鋼）」的古老名言，今天又有了新義。

●命非天定可以改變

有一天，與幾位朋友談起「命」來，其中有位宿命論者說：「命是天註定的，誰也無法違拗，」為了證明這件事，他說了一個故事。

「有位年輕人，家境不錯，身體健康，職業良好，照理說，在人生道上，如旭日東升，應該容光煥發，精神抖擻，充滿活力與信心才對，可是他卻時時顯出落落寡歡、鬱鬱不得志的神情，生活得並不快樂。

為什麼呢？原來這位年輕人，迷信「命」學，當他發現自己手掌上的生命線奇短後，就開始疑慮自己會短命而死，為此，他心裏常惶惶終日，忐忑不安，悲觀失望，弄得胃口大減，憔悴不堪，身體也就一天天的衰弱下去。

為了「延年益壽」，在一個夜晚裏，他竟異想天開，拿起一把利刃，就在生命線的末端狠狠地劃上長長一刀，想以延長生命線來達到長壽的目的，結果因處理不當，挽救不及，而喪失自己寶貴的生命。」

大家聽了這個故事，不勝唏噓，其中有多位朋友異口同聲說：「命，果然是天註定的。」命是不是天註定，生命線的長短與人的壽命是否有關？人言言殊，因缺科學依據，誰也無法肯定。不過，有一點我可以肯定的是，人可以改變自己的「命」。

就以上述的這位年輕人來說，他的生命線雖短，但並不意味一定會早死，如果他能這樣的想，我的生命線短，這不是徵兆，相反的，這是上天好德，給我一個警示燈，要我在人生道上，多注意養身進德，於是他採取下列幾個積極樂觀進取的作法：

一、以格物、致知、正心、誠意來養心。

二、以勸鍛鍊，節飲食，慎起居來養身。

三、以讀書、創造、服務來進德。

在行為方面更是處處守法、時時行善，如此，他的生命自然會由虛而盈，由短而長。

相對的，自恃生命線長的人，如果一味放縱自己，在生活方面，吃喝嫖賭，毫不節制；在行為方面，為非作歹，藐視法紀，他的生命也會由盈而消，由長而短。

由此可知，命是操之在我，只要正心、誠意、樂觀、進取，我們總是贏家。

禍與福

聽人常說：「是福不是禍，是禍躲不過。」這話並不正確，是種消極僥倖的說法。一個言行謹慎、心地善良、潔身自愛的人，斷無招禍之理，除了禍從天降，遇上意外事件那是另一回事；往往是口無遮攔、心懷邪念、恣意非為的人，有惹禍上身的可能。

又常見世人感嘆：「禍無雙至，禍不單行。」其實只因不能「自求多福」，空嘆何益？得福既非運氣，招禍又非偶然，何不靜下心來，痛定思痛，自求多福？

趨利避害，求福躲禍，原是人類本能。但生當今世，我們談禍福，必從大處著眼，若小我之禍，能成就大我之福，像軍人保國衛民，擊退強敵，個人縱有傷亡，而國家民族世世代代永能繁衍綿延，以個人之禍，換來大我之福，雖死猶榮。若小我之福，可能醞釀大我之禍，那就是禍而不是福。像違法犯罪，甚至出賣國家利益的人，固然個人飽了私囊，但整個國家社會受到傷害。因此我們千萬不可為求私福而貽公禍，置國家民族於不顧。

老子說：「福兮禍所伏，禍兮福所倚。」淮南子也有「塞上老者失馬，焉知非福」的說法，可見禍福二者是相生相倚，不是絕對的。

●得失之間

金手鍊丟了，沒有一絲兒傷感，試圖在記憶中抓點什麼？所得到的，僅是一片空白。不是不在乎它的價值，也不是對它沒有留念，只是覺得，一種說不出的感覺——解說。人是矛盾的，想得到佔有，等真正擁有時，又覺得是一種桎梏，像失去了什麼，難道，這就是老子所說的「執者失之」嗎？

不懂老祖先為什麼造字時，不造一個得字就好，卻要多造一個失字？難道有得就必定有失嗎？還是，得失本來就是一體兩面的？就好像每一個人都有得—生，也同時有失—死？

整個人類的生命，都是在得與失中運轉，今天，你試圖去獲得更多的財富，你可知你同時也在失去一些別的東西嗎？因為得失常是相伴的，當你得時，你同時也理下了失之因。反過來，當你有所失去時，你已種下了得之由了。

我常覺得造物者實在很自私，除了祂自己能擁有真善美外，平凡人如我，是無法兼有的。試問，世人是否有一位兼俱智慧、美麗、才華、富貴和長壽者？答案可以保證絕對沒有，為什麼？理由很簡單，因為你我都不是造物者。

既然明白了這個道理，又仃必凡事患得患失，耿耿於懷？何不放達觀些，所謂「塞翁失馬，焉知非福」呢？可惜的是大部份的人都不能悟透這個道理，所以整天都在死胡同中鑽，真不知他們何時才能重見天日喲！

●生活的花樣

文化簡單的解釋：就是生活的花樣，誰的花樣多，好看好玩又簡便，誰便被其他民族所吸取。因此，中國的長袍馬掛，被歐美西服所取代，結婚用的鳳冠霞披，亦為白紗禮服所取代；甚至結婚進行曲、生日快樂歌、交際舞、接吻禮……無一不是來自西洋的玩意。說真的，這些文化確實在我們生活中激起些浪花，增添不少樂趣！

近年來我們又盛行結婚週年紀念，這也是源自西洋的禮俗，茲介紹如下：

第一年紙婚（Paper weeing）
第二年棉婚（Cpttpn wedding）
第三年皮革婚（Leather wedding）
第四年絹婚（Silk wedding）
第五年木婚（Wood wedding）
第六年鐵婚（Iron wedding）
第七年羊毛婚（Woolen）

第八年 銅婚（Electric wedding）

第九年 陶器婚（Pottery wedding）

第十年 錫婚（Tin wedding）

第十一年 鋼婚（Steel wedding）

第十二年 絲或麻布婚（Linen wedding）

第十三年 呂絲紗婚（Lace wedding）

第十四年 象牙婚（Ivore wedding）

第十五年 水晶婚（Crystal wedding）

第二十年 磁器婚（China wedding）

第廿五年 銀婚（Silver wedding）

第三十年 珍珠婚（Pearls wedding）

第卅五年 翡翠婚（Coral and Jade）

第四十年 紅寶石婚（Pudy wedding）

第四五年 藍寶石婚（Sapphire wedding）

第五十年 金婚（Golden wdeeing）

第六十年 祖母綠婚（Emeruld wedding）

第六五年 鑽石婚 （Diamond wedding）
第七十年 白金婚 （White Golden）
結婚六十～七十週年紀念，我國統稱福祿壽婚。

●微笑

「微笑」就像開在臉上的花，也像心中的太陽，永不消失，永不褪色。「微笑」又像是一種磁力，一種電波，拉近了人與人之間的距離，相親相近；亦像太陽驅散了黑暗，掃除了一切沮喪、恐懼和苦惱的情緒。

一般人的想法，是把微笑當做交際的手段，或者是當做一種禮貌，遇著熟人才微笑，見著自己願意打招呼的人才微笑，或者是對自己想要討好的人才微笑，我們要享有的，並不是這種微笑，這是職業性的微笑，像一些公共場所，如：茶樓、飯館、店員、公車服務生一樣。我們一般人不要追求他們那種微笑。

要把微笑化為我們的生命，成為血肉和心靈的一部份，這對於心靈健康是非常重要的，也是個非常有趣的課題。微笑有益於健康，這是人人皆知道的，不但有益於個人身心的健康，更有益於心理的健康及社會的健康。試想在現實的生活圈子裡，如果人人臉上都能掛著笑容，表情洋溢著愉快，那麼處身其中，充滿安祥融洽的氣氛，絕沒有暴戾和怒罵，更不會有爭吵與打鬥，這不就是平和健全的社會嗎？

工業社會的多元化，因工作日趨頻繁，人際關係密切，和他人接觸機會更多，如果臉上常帶微笑，不但表示友愛，也是促進良好人際關係的一種因素。

笑臉是最受人歡迎的，朋友，笑一笑吧！有了微笑，人生將更多彩多姿，生活會更豐滿，社會將安樂和睦。我想，不論在做人或處事，微笑能得到很多人的幫助和鼓勵。隨時笑口常開，不但是健康的象徵，也是延年益壽的最好秘方。

多動右腦，好嗎？

由於一件小事的聯想，我發現做任何事都得動腦，才有進步。

兩月前台汽公司新出籠一批直達客車，窗戶開在上面，人坐的地方用玻璃封閉，又無冷氣，大熱天可真把人悶死。我家住桃園，松男蔡住新莊，是直接受害者，於是他畫了幅「悶氣車」的漫畫，我寫了一篇，「有話大家說」的意見，在中央日報三版刊出，同聲撻伐，望其改善。

台汽公司總算從善如流，已經著手改裝，非常簡單，玻璃窗上下易位就解決了，這證明工程人員當時不願多動腦筋，設計錯誤，聽說每輛車改裝費約三萬元，一百五十輛車，就使公司白白損失掉四百多萬元。

人類頭腦，分兩大部腦葉，左半部腦葉，專用來處理系統數字，語言資料，是人類理性思考的來源；右半部腦葉，是掌握直覺性、實驗性與非語言的情報，是人類創造力思考的來源。我們傳統教育多注重理性思考，而忽略創造力的啟發，所以中國人易於滿足現狀，比較保守，是不習慣運用右腦思考，因而缺乏突破性的驚人創造力。

台灣經濟發展為什麼特別突出，這與民間企業管理訓練的方式與積極性有關，他們不斷訓練員工使用右腦，發揮創造力。一般員工多接受創造性思考訓練（C.T.C），運用品管圈、改善提案、全公司品管等方式，集中腦力講瘋話（Braim-storming），不受傳統拘束，根據一個主意啟發另一個靈感，點子愈多愈好，主意愈新奇愈妙，採用集體思考，共同討論所獲致的結論，更能發揮由單一探索百分之四十四的創意價值。這就是企業界創台灣經濟奇蹟的另一股動力——善於鼓動右腦。

拿破崙說：「創造力是人類突破現實環境的決勝武器。」想把自己的工作向上推展一點的伙伴，試試看，多動點右腦，好嗎？

●卓越品質新觀念

政府將九月份訂為「國家品質月」，以喚起業者對品質的重視。

為配合經濟部「全面提高品質五年計劃」的推行，中華民國生產力運動推行委員會，特將今年九月定為國家品質月，並編列一億三千多萬元，推展「全面提高產品品質計劃」，預計五年內，以八億三千五百萬元經費，協助各企業提昇產品品質及測試能力。

我們很樂於見到這項措施順利完成，至於政府如何利用這筆款項協助企業提昇品質，無從獲悉，但希望在實質上輔導企業對品質有所改善，則是我們所期盼的。

品質的改善提昇，是一項恆久的、持續的、全面的，且有前瞻性的工作，而非在「品質月」一個月內能把它做好。同時提昇品質工作，必須與理念結合、與工作結合，甚至與國家整體文化相結合，才能逐漸發揮功能，而不是立竿見影的。

由於近年來台幣滙率升值，國際保護主義日漸抬頭，而工資水準逐年提高，我們產品已失去國際競爭力，若再不重視品質改善，祇有沒有落一途，所以必須改朝卓越的產品品質（Product Quality）和高附加價值產品發展，才是國際市場致勝的關鍵。

對提高品質的觀念，已由傳的規格要求，進入多元的突破，重視消費者的性向與未來發展趨向。茲臚列如左，提供參考：

一、同類型的產品，應不斷研究其所具有的特色，能稍為顯出較佳的改進差異，即為卓越品質。

二、不斷做市場調查，或客戶專訪，深入了解消費者喜好的傾向。

三、產品的本質，應具有高性能，如自行車的省力感，汽車的加速力、舒適性等。

四、外型美觀，色彩調合，給人一種高貴典雅感覺。

五、計算第一次損壞的平均時間，及多久損壞一次的平均值。使用時間愈長，愈受消費者歡迎。

六、講求推銷技術與適度的廣告，均可造成卓越品質的主觀形象。

●提昇品質永不休止——為「華夏之光」八週年而作

人有人品，產業有產品，產品不良，企業失去發展潛力，人品不良，縱有天下第一的本領，也難逃失敗的命運，奧運金牌得主強生，不是活生生的例子嗎？

華夏關係企業對產品品質的追求，是整體性的，不局限於生產線，對任何工作、任何人、事、物，都要自我提昇，決策有決策品質，營運有營運品質，甚至生活也有生活品質，這項品質理念，已深植人心，蔚為風氣，形成企業文化。

「華夏之光」是整體運作中的一個小環，在優良傳統的涵蓋下，對刊物品質的提昇，無時無刻不在向前推展。歲月的腳步，從一點一撇、一字一句、一頁一頁、一期一期中走過兩千九百多個日子，我們沒有一天鬆弛過，放下來就脫期，事實上按時出刊祇求交卷似乎並不難，但要講求品味風格，出一本內容踏實、有血有肉、有理想、有目標而又能為讀者樂於接受的刊物，確屬不易。可是我們總鍥而不捨地向這方向突破，為自己風格定位。

我們如何把刊物品質，向上提昇：

——定期召編審會，逐頁檢討，以「雞蛋裡挑骨頭」的精神，認真找毛病，務求零缺點。

——講求封面包裝，使人看了就喜歡，封面改版，先後三次。

——文字編輯緊緊扣住年輕朋友的心，「短短的篇章，甜甜的語言」是時代的走向。因此儘量採用短小精緻的作品，避免枯燥冗長的文章。

——編輯內容與員工生活相結合，與福利休閒相結合，與文學藝術相結合，才能產生親切感與同屬感。

——不斷美化版面，無論在編排設計、標題顯示、插圖安排、照片配合、留白大小等，都要精心設計，以達到視覺上的美感。

——把握編輯方向，凝聚勞資感情，建立溝通管道，作勞資和諧橋樑。對勞工運動的發展，要具有前瞻性的主導作用，才能發揮企業刊物的媒體功能。

「華夏之光」就這樣不斷提昇、不斷成長，永無休止地邁向攀越巔峰的路上。

●「勞資關係」新解

辜振甫先生曾經創言將「勞資關係」易名「勞雇關係」，使名實相符，避免在意識型態上突出兩極化，以期對促進勞資和諧有所改善，真是用心良苦。

也有人認為「勞資關係」含意模糊，應改稱「工業關係」，乾脆「勞資」兩字都刪去。其實勞資問題近兩年來的風起雲湧，並非「勞」、「資」關係對立而引發。關係二字，乃指「關聯」

與「係數」，任何係數，都是將「積之因素」分為兩部，才能發生關係。親密如夫妻，也是陰陽兩極的組合而產生「夫妻關係」，但這兩個不同的個體卻存在著共同的命運，彼此間若能互愛互敬、互助互諒，必能建立美滿家庭，創造幸福人生，若雙方一旦失去了這種人類共存共榮的倫理基礎，即刻可以反目成仇，不是冤家不聚頭，「佳偶」也成「怨偶」。

勞資關係的惡化，並非兩個名詞對立所惹的禍，雙方倫理關係的式微、功利主義的抬頭、外力的推波助瀾，才是真正的罪魁禍首，夫妻關係尚且因此離異，勞資關係豈有不離心之理？

近日偶讀朱熹「半畝方塘一鑑開，天光雲影共徘徊，問渠那得清如許，為有源頭活水來。」詩，「源頭活水」四字，頓時觸動我對「勞資關係」的另一銓釋——「能源關係」。

能源乃物理學上的名詞，為動力的資源，若將能源兩字分別解釋，「能」就是才能與力量。書經上有「柔遠能邇」的話，又可做親善和睦解。將「能」字比喻「勞」方是最恰當不過，即一群和善可親而又才能的人。「源」乃根源、來源之意，也可釋為源頭、源委。禮記有「或源或委，此之謂務本」，把資方比喻為「源」，也是極合邏輯的。

資方以資金創業，經過多少艱辛，甘冒風險，把工廠建立起來，讓大家有安身立命之所。勞方應飲水思源，體認創業惟艱，常存感謝之心，竭誠與資方合作；資方則應秉持悲天憫人情懷，體念大夥工作的勞累，犧牲青春年華，處處為勞方著想。這樣推心置腹，互相體諒，在心靈上建立休戚相關的倫理共識，勞資關係的和諧完美，自然水到渠成了。

●「非零和與零和」遊戲

近年來由於勞工人權意識高漲，工會扮演的角色，由弱勢轉變為強勢的自主群體，為爭取權益而與資方相抗衡的案例也日益增多。

工運的蓬勃發展，究竟對整體經濟成長有無裨益，成敗得失之間，因主客觀角度不一，見仁見智，猶如夫妻之感情糾纏，公說公有理，婆說婆有理，是非曲直，誰佔上風，誰也無法下定論。

一味著力於權利的爭取，而疏於生產力的提昇，這一偏頗走向，使權利義務失去平衡，未嘗不是造成勞資紛爭的基因。

但是有一點我們可以認定的，勞資關係的發展，雙方不可能有一方佔到便宜，一是全輸，一是全贏。

社會心理學有一種遊戲叫作「非零和與零和」，零和就是我贏你輸，你贏我輸，兩者加起來等於零。勞資爭議結果，本身就是屬於非零和遊戲，不是雙方一起贏，就是雙方一起輸，絕沒有零和的道理。

台達工會罷工期間，聯合報曾將一年來勞資爭議案件列表分析，其結果我們發現約有百分之十勞工遭資遣，資方撤廠到大陸；約百分之十工會幹部被資遣，關廠後重招員工，；自動停息紛爭者佔百分之五；工會幹部被迫離職爭議不了了之者亦佔百分之五；爭議迄無結果的佔百分之二十五；雙方都能讓步，喜劇收場的佔百分之四十五。

從以上資料顯示，勞資雙方爭議結果，有一共同點，即彼此體諒，各自讓步的雙方都成贏家；若雙方持己見，或條件過苛使對方無法接受的，最後兩敗俱傷，白爭一場，作「非零和」遊戲。

在表面上看到勞方遭資遣，資方上大陸設廠；或是工會幹部被迫離職，關廠後另起爐竈，以為資方是贏家，其實資方實質與無形的損失，遠勝勞方不知多少倍，禍福無常，未來風險更難逆料，資方絕非贏家。惟有雙方能夠真誠合作，互讓互信，提高生產力，謀取共利益，雙方才能成為真正的贏家。

●標準化的診斷——為三公司成立「稽核室」鼓掌

俗話說：「無規矩不成方圓」，規是畫圖的工具，矩是畫方的儀器，有了規矩，自然畫出的東西不會走樣，產生標準，大家按規矩行事就行。

企業是講求精準與整合的一門社會科學，經緯千萬，沒有一種規範來統合，豈不天下大亂，談什麼經營，所以一切運作，需用方程式來歸納其內涵，把抽象的觀念數字化，將龐雜的事物系統化，因此，制度化的標準設定，在企業經營發展的進程中幾為不可或缺的重要課題。

華夏、台達、工聚三公司為了提升標準化作業內涵，七月一日起成立「稽核室」，設總稽核一職，由徐正行先生兼掌，直接向總經理負責，專司檢核各項作業程序之是否有當，以期加強標準化、制度化管理，增進企業卓越之經營績效。

其實公司早已具備各項標準作業規範，但是否與現頒標準書規定相符，或有不夠週延處，或因環境變遷而需重新訂立及修正者，使其更具可行性、實效性；基於此項考慮，故「稽核室」於焉誕生。其檢核標的，除一般作業程序外，尚包括「專案稽核」、「資本支出授權書」、「工程合約」等項目在內。至於標準書如何釐訂，如何送審？徐正行先生在本期所撰「邁向制度化，標準化的管理境界」一文中闡述甚詳，希同仁研閱，並預祝此項措施推展成功。

美軍也有標準作業程序（ＳＯＰ）的規定，它的最大優點是任何人接掌新任務，只要依標準程序行事，一切ＯＫ，乾淨俐落。

標準化確為企業經營效率的根本，它的優點尚有：

——凡事有標準便有依循，省却多少探索之苦。

——標準化是一面忠實的明鏡，隨時能反映出績效的優劣和差異，靜候評估改進。

——標準化可以整合起來，使枝幹串聯，成為一完整有序的企業體系。

——一本六法全書不能法治，一如標準書不能代表制度一樣，仍需人靠人去運用，從而培養人們規規矩矩的行為。

——稽核工作，可以推動標準程序ＰＤＣＡ的良性循環。

——標準書可以避開人治，邁入法治。

●談時間觀念

「時間」與「工作」是兩條平行線，我像火車頭似的滑行在兩軌之間，「時間」一分一秒地向前奔馳，「工作」也得配合時間一點一滴向前同步，不能有片刻鬆弛……

六月二十日，台北總公司在華塑大樓舉辦一場「時間管理」學術講座，邀請專業教授主講，聽說十分生動。我因趕工，無法分身前往聆教，錯過一次充電機會，頗感遺憾。

「時間」對我而言，似乎特別敏感，這大概基於下列三項因素所使然。

一、時空因素：我蝸居桃園，通勤台北，每天來來往往，趕車趕時，到達辦公室仍是一片漆黑，先開電，再辦事；下班後又得一陣「趕」，駕返寒舍已是日暮黃昏時分，這樣「兩頭黑」的上班生涯，十三年年如一日，從未誤點，假如平日生活作息沒有「時間觀念」，恍恍惚惚，不知要造成生活上多少不必要的差錯與困擾？

二、工作因素：我的工作具有時效性，有一定流程，每個工作階段，必在一定期限內完成，任何環節稍有延宕，必然牽一髮而動全身，馴使整個進度落後。所以我的心理負擔很大，沒有「時間觀念」如何能「控制時間」完成任務？在我的感覺上，「時間」與「工作」是兩條平行線，我像火車頭似的滑行在兩軌之間，「時間」一分一秒地向前奔馳，「工作」也得配合時間一點一滴向前同步，不能有片刻鬆弛，這份急遽無情的工作壓迫感，個中滋味，絕非局外人所能體嚐的。

三、生涯因素：我已年逾花甲，雖然體力心智未有絲毫衰退跡象，猶可疾步頂樓（十一層）面不改色，幹起活來蓬勃敏捷如少年，但在體制上畢竟是「被擠出」的邊際人了！「人生有代謝，往來成古今」，現實環境往往會使人掀起「吾生也有涯」、「時不我與」的感喟！但「老驥伏櫪」，須要做的事還多，要走的路更遠，豈容我苟且憩息，因此對時光流逝倍覺珍惜，我認為：

△時間是生命的資源，浪費時間，等於自戕生機。

△在時光的巨流裡，人的喜怒哀樂，生老病死，有如海浪中的一個泡沫，無分貴賤，轉瞬即逝。

△娃娃魚有「生理時鐘」，在黑洞中能按時作息覓食。人為萬物之靈，豈能無「心理時鐘」——「時間觀念」。

△時光流走了我的青春年華，但永遠流不走我心靈深處執著的那座「心理時鐘」。它代我排除壓力，使我心悅神怡，快樂工作。

△年輕並不可喜，可喜的是他有較多的時間去充實自己。年老並不可悲，可悲的是他已失去命活力與赤子之心。

△如困我們內心沒有「時間觀念」，即使訂下週詳的「時間管制表」，也是枉然。

「品管圈」與腦筋急轉彎？

最近我們品管圈出現兩種不尋常現象，一是問題少，二是獎勵多。問題少是表示思想短路，找不到題目；獎勵多是欲振乏力，已經使出最後王牌來激揚士氣。見微知著，我們似乎感覺到QCC快生病了，急需診斷，不能諱疾忌醫。

品管圈是現場基層圈員，運用腦力激盪，提出週邊急須要改善的問題，集體思考，以發掘創造性新構想，來改善品質。此事關係企業生存，不能有片刻鬆弛停歇。現有少數組圈意願不高，原因是現場沒有問題？找不到題目。如果說現場管理至善，點問題也沒有的話，那麼這個現場的問題必定很大，其最大的問題是連自己現場的問題在那裡都不瞭解起來？

品管圈是要用腦子去開發的，常見的腦力激盪，其實就是在你「腦海中起了個風暴」，刺激你心血來潮，靈機閃動，盪得你腦筋急轉彎，發掘新方案。

這裡舉出兩件腦筋急轉彎的例子：其一是「黏扣帶」Velcro 的發明人麥斯特拉，他是瑞士人，一九四一年某天獨自在鄉間散步，衣服被芒刺吸住時，他腦筋急轉彎，而發明了黏扣帶，造福人間。其二是市面上有一種「兩面擦板」，同時可擦淨玻璃兩面，道理很簡單，在兩塊擦板上，各接一塊磁鐵，移動一塊，另一塊就亦步亦趨的動起來。這種擦板很貴，原來它買的不是材料，而是創意，人家想不到的地方他想到了，他成功地賺了錢。

在平凡的事物中，你祇要稍為留意，讓腦筋轉個彎，就是新買點。世界上多少發明，都在一霎那間的靈感，能夠抓住它，你便是發明家。

品管圈降溫，毛病就出在腦筋不能急轉彎。請伙伴們燦放出你靈感的智慧火花吧！盡量發揮創意，使品管圈活動蓬勃下去，永無休止。

●提高產品「附加價值」

父親節，大女兒送我一盞藝術枱燈，不用開關，只要手指觸碰一下就亮，第二下光度加強，碰第三下光度更亮，第四下熄滅。這種感應枱燈，外型美觀，使用方便，頗受消費者喜愛。

二女兒請我上館子，是一招牌「恐龍屋」的餐廳。巨大的恐龍骨陳設在走道兩旁，壁上繪有各類大小恐龍，很夠刺激。小外孫（四歲）神采飛揚地一一為我介紹其名稱，這方面智識他非常豐富，也是他最愛。可是這家餐廳菜飯平平，無啥特色，一杯芭樂一百元，屬高價位消費，原來它賣的不是酒菜，而是刺激客人視覺的氣氛。

氣氛成了賣點，使我聯想起「附加價值」的魅力確實驚人。

同是一盞燈，同是一個餐館，加此新點子，便可使消費者引發共鳴而身價百倍，大賺其錢。

這是一個價值觀主導產品的時代。人類愈文明，其對生沽高品位的追求則俞強烈，而所有產品亦將隨之創造多功能的賣點，來迎合消費者胃口，將是時代的新趨勢。

於是，聰明的企業家、工程師、生產開發者紛創造更多的產品「附加價值」來爭取利潤，攻佔市場。

君不見電話機、安全帽、網球拍等產品，加上台達公司的曲面印刷，搖身一變，可以多姿多彩，身價不凡。汽車的方向盤，加上動力裝置，只要輕輕一轉，可以四兩撥千斤。彩色電視機的數位分割畫面，自然不同凡響。現在傳真機還可以附帶當影印、電話機使用，多功能附加價值愈來愈高。再看洗髮精，過去鋁箔包裝的當然不如現在噴壓式的多效合一，它可以使秀髮美麗之外，尚附加去頭皮、止癢、按摩皮膚等的功能。用過的瓶子，洗淨後又成了盆景的噴水器，還有「剩餘價值」呢！誰不喜愛。

本刊上期刊出「擴大兩岸文化交流」一文，敘述「華夏之光」主編秦月先生多年來默默利用傳播功能，與大陸一個城市實施文化交流的情形，不花分文而有此成效，值得激賞。這何嘗不是刊物提高產品「附加價值」的另一詮釋。

●華塑集團的企業文化：「拔河精神」與「拔河英雄」

如果說價值觀是企業文化的靈魂，那麼英雄人物就是價值觀的化身。「五一」的英雄人物，已在員工的心靈上樹立了新楷模，隨之而來的是另一波新典範，那是在勞資運動會上所產生出來的「拔河英雄」，攀旗斬將、勇奪冠軍、勝利輝煌的那份光榮之分享。

「拔河英雄」締造了價值觀，但象徵的不是個人英雄主義色彩，而是團隊意識所蘊蓄出來的一種張力—一加一不等於二的哲理。

一加一等於二，這是每個小學生都懂得的算術等式，但是美國密歇根大學教授愛丁根先生（Sir Arthur Eddington）卻提出了異議。他說：「一般人研究『一加一』以後，認定結果一定是『二』，其實不然，還得探索關鍵性的『加』字。」

他的意義是說：「兩個人在一起工作，如果兩個人的力量沒有配合好，可能剛好相抵，結果不僅小於二，甚至可能變成零。但如果配合得好，那結果可能比二還大，差別就是能否發揮統合的整體力量。」

拔河運動即是發揮統合戰力到達極致的最佳印證，看他們那份無私無我全力以赴的精神，和啦啦隊搖旗吶喊聲嘶力竭的狂熱，相互默契配合得天衣無縫；更重要的是他們聲勢一致步步調一致萬眾一心的凝聚力，集中在一條軸線的紅點上，產生萬鈞之力，無堅不摧，這份神奇的力量，正是華塑集團所需要的企業精神，因為：

——拔河精神是團結合作的精神。

——拔河精神是無私無我的精神。

——拔河精神是榮辱一體的精神。

——拔河精神是企業凝固「生命共同體」的摧化劑。

——拔河精神締造了華塑人共同價值觀，形成華塑集團強勁的企業文化。

輯三：翻讀名城舊事——湘西鳳凰

「道門口」一日集錦

我外婆家住城裡道門口，是誰都知道的「張家公館」。我有兩個表哥，應棟、應樑，二表哥個性沉靜，大表哥却是一位花花公子。童年時，我常去住上十天半月，最使我高興的，便是跟隨大表兄上街吃喝玩樂，所以道門口一帶市容街景，店舖招牌，我簡直暸若指掌，七十多年後的今天，仍記憶猶新。

「道門口」是鳳凰縣城中最熱鬧的地方，雖然不能與北京天橋、南京夫子廟、蘇州觀前街的繁華媲美，但在我的記憶中，從早到晚，那地方都有不同的市景展現出來，一幕一幕激盪著這古老山城，在悠悠歲月中增添不少熱鬧氣氛，使山城蓬勃起來。

市集風光

不知什麼時候，把以「道台衙門」為中心，東到十字街，西到縣裏衙門，南到炭弄子，北到劉三和雜貨店一帶地區，統統叫成道門口，衙門前面的廣場，從放醒炮起到放二炮，都有各式各樣的比賽，有各種各類的買賣攤位，說到比賽，不如說是賭博，因為比賽本身就含有賭的性質，買賣攤位也沒有固定的地方，誰先到，誰就佔據有利的位置，只要不擋人家的大門，不擺在路當中，誰也不干涉誰。而此地更是發佈時間的司令台，一天五聲炮，就在此地由一個老嫗點燃。

衙門前面坪壩，中間以石板路分開，一邊圍起一個場子，有時也有三、四個場子。放過醒炮，天剛亮，鬥雞的人就陸續到了，把一個十公尺直徑用篾簟子圍成的圈子，圍得密密麻麻，與經紀人談妥之後，雙方各在一端把鬥雞放入圍中進行比劃，開始的鬥值是一比一，在比賽中途，如看出優劣端倪，就會有人降價求賭，大叫：「『它它冠』一吊賠八百！」在比賽場合，常有反敗為勝的事，也有表面上雖暫處劣勢，但對牠有信心，樂的以少吃多，只要答應一聲「我的」就成交了，認清對象後不再說第二句，絕不耍賴。優劣雙方都可以叫，如優方叫「『陽雀』三吊賠兩吊！」劣方叫「『單冠子』五百吃八百！」一個人叫出比價之後，場中人都跟著叫起來，此起彼落，直到分出勝敗而止。（詳見本書「打蛐蛐、打雞」一文。）

這時，從鬥雞場四週慢慢傳來各種叫賣聲，燈盞窩、碗兒糕、豆腐腦、麻花餃……與場裏討價還價聲互相呼應著，一片嘈雜籠罩住道台衙門前廣場，只有老莫的豬血餃條、苟師娘的牛肉粉、楊老爹的燈盞窩不叫，幾副攤子都遠離雞圈子，一則是怕靠近人潮打翻攤子，自己損失固然不好，燙傷了人更不得了，大致都在同一處老地方，想買的都會找上去。其實大多數的小吃攤子也不全為鬥雞圈子人專設，上學的學生、買菜的主婦、廚師、賣菜的農婦，都會買了吃，更有些人家提了籃子、食盒，專來買豬血餃條、牛肉粉、燈盞窩等回去作早點。原來鳳凰人名義上只吃早晚兩頓正餐，但實際上除了正餐之外，早點、晌午、宵夜都不可免，只是另加的三餐大多是就自家喜歡，選可口的買來吃罷了。

鬥雞還沒散，賣菜的就陸續登場了。通常鬥雞是天明開始，九、十點散場，菜市則是七點左右開始，十一、二點散場，因為除了住在城裏的屠夫可以早到之外，其餘賣蔬菜的，都須從好幾里路之外趕進城來，而且各類蔬菜都是當天摘取，洗淨泥巴，一把一把的紮好。鳳凰人買賣蔬菜水果，大多不論斤兩，而是論把、個（條）的計值；只有肉類才算斤兩的。豬、牛、羊、狗肉都可拿到市場去賣，豬肉比牛肉貴，肥肉、豬板油比素肉貴，排骨較便宜，豬肝小腸最賤價，是搭稱的。豬頭多半是小吃店買去作滷菜燒臘，只有年節供神，一般家庭才買整個豬頭。魚類以鯉、鱖、鱔較貴，而一般老饕最喜歡吃團魚（鱉）。泥鰍最便宜，只有烏龜不准上市。雞鴨是整隻賣的，買回來必須自己殺。自己拔毛。鳳凰還有一個特別風俗，端午、中秋、重陽必須吃鴨子，每屆這些節期，早幾天就有大批的鴨子上市，從廳裏衙門到十字街，道路兩旁擺滿了鴨子籠，或是用篾簟子圍一個圈把鴨子放進去，任人挑選。這個時節的鴨子都是一斤半左右的子鴨子，每隻不會超過兩斤，一隻鴨子要和兩斤子薑、一斤辣椒同煮，吃得嘴巴噓噓的，滿頭大汗才過癮。

鬥雞和菜市散了，另一個買賣又開始了，四鄉的樵夫把一擔一擔的金塊子（叢樹鋸斷劈開，風乾後呈黃色。因叢與窮同音，避諱，故叫金塊子）擺滿了整個廣場。鳳凰賣柴的大致有三個地方，水門口專賣棒棒柴（雜木、枝條），道門口專賣金塊子，大街上則棒棒柴、金塊子、茅草、稻草都有。金塊子市場是下江佬——坪高、長坪、溪口等地人的勢力，他們兩三個人一夥，撐一條船把柴火運來，停在水門口一帶，然後用茶樹架架子，一擔一擔的挑到市場，下江佬之所以能專擅這個市場，是他們的柴是老樹，塊子大，乾的透，且帶松膏（樹脂）易燃，貨源既多，價錢又便宜。十斤一擔柴只賣五、六百錢，五口之家，至少可燒一個月。這裡還有一個好習慣，各種買賣攤子，無論是蔬菜、雞鴨魚肉、柴火、小吃等等，當收攤離去前，一定把環境打掃的乾乾淨淨，絕不會造成環境的污染和髒亂。

童玩處處

買賣是一場接一場，比賽和遊樂也是一場接一場。鬥雞是成人的玩意兒，而青少年和兒童則另有他們的玩意兒，而且名堂很多，如打板板、騎高腳馬、滾錢、擲骰子，一天到晚都有人玩。

「打板板」是二人或三、四人同玩的，每人用一截約五、六寸長，直徑一、二寸的木棍趺在原地不准移動，任由次一人來掀打。板板的木質必須是硬木，通常用茶樹木，因其較一般雜木為重，其選材形式上有純圓筒的，也有帶一點根節的。純圓筒形的打上去會被撞滾下來，而帶根節的被掀打之後不易滾動，但打上坎子就不會滾了，各有利弊。這種賭博式的遊戲，孩子們容易獲得本錢，只要在家裡棒棒柴中去找較粗重的，用柴刀削砍一播就有了。

「騎高腳馬」，乃是踩高蹺的原始方法，製作過程也很簡單，用兩根直徑五、六分與自己身高約相等樹枝，再削兩副三寸長、五分寬的笤，分開兩邊，用麻繩垂直的綁在樹枝一端，再把笤的上端向下壓，使成約八十度角，把兩片笤尖捏攏，騎時笤尖向內，兩手握住上端，腳就可以踩上笤了。樹枝的選擇必須是硬木，並有彈性，硬木才不易折斷，有彈性則便於操縱，通常都以茶樹或栗木做成。

高腳馬原來是騎來玩的，凡在雨天或雪地，騎著可以不髒腳、不濕鞋，後來漸漸用來比賽。比賽的方法有三種：一種是賽跑，當然是以快捷為主。一種是互撞，誰被撞下馬誰就輸，有二人互撞，有多人蹈隙相撞。另一種是換姿勢，兩足同時離笤，由一種騎法，跳換成另一種騎法，就筆者知道的除正騎之外，有單楂、雙楂、架架（交叉）、雷公嘴、觀音坐蓮、後架架、反坐蓮等等騎法。因為騎高腳馬最傷鞋子，大多家庭都不准孩子們玩，但是孩子們那管這些，照樣樂此不疲。

「滾錢」也是遊樂的方式之一，是以鋼板、制錢來賭輸贏的，在一塊坪壩中，於起點處放一塊傾斜的板子或磚頭，另一端與起點垂直劃一條直線，稱為擺線（即限制線），由起點把錢滾出去，誰最遠，就可用自己的錢去壓（讀ㄋㄧㄚ）次壞的一個錢，壓到就贏了，繼續往下壓，壓不到，則次遠者再向其次遠者壓。在道門口滾錢，以溜牌坊（以牌坊上石鼓當起點）最好玩、最過癮，因為石鼓高，落落下地又都是石板，「碰打處」（阻碍）最多，滾出去的部位、路線都須講究才能滾得遠，而「壓」錢也要講究技術和經驗。

夜市風景

在民國十五年以前，放了定更砲之後，全部的商店都上了店門板，街道上是沒有路燈的，只有商店半掩著的門漏出來的燈光，或是大戶人家門口一帶却是燈火通明，從登瀛街轉灣到司街子，有煤氣燈、荷葉美孚燈、牛油蠟燈籠、琉璃桐油燈，以及灶爐子熊熊的柴火，照耀得如同白晝一般，這些燈光，是由很多吃食店（攤子）發出來的。薑油雞絲麵出名的瞿家麵館、黃燜鴨子麵出名的田家麵館、司街子扣肉細粉、曹金山的燒臘、王學文的社飯、哺口老娘子的醃蘿蔔、八英的糖炒板栗，都是全城聞名的。而苟師娘的牛肉、老肥的米豆腐、唐麻子的湯圓，幾付擔子，也都一直要到三四更天才收攤子。

原來這條街道有幾處特殊的場合，那即是楊楚三、李錫匠、唐呸子的牌場，夏和、強騾子的煙館。這些餐食，大都是供應這此來彼往的賭客癮君子，而四週里把路的人家平的消夜，還有婚喪守夜，收驚損仙、生日牌局，也十碗二十碗叫去吃，甚至連攤子都叫了去。

這幾家賭場，除了李錫匠家只打「丁字胡」或「撥胡」之外，其餘幾家，無論賭客喜歡什麼——撲克、麻將、跑胡、老字牌……都有人奉陪，連鬥龍、百胡鬥、搬老千也有人玩。

鴉片煙館，主要為了過癮，強騾子家准許挖灰（就是將煙斗裏面的煙屎，挖出來再燒成煙泡吸食），可以多吃幾口，下一等人多半到他家。夏和家則以老槍為號召，其中有一枝思茅斗，玉屏竹桿子，翡翠玉嘴，斗上鑲著銀質花紋，這枝槍光澤紅潤，氣勢非凡，吸一口滿嘴清香，據說還沒有火氣，等閑人不能享用，只有劉四先生、張孫少爺（應棟）之輩，才小心翼翼的捧了出來。抽煙的人，過足了癮，精神百倍，便躺在煙塌上天南地北的擺起龍門陣來。我便坐在應棟表哥的身邊吃著橘子，聽他們說搶犯被殺頭之類的故事。

近代中國外患內憂起自鴉片戰爭，邑人却不醒悟，吞雲吐霧，玩物鬥狠，自以為樂，實在令人惋嘆。不過這類煙館，到一九三六年抗戰前已經禁絕。

但鳳凰另有一個善良風氣——沒有娼妓，對於男女通姦也深惡痛絕，只要成雙成對抓到奸夫淫婦，打死了不但不償命，還有人稱快呢！

唐麻子湯圓——無名堂

好吃，也是鳳凰人的特長。這裏有一個笑話，唐麻子的湯圓擔子，在道門口一帶是有名的，有一天，大家在道門口沒見到他，却發現他呆呆地站在裴三星門口，碗盤湯匙、糯米它、芝麻糖……連擔子湯水撒滿一地，正要問他是不是滑倒了，却見田公館的高陞（副官）在唐麻子肩上拍了一下，遞給他五塊大洋說道：「大人賠你五塊袁頭，快把地上收拾乾淨，明天再來！」接著田三鬍子弟（田應詔，曾任湘西鎮守使）也走了出來，說道：「唐麻子，誤會了，莫怪！」原來三鬍子早就等到門口要吃湯圓，吃後非常滿意，就問：「唐麻子，你的湯圓為什麼這樣好吃！」

唐麻子一時受寵若驚不知所措，結結巴巴的道：「……大人無名堂！」田三鬍子大怒，一腳把擔子踢翻，其實唐麻子並無侮辱之處，意思是說湯圓作法並無巧妙之處，等說清楚了，田三鬍子後悔的不得了，才賠了他五塊大洋。從此「唐麻子湯圓無名堂」成了「沒有什麼了不起」、「沒有什麼特別價值」的歇後語。而唐麻子一擔子貨物連利帶本只值十來吊錢，賠了五塊大洋（一塊大洋換雙毫子六吊），也表現了大人物的愛民恤下與厚道。

穿過「黃馬褂」的鄉裡人——張文德

鳳凰有兩個人穿過黃馬褂，一個是田興恕，一個便是張文德。

「黃馬褂」與「巴圖魯」

提起黃馬褂，這裡先說一個故事，袁世凱在小站練兵時，有一次請慈禧太后親校，慈禧對此並無興趣，便旨派總管李蓮英代表她前往校閱新軍，慈禧為提高其身價，特別臨時賞賜穿黃馬褂，李蓮英聞後雙膝跪下，誠惶誠恐的說：「啟稟老佛爺，黃馬褂是對國家有功勳的大臣才能穿的，小的無能，祖上無德，那敢穿黃馬褂！」由這段對話，連一人之下萬人之上飛揚拔扈的李蓮英都不敢穿黃馬褂，可見領受此物者其功勳之崇隆了。鳳凰一縣竟有兩人穿上黃馬褂，真是難能可貴，誠為吾鄉之殊榮。

清代賞賜種類很多，除黃馬褂外，還有賜花翎、賜鞍轡、賜荷包、賜銀幣和賜號。所謂賜號，最常見的是「巴圖魯」（即漢語英雄），它是代表神勇威武，所以又稱「勇號」。巴圖魯號有兩種，一種只稱巴圖魯，不再加別的字，是普通的。一種巴圖魯上再加其他字樣，是專稱的；普通的勇號在清初開國時使用，以後都加字樣，如曾國荃圍攻金陵時，賜號「偉勇巴圖魯」。勇號的賜予，既在表彰武功，所以沒有等第的區別，也不分文武，有的以小官得賜號，有的雖官大而不得。咸豐三年，戴文英以千總小官（從六品）賜號色固巴圖魯。劉騰鴻（湘）以知縣（文官）賜號衝勇巴圖魯。

專稱的勇號，初用滿語冠於巴圖魯之上，如勒伊巴圖魯，是為清字勇號，後來加用漢字，如武勇、壯勇巴圖魯之類，是為漢字勇號。漢字勇號全用兩個字，而下面一字必為勇字，其變化只是上面一字。清字勇號與漢字勇號沒有什麼分別，但武將立大功，往往由漢字勇號再改賜清字勇號，謂之晉號，如張文德因治黔有功，以翼勇巴圖魯晉號達桑阿巴圖魯。鮑超原為壯勇巴圖魯，因援救曾國藩祁門被圍有功，晉號博通額巴圖魯，有了新號，舊號即廢。田興恕於咸豐八年賜號尚勇、摯勇兩個巴圖魯勇號，這是很少見的。

「鎮篁營」牛刀小試

張文德，湖南鳳凰縣大（讀胎音）坳人，由縣城向西走約十六華里。父親是個貧農，文德幼育於文氏，從文姓，名龍德，後因生父七十無子，而養父文氏有二子，逐呈請復姓，更名文德。他十七歲從軍，隸「鎮篁營」，因勇敢善戰，從此發迹。鎮篁營參加最初的一個大戰役，是攻克安福。

先是洪楊由廣西北略湖南、湖北、江西，所到之處燒殺淫擄，破壞禮義人倫。當時滿清的綠營既不足恃，只好組織自衛，這就是團練的起源，也是湘軍的基礎。

咸豐二年（一八五二年）曾國藩奉命督訓團練，咸豐三年洪秀全已在南京建都，以林鳳祥率軍北伐，同時以胡以晃、羅大鋼、賴漢英、石祥貞、韋志俊分別攻略江西、安徽，力爭長江上游，擴大勢力範圍以固京師。五月初四安慶失陷，十八日南昌合圍，時清將江忠源奉命赴江南大營，行次九江，聞南昌圍急，遂兼程赴援。太平軍團攻不利，又分兵竄入江西腹地，以圖牽制清軍，而另一股土匪又在吉安遙為太平軍聲援。江忠源乃向湖南告急，曾國藩、駱秉章分率夏廷樾、郭松濤、江忠濟領湘軍二千、楚勇二千、營兵七百赴援，羅澤南另率一軍及「鎮筸營」偕行（湘軍以營為戰鬥單位，如初期曾國荃帶吉字營，鮑超帶霆字營，鎮筸營當初由羅澤南統率。），及至接戰，太平軍稍却，江忠源遂令夏廷樾進駐樟樹，江忠濟攻泰和，羅澤南攻安福，以固南昌外圍，旬日之間，兩城同時克復。太平軍圍攻南昌九十餘日不能下，傷亡頗重，此時腹背受敵，於是引軍出湖口向湖北竄去。南昌之圍遂解，到咸豐四年，江西諸府漸次收復，「鎮筸營」在諸役中戰功卓著，張文德因勇敢善戰，漸露頭角，由兵勇累功升至把總。

張文德功晉遊擊

咸豐五年，羅澤南與胡林翼合軍赴武昌。張文德率部隨提督和春入皖攻廬州解安慶之圍，五月東下克黃安，九月克復潛山、桐城、舒城，太平軍退守三河。

三河距廬州五十里，為太平軍屯儲糧械之所，金陵、廬州都賴其供應，太平軍甚為重視，擴建為一座大城，環城築九個堡壘，非常堅固，和春累攻不下，張文德乃自請持檄入賊營勸降，投誠者相繼而至，願為內應，張文德率箄軍奮勇當先連克數壘，賊眾潰散，九壘全為清軍攻佔，遂克三河。再揮兵廬州，又克之。這一役張文德功最大，提升都司。

咸豐六年八月，和春自廬州移師丹陽，張國樑已擊破城外敵壘，和春命張文德率箄軍兩面夾擊，共克丹陽。繼續進軍，七年五月克溧水、句容。九月和春命總兵余萬清率張文德攻鎮江，張國樑警戒側背阻敵外援和糧道，這時駐在揚州清將德興阿，得知和春圍攻鎮江，料想太平軍不能兼江北，也勒兵圍攻瓜州。各處警訊紛紛傳報天京，尤以鎮江是天京外圍重鎮，甚為重要，遂令其兄洪仁發領御林軍萬餘，馳援鎮江，中途被張國樑擊潰。又命李秀成率軍兩萬赴援，李秀成命李世賢為前鋒，並戒其不得輕敵，須等大軍到達，會合守軍再戰。誰知洪仁發竟令李世賢進攻，又被和春與張國樑夾擊，前鋒全軍覆滅，等李秀成到達鎮江，城中已絕食三天了，所領援軍又損失慘重，張文德攻勢又猛，只得突圍而去，鎮江乃告收復。因此張文德所率領的箄軍，聲譽雀起，深獲上級信任，先後領軍遠至浙江、福建增援，以功晉升遊擊，賜戴花翎。

扼守水柵七晝夜

咸豐十年，張文德隨張國樑馳援杭州，太平軍又圍攻鎮江，張國樑回軍馳援，賊兵退走，但不久去而復返，水陸並進，張文德率篁軍扼守水柵七晝夜，賊不得逞乃知難而退，至此從馮子材守鎮江，並於次年補廣東羅定協副將，從咸豐十年到同治元年（一八六二），李秀成大軍累犯鎮江，皆被擊退。馮子材奏請張文德力挫賊鋒，重圍迭解，乃特出之材，准授貴州鎮遠總兵，賜號翼勇巴圖魯。

同治元年，湘軍曾國荃圍攻金陵，相持到同治二年，均為外圍賊兵牽制沒有進展。乃請馮子材派張文德排除側背威脅，張文德率篁軍連破牧馬口、薛村、柏林村等賊壘，腹部中彈，腸出，裹傷而戰，士氣更振，待鮑超援兵到達才擊退賊兵，繼又攻克白娩鎮、寶堰，使曾國荃側背無慮。

擒一王，斬五王，戰功彪炳

同治三年（一八六四、太平天國十四年）會鮑超攻丹陽，張文德招降賊酋蔣鑑為內應，率篁軍奮勇由西門攻入，賊酋各率大股冒死巷戰，篁軍一往直前，銳不可當，格王陳時永（英王陳玉成之叔，四等王）重創倒地，立梟其首，擒東王賴桂芳（洪秀全妻弟），並陣斬廣王李愷順、烈王凌郭鈞、鄒王周林保，以及大小頭目百餘人，餘眾皆降。張文德將生俘賴桂芳解至馮子材營，立即凌遲處死，與陳逆諸王等首級一併竿示，遂克丹陽。積功以提督記名江南，賜一品封典。

此時另一支篁軍劉士奇（湖南鳳凰縣人，已升提督，原守上海，隸屬淮軍。）會同劉銘傳進逼蘇州，揚王李明成敗走，克其城。又會攻江陰、常州，均為其先後規復。最後在六月初，率篁軍六營，並以開花砲馳援金陵攻城戰。

金陵外圍據點，多為筸軍肅清，援軍被阻，曾國荃遂於是年六月十六日攻入金陵，洪秀全服毒自盡，李秀成奉幼主福王突圍而去。太平天國至此消滅，以後就是肅清殘餘的工作了。

抵定黔疆

同治四年（一八六五）張文德奉命回鎮遠本任，雲貴總督勞崇光令其募勇練兵，清剿殘匪，規復荔枝、獨山。同治六年署貴州提督，七年克復龍里、貴定，斬賊酋潘名桀，餘賊皆降。進攻平越，擒金大王連，克復麻哈、都勻，御賜黃馬褂，晉號達桑阿巴圖魯。

此時太平軍殘股都已肅清，惟仍有散兵潛入苗區，慫恿苗人作亂，時有騷擾，其中以古州苗最為慓悍。同治十年由九甲、五台山、丹江、扁擔山分路進剿。至同治十三年，苗酋伏誅，全省抵定，獲授雲騎尉世襲，光緒元年加頭品頂戴，署理貴州巡撫。光緒七年逝世，賜卹貴陽建專祠奉祀，如今湘黔公路上烏江附近還有「文德關」，吾鄉先賢的勇敢善戰，建立了筸軍的光輝紀錄，留給後人無限追思。

打蛐蛐、打雞

最近在台北市許多夜市攤子，推出了一道脾菜，名曰「香酥蟋蟀」，聽說生意不惡。想不到這生性好鬥供人玩樂的小昆蟲兒，竟也成了盤中佳餚，以珍品上市，咱們中國人的好吃，果真名不虛傳。

由於這道「香酥蟋蟀」，觸動我許多兒時回憶——最令人難忘的就是「打蛐蛐」和「打雞」。

打蛐蛐

在我們家鄉，蟋蟀叫「蛐蛐」，是人們捉來逗樂玩的小昆蟲；黑褐色，善跳，雄的振翅作聲，音調清越，性好鬥，相見必拼個你死我活，直到咬得腿斷嘴裂而止。所以兒時對「打蛐蛐」這活生生的玩意，十分喜愛，樂此而不疲。

蛐蛐長於春秋二季，春季的多在田塍上的泥穴裡，秋季的多在人家附近牆腳下石罅裡或瓦礫中。當夜幕低垂，它們便開始振翅作聲。這時正是捕捉的好時機，你可以帶著通條（粗鐵絲做的，用來掏蛐蛐的洞穴）、罩子（罩蟋蟀用，形如漏斗）、手電筒等裝備，靜悄悄地前往捕捉。我家有一花園，裡面有林竹、有假山、有巨石鑿成的水池，花台和盆栽，星羅棋佈，是秋季蛐蛐繁殖最多的地方，入夜之後，園中秋蟲齊鳴，此起彼落，活像一個龐大的交響樂團，十分熱鬧。

捉蛐蛐有秘訣，要聞聲追踪，才能有所斬獲。這小蟲對外來的聲音非常敏感，腳步聲稍為踏重一些，它鳴聲頓停，再也不易找到它的芳踪。蛐蛐的戰鬥力，也可從鳴聲分辨出來，善叫的必不善戰，惟有叫聲宏亮，每次「都、都、都」三兩聲，時叫時停的，才是智勇雙全的上乘之才。

蛐蛐捉住之後，先要經過戰力測試，留下強的，淘汰弱的，放它們回園中自謀生路。每天用新鮮的南瓜花、毛豆瓣、米飯和清涼的井水餵食即可。但用來賭輸贏的大人們可不這樣簡單，他們都用高麗參水飼養，更絕的是用「人血」餵食，以蚊子作媒介，人將血先餵飽蚊子，直到它肚子脹鼓鼓的飛不動了，將翅膀拉下，活生生的送給蛐蛐進補，聽說吃過人血的蛐蛐，體力倍增，打鬥起來非常狠毒。

蛐蛐打鬥時，另外放入一個較大的盆罐，使英雄有用武之地，移駕時千萬不能用手抓，要用「過籠」裝載，什麼是過籠？即蛐蛐的小臥室也，多用滑石刻成，腰子型，上有蓋子，兩頭留洞，移動時用手指封住兩頭，既不會傷害嬌軀，也無脫逃之虞。相鬥時用探子（鼠鬚做的）逗弄蛐蛐的尾部，趕它們面對面，以便戰鬥。蛐蛐的嘴，就是戰鬥的武器，像節足動物的「螯」一樣，形如鉗，張力很大，用以互咬，如雙方力量太懸殊，一方三兩回合便敗下陣來，贏方緊追不捨，敗部三十六計，縱身一躍，來個臨陣脫逃。若隻方勢均力敵，則扭成一團，在盆內角力翻滾，精彩萬分，飼養人也跟著緊張，揮著拳加油叫好，十分有趣。直到一方「螯」被咬歪，掛在嘴邊不能用了或腿被咬斷之後，戰鬥方告終止，勝利的一方，則振翅高鳴。意氣昂揚，大唱其凱旋之歌。

中秋過後，天氣漸漸轉涼，蛐蛐也慢慢老去，偶而在園中傳來一陣微弱低沉的鳴聲，總帶著幾分淒寂之感，秋風蕭颯，再也不想去捕捉了。

打雞

在台灣很少見到鬥雞，在大陸則很盛行。左傳中就記載著周昭公時，有季氏和郈氏兩家比鄰而居，因為兩家的公雞時常打架，勝負難分，季氏便偷偷將芥末塗在雞的羽毛上，而郈氏做得更絕，在雞的爪上，縛上刀刃，各不示弱。這段記載，可以說是中國最早的鬥雞故事。在我們家鄉——鳳凰，一年四季都有鬥雞，幾乎成了一種社會休閒活動。

飼養鬥雞先要選擇品種，當雄雞長到兩斤重的時候，就可以看出是否打鬥材料，選擇的標準，一般腿子要高要粗，羽毛要短少，冠子不必太大，像一朵含苞待放的花一樣最好，我們叫「滿天星」。因為少與小，在博鬥時都可以減少目標，避免損傷。而眼要黃，嘴要勾，像鷹頭一樣。這種雞走起路來，八面威風，必為上乘之選。

品種選定之後，要勤加訓練，一般練雞之法，是將雞抱起一公尺多高，然後向地上猛摔，反覆實施，鍛鍊它的腿力。也有將小蟲用線吊在竹竿上，讓它來回追逐，鍛鍊它的機動性。還有一種方式，是將包穀（玉米）放在手掌心，舉得比公雞頭還高些，讓雞躍起來啄食，養成它頭頸高豎的習慣，同時訓練它跳躍與啄擊的動作，過一段時間，把手心裏的包穀換成小米，當雞躍起迅速移動手心，讓它能在空中變換啄擊的方位，這樣可以訓練它銳利的眼力。

在飼養方面，以穀類為主。有時餵些蟲類，最好是蜈蚣，吃了眼睛都會發紅，殺氣騰騰。講究點的，有用牛肉、枸杞、高麗參汁來進補，使其體力精壯。但飼養期間，千萬不能與母雞接近，否則，全功盡棄。養到四五斤重的時間，不僅體力成熟，連它的精神氣質都有變化，站在那裡，呆若木雞，你趕也趕不走，才真正到了成熟的階段。

鬥雞場多在市場空曠處，如南門外的菜市場，西門外的新市場，不過這都是暫時性的，祇有奇峰寺下面有個火燒坪，蓋有圓形大涼棚一座，週圍搭了看台，是一處設備較完善的鬥雞場。

鬥雞的時間，多半在早晨六、七點鐘，養雞人將雞當寶貝似的抱在懷裡，先由經紀人從中撮合，雙方估計雞的重量高度，經同意後，開始宣布決鬥，大家便可以下注了。兩雞就在竹墊圍成的圓形空間裡，一顯身手。相鬥的情形都不一樣，有的碰面就撕殺，有的却慢條斯理，相互展翅示威後，再行決鬥，有時雙方勢均力敵，打得塵土飛揚，天昏地暗。這時觀戰的人全都摒息斂氣，聚精會神地注視著，祇有噗噗的振翅聲，激起一片片亮麗的羽毛在空中飛舞，構成一幅美麗的畫面。

鬥雞的武器除了用嘴啄之外，還要運用鋒利的腳距，（公雞腳後跟長出來的趾）搏刺對方。一場決鬥下來，就是勝者，也是傷痕累累，面目全非。敗者更是血濺滿身，甚至雙目被啄刺失明的。當經紀人裁定輸贏後，場子周圍頓時鬧哄哄的亂成一團，有叫的，有笑的，贏錢的滿心喜悅，輸了錢的卻滿嘴髒話埋怨自己的眼力不夠，一個個垂頭喪氣地走了。賸下飼養人痛心的各自將雞抱起，用羽毛將雞面部和嘴裡的血垢擦拭乾淨，順手在地上抓了把泥土，捏成像小湯圓似的，向雞嘴裡一塞，聽說有清火功效，使創傷容易復原。

已經五十多年沒沒有看到鬥雞了！三次回鄉探親，也沒遇上打雞場面，不知是何原因？

鳳凰的硃砂傳奇

硃砂的用途

硃砂一稱丹砂，產地很多，在辰州出產的叫做辰砂（實際產地是鳳凰），成分為一硫化汞，屬於六方晶系，有金剛光澤，為緋紅色，硬度二至二點五，比重八至八點二，能溶解於硝酸中，與碳酸鈉共入閉管加熱（蒸餾），則生水銀小珠，為提煉水銀重要原料。

硃砂另有兩項重要用途，一為製造顏料，裝飾牆壁、塗染家具，色澤鮮艷；用來書寫，久不退色，如神龕點主，墓碑書丹皆用硃砂，且書在紙上，帛上不易塗改。清朝皇帝用硃批、硃諭，明時的硃書、硃卷皆寓有此意。用硃砂調和的八寶印泥，尤為珍貴，最為歷代書畫家所喜愛。一為用作藥物，治眼、灼傷、膿包有效，並有鎮靜作用。在中藥處方中，硃砂伏苓即是用為鎮神之劑，但不是臨床經驗豐富的醫師，不敢隨便用，尤其孕婦忌用，因其具有墮胎之弊。

此外巫師、道士用硃砂符來鬼驅鬼避邪；用硃砂煉製長生不老之丹。唐時王平丹成上天入了桃源洞，而紅樓夢裏的賈敬，却因服食不當而送掉老命。

含有毒性的水銀

硃砂經蒸餾提煉後為水銀Mercury，在化學上叫做「汞」。水銀和銅、鐵一樣，是一種金屬元素，它比鉛重一點二倍，熔點很低，只有華氏零下三十八度，因此通常看到的水銀，都是液狀，此所以用以製成溫度計、血壓器的原因。

據工業家估計，水根有三重多種不同的用途。我們日常接觸最多的水銀製品，如螢光燈、螢光幕，用水銀化合物製造塑膠、紙張、衣服和軟片，用水銀溶解金屬製造合金，可以做假牙、武器、車船等外亮，含有水銀成分的雷粉用以引爆工業、礦業和戰爭用的炸藥，甚至農業上防腐、防蟲、殺菌都有效力。

只是水銀也有可怕的地方，如果吸入水銀化合物的蒸氣，中毒的結果，會顫抖、掉牙、步履蹣跚、四肢痲痺、視線萎縮、心神喪失，非常可怕。鳥獸、魚類如果水銀中毒後就不能生育，甚至死亡。

水銀在地球表面上遍佈於岩石、泥土、水、空氣和生物中，到處都有。更由於工業上的廣為應用，排放的化合物，污染空氣、水源，造成人類和生物的危害。如果不發出可怕的警報，如果不善加管制、處理、防護，則其運用愈廣，危害也就愈大了。

早年鳳凰根本沒有工業，當然也不知水銀有什麼危害，在只見其利，不見其害的日子裏，鳳凰商人開採和運銷硃砂水銀的自然很多，在岩腦坡和迴龍閣一帶，就有好幾家做硃砂加工生意的。記得兒時很喜歡玩水銀，用來擦銅器，潔白如新，一個褐色銅板，只要用大姆指沾點水銀，輕輕擦幾下，便容光煥發，雪高如銀，使人愛不忍釋。只因水銀是液狀，質又重，不小心落在地上就不見了，這大概是「水銀瀉地，無孔不入」的道理吧！

周萬祥鳳凰落籍

周仁順綢布店的老老闆周萬祥，十三四歲就隨一位鄉親到鳳凰學了生意，滿師之後又當了幾年先生（店員），稍稍的積了點錢，二十歲那年回到江西豐城老家完婚，三朝一過，就帶了熊氏娘子再到鳳凰闖天下，原來那鄉親要他回到店裏，只是他想自己創辦一番事業，於是把娘子安頓好，置辦了些貨物，到四鄉去趕場販賣，這種買賣如果做得好，比當店員收入高，況且可以自己做主，不過却十分辛苦，更要擔心天候——風霜雪雨、人禍——土匪流氓等等風險，但為了事業也只好小心謹慎的做，好在他為人誠實又和氣，買賣公道，幾年下來建立了很好的信譽，所以生意還算順利。熊氏娘子賢慧又勤儉，把一個家管的井井有條，使他無後顧之憂。

濟急難慘淡經營

他專做苗鄉的生意，因為只要你誠實公道，苗人必然喜歡和你打交道，並且熱心的照顧你。

他一個月要跑六趟或八趟，到長宜哨、廖家橋、新寨、鴨堡塞。每次散場回家都要經過老營哨，在一祥雲客棧歇歇腿，因為那家棧房兼做茶館。那天從長宜哨回來，剛跨進客棧，只見老闆吳光興愁眉苦臉和幾位客人正談論著什麼事情，裏面的統舖上直挺挺的睡了一個人，一個小孩伏在一邊放聲大哭。吳老闆見他進來忙起身讓坐說：「周老闆你來的正好，也幫忙做做好事罷！」一問之下，才知道是一個客人帶了兒子，一個月前病了就住在客棧，請醫生也沒看好，所有衣物都典賣光了，不幸今晨咽了氣，大家商量湊錢埋葬他，算一算最少也得十吊錢……周萬祥一聽，知道這些客人誰能拿出許多錢來？於是很慷慨的說：「好！我出錢，你出力，這種事我不會辦，我拿出十吊錢，如何安葬就偏勞你了！」吳老闆說：「有了錢就好辦事，一切我來安排，只是還有個難題，老的埋了，這小的又怎樣辦？」周萬祥看看那孩子，約末十來歲，長得倒也清秀，想了想，說道：「好吧！孩子我收養，等他看到安葬，在墳前磕了頭，明天我來帶他！」說完拿出十吊錢交給吳老闆，然後回家了。

周萬祥第二天到了客棧，吳老闆果然熱心，把埋人的事辦得妥妥貼貼，却又在與一位客人爭吵。原來那客人帶了一批織錦花邊，在各大綢緞舖兜售，都賣不出來，因為城裏不時興那種東西，想再到別地去賣，可是却無錢開銷棧房伙食費，要用花邊來抵帳。吳老闆說：「我又不做布疋生意，也不識貨，要它何去？周老闆何不買了下來？」周萬祥一看那些花邊，色澤鮮艷，且是全絲織品，他久在苗鄉走動，看苗人婦女衣著，都綴了花邊，只是這種上等貨品，恐怕不易出手，心還正在猶豫，那客人就說：「如果周老闆肯幫忙，我願減一成價出手！」周一問價碼卻不貴，心想就賭它一次吧！於是全部買了下來。

下一場趕鴨堡寨，他帶了幾捲上市，誰知攤子擺了半個時辰，無人問津，正感無奈之時，一個苗婦牽著一個滿身銀飾十六七歲的苗女來買布，那姑娘這樣也要，那樣也要，東翻西挑，一不小心把一捲花邊掉了下來，滾了老遠，散了一地，周老闆正要發作，那知散在地上的花邊，被日光照射，映現得五光十色，近旁的婦女都跑過來看，那苗婦也急忙上前把花邊拾了起來，一面捲，一面說：「好東西，不要弄髒了，我都買……」圍過來的婦女也爭著來買，一下子幾十丈織錦花邊被搶購一空，連帶其他的布匹也大發利市，直問還有沒有？周萬祥生意門道最精，每次只帶三、四十文花邊，藉此好引人買布，幾場下來，花邊賣完了，其他布疋也十分順利。

看看已到年邊，那時熊氏娘子已為他生了兩個兒子，腹中又懷了老三，挺著大肚子做家事實在辛苦，雖說收養了個李金生可以幫做家事，究竟還小，周萬祥經常在外面跑生意，總是放心不下，於是籌劃開了舖子，不再跑四鄉了。

開始一個人買賣記帳全管，還要抽空教李金生算盤，以備日後作自己的幫手，李金生原也讀過書，人又聰明，確實能做點事，只是生意漸漸做開了，就感到人手不敷，才又請了一個店員。周萬祥的確是商場能手，生意越做越大，但感到貨品要由大舖子批發而來，難免不受制於人，於是又請了一位管事（相當於經理），自己開始跑常德、漢口進貨，出門進貨不是光帶現金，而是

帶當地出產，以期兩頭賺錢。那時鳳凰出口貨是桐油、漆、豬毛、牛皮以及硃砂水銀，當學徒時原知道些硃砂水銀的門道，因此便決定出口硃砂，入貨綢緞疋頭。

開硃礦運轉鴻鈞

帶硃砂水銀出口，還是先得入貨，這還是要受制於人，於是經人介紹又在猴子坪買下一座硃砂礦。誰知那座礦場已開採了二十多年，買下的初期，頗能打出一些硃砂來，支付相抵稍稍有點盈餘，一年以後就漸漸不行了，雖尚有砂礦，却只是些劣等貨，連煉水銀都很費事，勉強又維持了些時候，已虧累不堪，到後來簡直一粒硃砂都沒有了，到了這種地步，莫說周萬祥氣餒，連一些礦工也不願再幹了，那就只好停工歇業。

周萬祥垂頭喪氣的到礦場宣佈這件事，發放工人的遣散川資。周的大兒子明發那時已有十三歲了，一直想到礦場去玩一次，都沒去成，現在要停工了，以後就再沒機會，因此慫恿李金生一道去，周萬祥也不加拒絕。

當周萬祥召集工人宣佈停工，發放盤川後，帶了李金生和明發去作最後巡禮，但見滿地滿壁泥沙石塊，那裏有一點硃砂的影子，不盡嘆了口氣「完了！」金生受周家大恩，眼見周家開礦幾近破產，心裏十分難過，口裏說著，真的就完了嗎？正好地上放了一把榔頭，一把鑽子，他拿起了朝礦壁上猛敲了幾下，那知這一敲，一大堆泥沙夾著石塊，嘩啦啦的直落下來，把周氏父子嚇了一大跳，三人急忙閃開，幸好沒壓到人，再一看，奇蹟出現了！落石處現出一尺多寬三尺多深一個小洞，裏面隱泛紅光，這時一個老礦工正來收取他的錘鑽，看狀向周萬祥一拱手道：「恭喜周老闆，我在此二十多年，都沒有找到此穴，你一下子打出蝦蟆口來，好了，我們也不用停工了！」

就此，周萬祥又起來了。他在漢口買了一架水龍（手搖泵浦救火車），發起由萬壽宮組織一個救火會，成立有基金的商會，凡是施茶供水、施藥濟貧以及地方公益事業，他都率先響應，而周仁順綢布店的金字招牌，也與孫森萬、裴三星、楊源昌一樣響亮了。

苗族的嘉年華會——「四月八」

古老的習俗

苗族同胞每年大大小小的習俗很多，如趕秋、蘆笙會、捕魚節、清明歌會……等。由於住地分散，有相同的節日，有不同的節日。本文所報導的「四月八」，就是不同地區共同歡度的一種節日。

每當山嶺新綠初發，百花爭艷的季節，中國湘、黔邊區一帶的苗族同胞，便在四月初八這一天，分別在山坡上，在溝坳間舉行聯歡聚會，吹蘆笙、奏瑣吶、打花鼓、唱曲歌、舞龍獅等節目一齊出籠，盡情歡歌鼓舞。

他（她）們白天跳花，夜晚跳月，（苗語叫「旦本旦朧」，即「跳日跳月」的意思）舉辦活動的地方叫做跳花場。由於地點和地形不同，名稱叫法也有差異。在湘、黔邊區共有十個有名的跳花場，名稱如下：瓦窰跳花場、盤坳跳花場、大興跳花場，、八什坡跳花場、叭固跳花沖，千工坪跳花坪，滿江跳花灘、奪西跳花台、禾庫跳花山、龍塘河跳花溝。

每逢四月八，苗家青年男女沒有不參加跳花活動的，因為這一天不僅是一年一度的盛大節日，同時也是他們和她們挑選對象尋找伴侶的良辰吉日。姑娘們身著節日盛裝，佩戴各種銀飾，打扮得漂漂亮亮，小伙子們頭裹絲帕，英俊瀟灑，不約而同的從四面八方載欣載奔地趕來，參與歌唱跳舞，盤歌對唱，互相傾吐愛慕之情，表達求偶願望，這種自由戀愛婚姻自主的習俗，十分羅曼蒂克，充分顯示苗族同胞人文社會的浪漫色彩。

苗胞心目中的英雄

傳說幾百年前，地方官家看到跳花姑娘人人如花似玉，個個婀娜多姿多采，於是每逢跳花季節，便派一夥官兵來搶奪苗女，美其名曰選美進貢，其實是送給當大小官吏當奴妾，不知因此拆散了多少美滿婚姻，摧殘了多少苗家少女。

當時在鳳凰山下（湘西鳳凰縣龍塘河附近），有一個名叫亞宜的苗族青年領袖，對官家的非為十分惱恨，某年「四月八」到來的前一天，召集一批苗家後生，在山坳上砍雞頭、喝血酒，發誓要和官家血戰一場。第二天，苗家青年男女和往常一樣載歌載舞，亞宜和後生則埋伏在叢林中，等得官兵的到來。響午時分，官兵果然潛入了跳花溝，機智的亞宜一聲令下，吹響牛角號，後生們聞聲從林中衝出，如出山之虎，揮動刀棍，把官兵打得七死八傷，抱頭鼠竄，落荒而逃。

當時駐紮在黃絲橋城堡中的官廳，聞訊即派出大隊官兵殺向跳花溝來，英勇的亞宜即率領苗家後生奮勇抵抗，雙方戰鬥了三天三夜，終因寡不敵眾，亞宜帶著他們向貴州方向撤退，並與貴陽苗族領袖叫祝狄弄的聯合起來與官兵繼續對抗，整整纏鬥了一年，在第二年的一次戰鬥中，便雙雙戰死在貴陽城。死事地點在貴陽市噴水池附近，時間也是四月初八。

從那時起，苗家把鳳凰縣龍塘河的跳花溝，改名為「四月八」，以紀念亞宜抵抗官家發起戰鬥的地方。貴州苗家每家每年也在貴陽市噴水池歡度「四月八」，悼祭這兩位苗族英雄。

狂歡的節日

「四月八」在苗胞心目中，幾為追求自由幸福的象徵，具隱含有強烈的民族意識，所以歷代官家多以「有傷風俗」為藉口，明令禁止舉行，可是苗族同胞認為自有其歷史性，不但不予廢止，進而增加了祭祀英雄的內容，如比武功、上刀梯、演奏棍等節目，比往昔更熱烈多姿了。

近數十年來，由於湘黔邊區兵荒馬亂，匪患成災，苗家未能大規模展開活動，只好以自然村為單位，在村頭寨尾，禾場草坪舉行小型活動。

直到一九八三年，苗家才要求恢復此一傳統節日，於是中斷近五十年的「四月八」大型活動，在湘西鳳凰縣龍塘河的跳花溝又復燃起來了。第二年的「四月八」更是盛況空前，有湘、鄂、川、黔、桂等省和附近十五個縣市代表參加，人數竟多達十萬之眾，人山人海，熱鬧的不得了。把這個寂靜的山城整個沸騰起來。有驚險的上刀山表演，有雄健的龍燈獅舞，有門派繁多的刀、棍、拳術獻技，有優美動聽的苗歌對唱和木葉、嗩吶吹奏；此外還有響篙舞、蘆笙舞、花鼓舞……等。白天跳花，節目精彩，爭奇鬥艷；夜晚跳月，花炮煙火把夜空點染得五彩繽紛，萬盞篝燈將苗嶺映照得五光十色。滿山遍野的壯男少女，如癡如醉地跳花跳月，翩翩起舞，他（她）們用歌聲和舞步歡度良宵，用細語和柔情迎接幸福的黎明。

「四月八」已成為苗族同胞的嘉年華會，歷史的創傷，似乎在時間的長河中逐漸被人們所淡忘。

一個老處女的故事——孝女秀英

鳳凰的孝女很多，這可能因為地方風氣未開，受中國傳統文化影響較深的緣故；為了盡孝，她們可以犧牲自我，終身不嫁。楊秀英便是其中典型的一位，故事就從秀英的父親楊文亮開始說起吧！

書香門第、坐館訓蒙

楊文亮從沅州考試回來，神情顯得很興奮，他告訴美蓮娘子這次三場考試的題目，都是平日揣摩過的，自己覺得所作文章順暢切題，倒也滿意，至於能不能考中，那就看命中如何了。

楊家世代書香門第，家學淵源，文亮父親家聲，也是一位秀才，但考舉却屢試不中，以致祖上所留幾畝田地，都花在家聲赴考旅途盤纏上了。到文亮出生後，只靠家聲坐館訓蒙，收點束脩過活，由於家聲名場不如意，意志日漸消沉，不到五十就鬱鬱以終。文亮的母親也只看到孫女秀英出世就去世了，現在楊家只有文亮夫婦和女兒秀英，還有一個老僕老龍，一家四口。

家聲去世後，文亮接下了塾館，只是好些家長認為文亮年輕，恐怕耽誤了子弟學業，退學的很多，而且都是些出不起錢的人家子弟，幸虧娘子美蓮女紅十分出色，做些針線貼補家用，生活才免於凍餒。

一天，文亮正在塾館裡督促學生的課業，學童背了溫書，點了新課之後，為幾個開筆的學生講解孝經，唸到「夫孝，德之本也，教之所由生也……身體髮膚受之父母，不敢毀傷，孝之始也，立身行道，揚名於後世以顯父母，孝之終也……」忽聽得外面人聲嘈雜，由遠而近，似乎進了他家的大門，於是停了講課踱了出來，只見老龍氣喘吁吁的跑了進來，笑嘻嘻的對文亮說：「恭喜孫少爺……」老年人跑急了，說話不清楚，正待問個明白，只見一夥人已進了前廳，一個人拿了一串鞭炮就在院子裡霹靂拍拍的燃放起來，另一人拿了一張紅紙往前廳門柱上貼去，上面寫著：「恭喜 貴府少爺楊文亮中沅州第三名秀才。」原來是幾個報子，夥同鄰居前來報喜的，文亮這次考中原是意料中事，只是沒有發榜之前，心裡總是放不下，這一下得報，心裡才算篤定。他一面週旋報子和鄰居們，一面吩咐老龍去告訴娘子準備封賞。所幸昨天才有學生送了束脩，美蓮娘子也收了一筆工錢，才勉強湊了四吊錢，把報喜的打發走了。

自來人情冷暖，只有錦上添花，沒有雪中送炭，這時文亮雖只中了一名秀才，親友却絡繹不絕的前來道賀送禮，有些以前退學的學生家長，又封了很豐厚的贄禮送學生來復課，學生增加，收入增加，生活自然也隨之改善。美蓮娘子也陸續為文亮生了宗堯、宗舜兩個兒子，有道是有子萬事足，無債一身輕，文亮夫妻恩愛和順，兒女乖巧可愛，算得美滿家庭了。如果還有什麼不滿足，那就是還沒有中舉，這是老父一生所求，也是遺言所期。

文亮故世，家道坎坷

光緒廿四年，滿清政府頒行新政，廢止科舉，這對文亮不啻是一個晴天霹靂。在他的意念中，廢止科舉無異阻絕了讀書人的仕運，雖說讀書人不一定要作官，讀書人也不一定能作官，但不中舉就不能完成老父的遺志，那就是大不孝。想到老父一生坎坷，母親茹苦含辛，對自己愛護備至，自己却對父母生前不能盡一日反哺，又不能揚聲名於父母身後，孝道有虧，愧咎萬分，自此竟終日長短嘆，落落寡歡，未幾就病倒了，不但精神恍惚，不久學館也散了。這對楊家真是一個無情的打擊，儘管美蓮娘子能幹，日夜工作，維持一家三餐，已感困難，何況還要支付文亮的醫藥費用。秀英這時已十三、四歲了，可憐她小小年紀，要幫母親作家務，要侍奉父親的湯藥和起居，要照顧兩個弟弟，在母親悲痛時還要從旁安慰。

文亮的病一拖三年，不但弄得家徒四壁，債台高築，美蓮母女也弄的疲備不堪，才撒手西去，那時他還不到四十歲，就含恨而終了。

文亮一死，美蓮娘子痛不欲生，幾欲以身相殉，想到兒女尚幼，又不能不忍痛偷生，無奈自己一個女流，家無長物，不但今後生活無著，就連眼前文亮喪葬也是毫無著落，愈想愈苦，愈無辦法，這就只有抱著文亮的遺體，放聲痛哭不停。這時秀英也傷心痛哭了一陣，但看到哀哀欲絕的母親，楚楚可憐的幼弟，都守住父親大哭，自己若不勸慰，何時能了！於是把母親扶了起來，

「媽！大家光哭，也不能把爹哭活，總得想辦法料理爹的後事才對。」美蓮娘子聽了秀英的話，抬起頭來，一把鼻涕一把眼淚的說：「妳要我想什麼辦法呢？我們還有這棟房子，不如賣了，另外要宗堯、宗舜分別去報喪，請幾位父親生前好友來商量一下，看有沒有別的法子？」「房子賣了，那我們住那裡呢？」秀英道：「我們不全賣，留下西廂偏廈也就夠了。」就這樣，由幾位至親友好和學生家長幫忙，辦理了楊文亮的喪事。

承母衣缽，刺繡度日

楊家辦完喪事，還清債務，總算喘了一口氣，誰知福無雙至，禍不單行，美蓮娘子由於幾年來日夜拈針弄線，耗用眼力，近些日子又哭喪過度，視力日漸減退，每刺一兩針，就要閉著眼睛好一會，才能繼續再刺，請醫吃藥，不但不好，竟然只見影子而看不清形象，這樣一來，一應大小家務，生活重擔都落在秀英肩上了。每天洗衣煮飯，服侍母親湯藥和起居，還要替人綉花換取工資維持生活，也真難為了她，把家務弄得井井有條，白天打發弟弟們上學之後，就陪在母親身旁，一面綉花，一面找些安慰的話和母親閒聊，晚飯後清洗完畢，又督促二弟用功，自己也一面工作，待大家都睡了，她才安靜的趕工，直到深夜。

秀英的刺綉，傳自母親衣缽，美蓮娘子的作品，本已膾炙人口，曾有人拿到南洋去賽會，得過優等獎。而秀英人本敏慧，又跟父親讀了一肚子的書，詩詞歌賦書畫件件精通，她把書畫藝術與刺綉融合在一起，因此她的作品較之母親所作，更為雅致精美，青出於藍而勝於藍。縣裡好些姑娘家都來向她請教，她也不厭其煩的加以指導，但這樣一來，却耽誤了自己的工作時間，有幾位姑娘就慫恿她乾脆開課授徒，並把作品尺寸大小、精粗簡繁訂出價碼，開始她不以為然，但經不起大夥的勸說，就這樣，秀英正式教育起學生來了。

秀英教學的方法，先教貼紙描繪，連帶的就教剪花，隨後再教繪刺，連帶的就教繪畫。有些學生發覺她書法娟秀，在刺綉之餘，從習書法，因此她的學生個個溫柔嫻靜，氣質高雅，對鳳凰民間社會教育的推展，供獻很大。

奉養盲母，終身不嫁

轉眼秀英已屆雙十年華，正當適婚之齡，親友中來作媒的大有人在。對美蓮娘子來說，女兒早該出嫁了，只因自己雙目失明，兒子幼小，才把女兒的婚事耽擱下來，心裡時常自責。秀英却說得好：「不是我不顧羞恥，自話自說，我們母女姊弟相依為命，母親雙目失明要人侍奉，二弟尚未成年要人照顧，我若出嫁，這一家不瓦解了。母女之親，姊弟之情，難道不比嫁人更重要，我要服侍母親一輩子。」美蓮娘子聽了，摟著女兒大哭，宗堯兩兄弟跪在姊姊面前發誓，要努力向上，重整家園，來報答姊姊為他們一家犧牲，撫育他倆的大恩大德。來說媒的親友，都為這一幕所感動，從此說媒也就不上門了。

後來，宗堯畢業於湖南優級師範，從事教育工作，宗舜參加新軍後畢業於湖南講武堂，北伐時當了團長，都已結婚，子女成群，一家人也真的搬回老家了。秀英圍繞在老奶奶面前承歡談笑，其樂融融。上燈後，姪兒女們又一個個端坐在書房，在大姑媽的指導下溫書自習，而大姑媽却不再刺繡了，因為她已綉出一家的歡樂，也綉出了她蒼白的鬢髮。

江山美人終成鳳凰媳婦

——毛彥文的曲折婚姻

一九三五年（民國廿四年）二月九日，上海發生一件轟動全國的大新聞，那就是民國伊始第一任內閣總理熊希齡（湖南鳳凰縣人）與美慧絕倫的江山美人毛彥文（浙江江山縣人）在慕爾教堂舉行的結婚典禮，時熊希齡六十六歲，毛彥文三十三歲，加起來百齡減一，白髮紅顏聯姻，一時傳為佳話。

第一次逃婚的新女性

毛彥文，小名月仙，自號海倫，一八九六年出生，父親華東，是個秀才，家庭小康，母親朱瓊佩，二十二歲嫁到毛家，第一胎生個男孩，不幸五歲夭折，二十五歲生毛彥文，爾後一連串生了五個女兒，彥文九歲時，她父親便把她許配給衢州的好友之子方國棟為妻，雙方簽訂了訂婚約定書。毛十六歲赴杭州女子師範求學時，為方家知道，恐生變故，便和毛家交涉，要求在夏間迎娶。

毛彥文去信堅決反對這項「父母之命」的不合理婚姻，她父親在暑期親自到杭州去接她回家，絕口不談方家提親事，他們從杭州坐民船，航行了半個多月才到江山，她母親見他們回來就哭了，後來才知道方家擇的吉日已過了，嫁粧早已送回衢州，不得已祇有請方家另擇佳期，毛彥文表面上裝著若無其事，私底下便與舅舅和表兄弟暗商對策。

終於第二次方家迎娶的日子到了，那天花轎已到了城門口，先來人通報，此時她父親正在午睡，不能打擾他，母親便將她四舅和表兄弟叫到房間，把門關上，流著眼淚問彥文到底要不要去方家？她答不去，母親說那如何對妳父親交待，她很果斷的答：「拚命」，母親見此事無可挽救，便毅然決定叫她四舅即刻帶她走，到鄉下去暫避幾天，臨走時，交了彥文廿四塊銀元。

當天他們在離城七八里一個農家住下，第二天坐船到石門鄉毛子水家（曾任台大歷史系教授）住了十多天，再轉到長台鄉外婆家渡過了整個暑假，女師開學前，她再回家拜見父母，進門前怯怯地叫了一聲：「爸爸」，她父親並不理她，也不責罵，祇見母親眼淚盈眶：「月仙，妳把我們面子都丟盡了！」當時社會風氣閉塞，逃婚是名教罪人，為地方人士所不見容。父母受了許多屈辱，總算把這件事情擺平了。

嚐到初戀的苦果

毛彥文少女時代，情竇初開，祇愛上一個人，他是她心目中的上帝，幾乎沒有選擇，最後被遺棄，使她嚐到初戀的苦果，痛不欲生，這個人便是她的五表哥朱君毅先生。

彥文五歲時，便被送往距縣城四十里的長台鄉外婆家寄養，與外祖母和五表哥同睡一張床鋪，直到九歲多，朱君毅攷取北京清華學堂才終止。倆人青梅竹馬，生活起居在一塊，早已種下愛苗，後來彥文讀西湖女校，君毅寒暑假返家，又能歡聚一堂，告訴她北平和清華許多新的事物，是她從未呀過的，崇拜得不得了，視君毅表哥為世界上唯一的偉大人物。

待彥文在杭州女師結業那年，雙方父母徵得彥文和君毅同意後，在江山訂了婚，君毅即赴美留學，彥文則進入吳興縣湖郡女校就讀，當君毅由美留學回國，受聘南京東南大學教授，時彥文正在北京高等女子師範學校二年級就讀，朱欲使二人能朝夕相聚，堅持要毛轉學南京東南大學，毛因雙方在一起反有所不便，決定轉學南京金陵女子大學，此時雙方家長有意提早完婚，惟男方並未同意。一九二三年冬，彥文突然接君毅一封長信，是退婚書，理由是：一、彼此沒有真心愛情。二、近親不能結婚。三、兩人性情不合。彥文看完信，回到校舍，痛哭不已。自忖廿多年來，從少女時代起只愛他一人，把他視如上帝，重如生命。豈料，君毅竟如此無情，中途退婚，使她一切美夢，完全幻滅，身心幾乎快要崩潰。

這事很快傳到東大和金大，東大教務長陶行知主動出面招集雙方當事人和父母，做起和事佬來，君毅也表示自責，要我把長信交出來，他當眾將信燒毀了，並致歉意。後來知道君毅並非真意，因東大下年聘書尚未發出，有所顧忌，故燒毀信件，全非情願，都是虛情假意。所以兩人雖在同一地區工作，但已視同路人，斷絕往來，從此彥文墜入痛苦深淵，不能自拔。

一九二四年夏，中華教育改進社來南京舉行年會，借金女大女生宿舍為女會員住所，校方留下毛彥文等六人為招待。恰巧熊希齡夫人朱其慧女士也出席會議，毛在北京女高師時，因與朱夫人內侄女朱婉為同學，常去熊家，因而相談，朱夫人得知毛的婚變，大為不平，主動出面召集會議，期能正式解除婚約，那天出席會議的都是教育界名流，公推張伯苓校長為主席，經過三小時討論，說定後推南京法政學校校長王伯秋起草解除婚約條文，經雙方簽名後生效，從此二人正式分手。

毛經此婚變打擊，傷心欲絕，從此失去對所有男人的信心，也否定了愛情的存在，分手十餘年，不乏有慕名追求的君子，但都為其拒絕。其中最死心踏地苦苦追求的要算東南大學教授吳宓了。不知何時開始，種下愛的種子，把毛視為夢中情人，月中仙子，解除婚約那天，他也參與會議，內心的感受如何？不問自明，從那天起，他把內心深處的密情愛意化為實際行動，頗具信心地對毛彥文展開了攻勢。但始終沒有得到毛的青睞。毛對他的確表示三點：一、把吳看成極好的朋友。二、在朱君毅之後，從來沒有對任何人懷有愛情的感覺。三、決不與吳通信，請彼勿再來信。然而一向自作多情，而又顯得笨拙可笑的吳宓，却永遠陷入單戀的迷惘，不能自拔。

一九七〇年，毛彥文在台灣寫了一篇：「有關吳宓先生的一件往事，」打印密存，文中曾客觀分析吳宓、陳心一、（吳妻已離婚）朱君毅與她四人間的離奇糾葛，並表示對吳的苦戀，極

為同情。二〇〇一年夏，毛老給了我一份，叮囑在她生前不必公開，現毛已過世，我把它公諸於世。（附於本文之後）

熊毛聯姻經過

毛彥文二十多年來的青春年華，綺麗美夢，都在朱君毅佔有期間消逝迨盡，心如止水，直到三十多歲，方有意找一歸宿，適於此時，熊希齡因朱其慧夫人已過世四年，有意續絃，托人向毛議婚，這位牽線紅娘，正是她湖郡女校的好同學朱曦。

這位朱小姐有位五姑母，就是朱其慧夫人，毛彥文讀湖郡女中時，適朱曦也進入該校，兩人同一宿舍，朝夕共讀，成為好友。一九二〇年，毛攷取北京女子高等師範學校，適朱曦胞妹朱嶷也攷入該校，因而相識，她受其姊之托，每逢週末，要毛同去熊家看熊氏伉儷，稱他們為老伯和伯母，。一九二一年七月，毛在美國密西根大學唸完教育碩士學位後返國，先到歐州旅行，在德國搭西北利亞火車抵達天津，聞熊夫人逝世，趕往北京弔唁，又與多年不見的朱曦把唔，熊希齡面邀她去香山慈幼院工作，可與朱同事，因毛已受聘上海國立暨南大學及私立復旦大學任教，故未答允擔任慈幼院工作。

暨南與復旦，都在江灣，毛住復旦宿舍，有一天，朱曦突然來訪，一連三天，到第三天才說明來意是為姑父說親的，毛大吃一驚：「這怎樣可以？輩份不同，叫妳姑父為老伯，再說年齡也相差太多！」朱曦辯駁說：「你們沒有親戚關係嗎？所稱老伯，不過是一般尊稱……」她滔滔不絕說了一大套理由，毛堅持不可，後來朱曦即電北京熊芷（熊氏長女，一九七七年在台逝世）前來助陣，熊希齡也搬來江灣附近暫住，以便就近全面展開攻勢，化了兩個月時間，毛被朱曦等人包圍，弄得六神無主，終於答應了這樁婚事，婚姻道上曲折坎坷的江山美人，至此終成鳳凰媳婦。

上海慕爾堂的空前盛況

一九三五年（民國廿四年）二月九日下午三時，熊毛在上海「慕爾堂」舉行婚禮，前一日先行預演已造成轟動，中外記者百餘人早已擁到教堂，二時許，車水馬龍，冠蓋雲集，將西藏路附近街道，擠得水洩不通。

教堂入口處，放滿了花藍盆景等，打造得喜氣洋洋，風華盈盈。兩處服務櫃檯，擺有兩本宣紙簽名薄，上面盡是軍政首長，聞人名媛的墨寶，計有黃乳、李石曾、覃振、吳鉄城、潘公展、褚輔成、賀耀祖、章士釗、施肇曾、劉鴻生、葉開鑫、虞洽卿、張公權、錢新之、陳光甫、王曉賴、張耀翔、趙普卿、林沒倰、狄楚青、高魯、董顯光、薛篤弼、黃愛瀾、趙叔雍、張壽鏞、唐壽之、江小鶼、梅蘭芳、胡蕭江、杜月笙、馮玉祥、張甫林等五百多名流，可謂群賢畢玉，聲勢空前。

教堂內佈置得富麗堂皇，中央講台是半圓形，分三級，每級綴滿柏葉，上列花籃，萬紫千紅，群芳爭艷，宛如層層花海，其中以馮玉祥，梅蘭芳花籃最為壯觀，整個禮堂，宗教意境與襲人花氣相交融，洋溢一片溫馨與悅樂喜氣。

三時十分，結婚進行曲悠揚響起，熊希齡、毛彥文由二少童前導，男女儐相由朱庭祺、朱曦夫婦擔任、緩緩步入禮堂，熊氏著長藍袍，黑馬掛，頷下濯濯，如五十許人，恂恂然有儒者風範，新娘著乳白禮服及地，手捧花簇，約施薄粉，自然高雅，眉宇間綻放青春氣息，美艷絕倫。真是一對郎才女貌、佳偶天成，婚禮由朱葆元牧師主持，莊嚴隆重，不到半小時即告完成。

晚間在北四川路新亞酒樓宴請賓客，約三十餘桌，四壁懸有不少喜帳，且多妙聯佳句，浪漫風趣，令人捧腹，現將幾首較為雋永幽默的抄錄如下：

「鳳凰于飛，祥兆『熊』夢，
「琴瑟靜好，樂譜『毛』詩。」
「兒孫環繞迎新母，樂趣娑婆看老夫。」
「舊同學成新伯母，老年伯作大姐夫。」
「艷福晚年多，人成佳偶，春光早先到，天結良緣。」
「幾峰蒼洞求凰意，萬里丹山引鳳聲。」
「老夫六六，新婦三三，老夫新婦九十九。」
「白髮雙雙，紅顏對對，白髮紅顏眉齊眉。」

「熊希齡『雄』心萬丈，毛彥文『毛』塞頓開。」

熊氏新居洞房，設在法租界斐德路花旗公寓三十六號，新婚燕爾，夫婦恩愛，自不在話下。新婚第二個月熊偕毛彥文歸寧江山，又造成一次轟動，那天江山縣城，人山人海，男女老少，莫不以一睹這位曾任國務總理的新姑爺為快，見熊謙恭有禮，交相讚譽，熊寫了一首「奇緣」的絕句。

「癡情直堪稱情聖，相見猶嫌恨晚年，同挽鹿車歸故里，市人爭看說奇緣。」

一週後回到北京，結束江南四個月的新婚之旅，開怡香山慈幼院的神聖教育工作。

相續今世情緣

毛彥文一生祇愛上兩個男人，一個是她的五表哥朱君毅，一個便是熊希齡，她少女時期情竇初開時，即墜入初戀情網，前後有二十多年之久，在此期間，她一廂情願編織許多綺麗美夢，自我陶醉，不料這個美夢，却因表哥移情別戀而終歸幻滅，不僅改變她的人生觀，且幾乎毀了她錦繡前程。

後與熊氏締姻，却是一個完美結合。熊氏真心愛她，新婚期寫給許多詩詞畫作，至情至性，超凡脫俗，表現出高雅的人文氣質。直到一九三七年七七事變，接著八一三滬戰爆發，他們夫婦風流蘊婉的恩愛情懷，和詩情畫意般的生活靈慧，受到巨大衝激，才畫下句點。十二月中旬，首都南京陷落，十六日他們乘法輪赴港，熊因憂勞過度，廿五日腦溢血病逝香江，享年六十八歲。

彥老活了一百零三歲，前三十年陷入苦戀幽思中。而真正享有家庭幸福夫妻恩愛的生活未及三年，真令人惋惜。她一生撫孤慈幼，德惠人間。上蒼何太如此蹇剝於彥老？爾今她已在台作古，盼能在另一世界再結連理，相續今世情緣。

《附件》有關吳宓先生的一件往事

吳宓先生，字雨僧、陝西人，於民國前一年（宣統三年？）春間，考取北京的清華學堂。（此校以美國退還我國庚子年賠款而設立，原為留美預備學校，學生年齡大約在十四歲至十六、七歲之間？）與吳同時被錄取的有一位朱君毅先生（原名斌魁，後改君毅），長吳二歲（朱報名時少報雨歲），吳朱兩人在清華同用一書桌，同學六年之久，直到分發留美時方分手，吳在哈佛大學專攻西洋文學。

吳、朱二人交情至篤，彼此事事公開。朱三歲喪母，自幼由其祖母憮養長大，有一表妹（姑母的女兒，小朱五歲）寄住其家。均為祖母所鐘愛。兩人朝夕相依，十分親愛，真是「青梅竹馬，兩小無猜」，當朱肄業清華時，其表妹正上小學，常寫信寄與朱。朱每次閱後即與吳閱，如此五年之久，那女孩從不通的文字漸漸的寫成通順的信，均為吳所閱讀無遺，因之他對她的印象很深，常私自羨慕朱有這樣一位表妹，後來該女孩取了「海倫」為名。

民國七年初夏，海倫在浙江省吳興縣，湖邵女校肄業時，接朱君由美來信，內附一封吳雨僧與他的信，係託朱函請海倫代其相親。

吳在清華求學時，常在清華月刊（是否此名，記不清）發表文章或詩、詞，其同學中有陳君其人（其忘名，好像陳君留美期間因精神失常去世），陳君有姊名陳心一，畢業於省立杭州女子師範本科，陳女士常讀吳的作品，至為欽佩，事為其弟所知，因之向吳介紹其姊心一，吳自認其貌不揚，不易成功，故托海倫代其相親，經過不少波折，終結連理，但由於雙方個性及多種因素，最後仍歸於破裂。

民國六年春，朱君毅正式向海倫求婚，同時取得兩方家長同意而正式訂婚。海倫於民國十年春，考取北京女子高級師範學校，後海倫由北京女高師轉學至南京金陵女子大學。民國十三年六月，朱忽向海倫提出解除婚約的要求（事後證實那時朱愛上一位南京滙文女校肄業的一位十七八歲的中學的女學生）當時南京教育界為之譁然。吳對朱此舉大不以為然，曾一度試行調解失敗。

吳離婚後，將這種理想錯放在海倫身上，想係他往時看過太多海倫小時與朱君毅的信，以致發生憧憬。其實吳並不了解海倫，他們二人的性格完全不同。海倫平凡而有個性，對於中、英文學一無根基，且嚐過失戀苦果，對男人失去信心，縱令吳與海倫勉強結合，也許不會幸福，說不定再鬧仳離，海倫決不能和陳女士那樣對吳的百般順從。故自吳、陳離婚以來，海倫不斷的設法勸兩方復合，因海倫始終認為祇有陳心一能容忍吳的任性取鬧，惜終未成功。

自海倫與朱解除婚約後，她想盡方法，避免與朱有關的事或人接觸。這是心理上一種無法解說的情緒，吳為朱之至友，如何能令海倫接愛他的追求？尤其令海倫不能忍受的，是吳幾乎每次致海倫信中都要敘述自某年起，從朱處讀到她的信及漸萌幻想等等。這不更令海倫發生反感嗎？

吳君是一位文人，學者，心地善良，為人拘謹，有正義感，有濃厚的書生氣質而兼有幾分羅曼氣氛。他離婚後對於前妻仍備加關切，不僅擔負她及他們女兒的生活費及教育費，傳聞有時還去探望陳女士。他決不是一個薄情者。

後來他仍在大學教，教講授沙士比亞戲劇，他一向用純文學的觀點教，現在，知道錯了，應該用馬克斯觀點教才正確。他在時代交替，中西文化的內在衝擊中，因理想的受挫失落，愛情婚姻的扭曲失衡，使他陷入內在極端矛盾的苦海，不復自拔。

吳君於一九七七年（民國六十六年）元月病逝於西安，一代學人竟此默默以終，悲乎。

一九七八年十一月海倫寫於台灣

從上海到鳳凰

——八千里路汽車懷鄉之旅

一九四七年九月，抗戰勝利後不久，我奉命護送兩百七十名日僑，由穗乘輪赴滬，遣返日本。我們面對舉國仇日怒火尚未平息，又得面對任務現實，愛恨情仇交織在心頭，使命十分艱鉅，好不容易拗到上海，與弟兄們歡天喜地走馬看花似的在外灘逛了一陣，這是我生平第一次貼近十里洋場。

擁抱錦繡大地

二〇〇五年五月，我帶著妻女，第四次來到上海，適逢鳳凰縣母校文昌閣小學今年百齡校慶，我很想返鄉一行，她們認為十月天寒，不宜遠行，五月天是旅遊季節，不如當下就去，小女也想回原鄉看看，她們夫婦為表達孝心，決定派車前往，不考慮長途行車可能遭受的風險，如車況、駕駛技術、道路安全和各地氣候、治安、路況等因素，毅然派了一輛富利卡ＭＰＶ風行休旅車和一位駕駛員，為我們返鄉服務。這輛東南生產的汽車，性能十分優越，裝有衛星導航設備，由小女負責主導，她一支手機，一張地圖，運籌幃幄，主控全部行程與食宿，按預定企劃執行，沒有絲毫疏忽差誤，真厲害。她還設計一面小旗，上書「台北・上海・鳳凰－滕興傑汽車探親懷鄉之旅」，做了二十多面彩旗，存心為我化妝，真是一次大手筆大氣魄的汽車自助旅行。

五月十九日清晨八時許，我們一行六人，披著陽光，打著「懷鄉之旅」的彩旗，浩浩蕩蕩，由上海市蓮花路駿紳公司出發，朝向廣袤的祖國大地奔馳而去。

大陸高速公路建設，突飛猛進，已達三萬一千多公里，十年內可超越美國四萬公里。浙贛兩省地勢平坦，一望無際，汽車在高速路上風馳電掣，莽莽神州，在陽光灑落下分外雄偉壯麗，頓時心曠神怡，精神為之一爽。下午六時到達江西南昌市，日行千里。套句古詩：「朝發淞滬彩雲間，千里豫章一日還」，是最好寫照。

第二天上午參觀滕王閣，此閣是唐太宗之弟李元嬰所建，他封了滕王，故名滕王閣，因唐初詩人王勃詩句：「落霞與孤鶩齊飛，秋水共長天一色」而得名。樓高六層，各層佈局不同，異彩紛呈，畫棟飛簷，斗拱層疊，臨江遠眺，氣勢極為雄偉。中午向西進發，夜宿湖南長沙市，第三天從長沙到常德，長常有高速公路，沿洞庭湖建築，尚稱平坦，再向西行，全是省道，山路崎嶇，桃源至沅陵一段路況不佳，修修補補，行車緩慢，到達湘西自治州首府吉首市，已經二十三點，吉首到鳳凰尚有四十五公里，沿途裝有路燈，路況也好，耳目為之一新。到達鳳凰古城時，已經午夜了。親屬晚輩二十餘人，佇立南華門相迎，真情感人。此時雖然夜深，但鬧市燈火如畫，人聲鼎沸，好一片太平盛世景象，與十年前相較有如天壤之別。

我們在鳳凰古城停留三天，因兩位女兒公司業務繁忙，不能久留，第四天中午便匆匆離開家鄉，向北駛去，夜宿張家界市。翌日遊覽該地景點，張家界奇峰三千，秀水八百，群山拔地而起，峰峻石奇，平潭飛瀑，確是一個世界級的觀光勝境。因時間倉促，我們祇遊了寶峰湖、黃龍洞等景點。那黃龍洞長十五公里，上下四層，上兩層為乾洞，下兩層是水洞，洞中可行船，是在兩百萬年以前就已形成的多層式溶洞，十分壯觀。中餐後汽車經過常德，到達長沙，三女淑蘭先行搭機飛港返台。

一早過湘江去探訪岳麓山，山中有一古寺，始建於西晉時期，距今已一七〇〇多年，山門上書「古麓山寺」，內有藏經閣，閣前有古羅漢松二株，傳為六朝所植，又名六朝松，成為古寺悠久歷史的活見證。「岳麓書院」位於山之東麓，是中國著名的四大書院之一，大門兩邊有「惟楚有才，于斯為盛」的對聯，自宋以來造就了不少人材，如王船山、曾國藩、左宗棠、黃興等都曾就讀於書院。下山時在愛晚亭休憩片刻，用了午餐，繼續驅車北上。

車經岳陽市，我們參觀了岳陽樓，該樓建於縣城西門外小山丘上，濱臨洞庭湖，素有「洞庭天下水，岳陽天下樓」的美譽，此樓所以出名，在於歷代詩人文豪的吟詠，最有名的是范仲淹的「岳陽樓記」，短短三百六十四字，把洞庭湖千萬氣象和文人憂國意境，描述得情景交融，渾然一體。三樓有詩人杜甫「登岳陽」五言詩，由毛澤東所書，筆法雄健奔放，神形兼備，用浮雕崁於壁上，也是一絕。

午餐後，汽車續向北駛，到達武漢三鎮已是萬家燈火。在漢口住宿一夜。翌日參觀景點鎖定黃鶴樓，八時許車輛駛過「長江大橋」，這座橋建于一九五五年，全長一千六百餘公尺，高八十公尺，分上下兩層，下層為雙軌鐵路，上層為公路與人行道，工程浩大。橋南端是武昌，辛亥革命在此爆發，推翻了滿清帝國，建立亞洲第一個民主共和國，堪稱革命聖地。

黃鶴樓就在武昌蛇山之上，建于三國時代，迄至今日，已成武昌指標。是日晴空萬里，我獨自登上五層高樓，一面默誦崔顥的名詩：「昔人已乘黃鶴去，此地空餘黃鶴樓，黃鶴一去不復返，白雲千載空悠悠。晴川瀝瀝漢陽樹，芳草萋萋鸚鵡洲，日暮鄉關何處是，煙煙江上使人愁。」一面極目江漢煙波。用心靈與美景對話，用千古絕唱激發思古幽情，那份感受，真是美極了，美得使人發愁。

中午在東湖用餐，汽車駛向東南，經過鄂州、黃石、九江等地，夜宿江西景德鎮，市內電線桿全用陶瓷製作，大而粗，上繪青花圖案，一望十分悅目。次日上午參觀了國際有名的瓷都，一切瓷器皆集中在一個大市場銷售，任人比較選購，価廉而物美。景德鎮製陶始于漢代，至今已有兩千多年歷史，市場貨品，堆積如山，琳瑯滿目，素靜的青花，艷麗的粉彩，精美輕巧的薄胎，千姿百態的瓷雕，看得人目不暇給。我們只買了些輕巧的瓷器帶回台灣。

景德鎮是江南紅壤丘陵區，地勢由北向南傾斜，汽車經過婺源向南行駛，雖然是省道，尚稱平坦，到達衢州，接上高速公路，又見一片平原，很快的到達浙江地區，經過義烏、金華、杭州、嘉興，回到了上海。看看這輛鐵馬的里程錶，經換算為三九五四公里，八千華里，經過長期行駛，從未發生任何故障，足以證明這輛風行休旅車的車體結構良好，尤其車輛穩定控制系統十分精密，性能優越，真是「駿馬風行八千里，翻山越嶺如履平。」值得讚揚。

這次懷鄉之旅，為時半月，來回撓行中國東南五省，經過江南三大名湖—西湖、鄱陽湖、洞庭湖。暢覽江南三大名樓—江西滕王閣、湖南岳陽樓、湖北黃鶴樓，最後到達湘西歷史文化名城—鳳凰古鎮和南方長城，確是一次汽車自助旅行的壯舉，也是一種設計精準的觀光模式，值得推廣。

為「文小百齡校慶」暖壽

回到鳳凰第二天一大早，滕氏家族二十餘人，齊集在土橋壠為父母掃墓祭拜，興良弟已將母親墳上盈尺雜草割去，但發現墓旁已有村民居住，人聲喧嚷，雞鳴犬吠，往生者豈能安眠於九泉之下！我們沿著山坡走去，約三百公尺處，便是曾祖父治平公母親周氏一品夫人的墓地，立有墓碑，是清同治年建立的，距今已有一百三十多年，雖經風雨侵襲，但碑文仍清晰可辨，完好如初。

中午在興良弟家吃了社飯，下午二時大夥同赴文昌閣小學造訪，鼓號儀隊已在校門外吹吹打打歡迎我們。一進校門，七棵高大的參天古槐映入眼簾，似曾相識。原來是一九三六年我們畢業班學生所栽植的。「十年樹木，百年樹人」，七十年過去了，光陰老去，人也老去，惟有槐樹仍然長得那麼高大，生趣盎然，綠油油的蒼勁挺拔，青翠近人，我像見了母親身影般的感覺溫馨，內心充滿喜悅。

下面一篇文情並茂的短文，為校慶宣導組所提供，標題為「興傑校友，夏月真情」，照錄原文如下：

「五月鳳凰，惠風和暢，山水含笑，雜花爭放，好一派醉人的名城風光。鳳凰籍、台灣文化界知名作家，老校友滕興傑先生偕夫人葉女士一行，在此良辰美景之際，再次回到故鄉。二十三日，文昌閣小學洋溢著濃濃的喜慶氣氛，當滕老伉儷等到達學校時，受到學校與校友會的領導、教師代表以及儀仗隊的隆重夾道歡迎。

滕老華髮童顏，神采奕奕，雖八十三歲高齡，但步履矯健，雄風不減當年。

有禮儀教師導行，滕老伉儷與校領導等，漫步校區。南華山依舊展現它的疊疊蒼翠，荷池水依舊泛著它的粼粼波光，雙楠偉拔挺秀，丹桂新芽飄香，此時此刻滕老完全沉浸在回憶的時光裡，不時指點兒時讀書的場地和情景，似乎在盡力追尋那逝去的童年腳印與身影。

在歡迎大會上，滕老向母校百歲華誕，獻上一份赤子愛心，捐資人民幣伍仟元；滕老離台時，受著名企業家楊大勇先生的拜託，代表大勇先生捐資伍仟元，向慶典獻禮。師生對滕老真誠風趣的即席演講，不時報以熱烈的掌聲，會場情緒高漲。主持人宣布齊唱文昌閣小學校歌時，全場起立，由滕老伴奏。滕老畢業近七十年，但對校歌情有獨鍾，曲詞嫻熟於胸。在風琴伴奏下，一曲雄渾深沉，慷慨激昂，催人奮進抒發豪情的歌聲，響徹了全場。這歌聲扣人心弦，這歌聲鼓舞了一代又一代文昌學子走向社會，走向世界。滕老是一位感情豐富的長者，身當其境，思緒萬千，彈著、彈著熱淚盈眶欲滴。全場師生，目睹此情景，均肅然起敬為之感動，也不禁潸然。

在家鄉期間，滕老將他珍藏了六十多年的熊希齡家書手蹟與沈從文剪報，都捐贈政府，盡歸國家，令人敬佩。」

這篇短文，華麗流暢，鏗鏘有力，把我當時心情，描繪得淋漓盡致。我想篤定出自劉明校長的手筆，因為他始終伴隨在我身旁照顧我，看我跳水溝，看我彈風琴，看我流淚。

特別值得一提的是我在學校對學生的一段講話：「劉校長，各位同學，很久以前，大概是一九三六年吧？有一位小朋友唱著驪歌走出了校門，一九三九年他從了軍，去抵抗日本帝國主義的侵略。沈從文先生說：『一個戰士沒有戰死沙場，便是回到故鄉』。七十年後的今天，這位小朋友沒有戰死沙場，已經白髮蒼蒼，以八十多歲的高齡，又回到他久別的母校來，他的名字叫滕興傑——就是我。（掌聲響起）上個月（四月）廿四日，在台灣的中國國民黨主席連戰先生，帶著他的夫人方瑀，女兒惠心，從台灣回到他的故鄉西安和母校後宰門小學，學生列隊歡迎，高聲吟唱：『連爺爺，您回來了，您終於回來了！』今天，滕爺爺也帶著他的夫人葉阿秀，和兩個女兒淑蘭、世修，回到他的母校文昌閣小學來，雖然一個在北方古都，一個在南方名城，兩人的身份和時空背景雖有不同，但是他們的歷史意義和時代價值，是完全一樣的可貴。（掌聲又起）……」。

這段極具敏感性的政治話題，在半個月前，就有天大膽子，誰也不敢去觸碰，但自從連戰四月間訪問大陸作了「和平之旅」，與胡錦濤總書記在北京見了面，會談中已在九二共識上達成和平協議，終止國共兩黨敵對狀態，真是一次翻天覆地的政策大轉變，國共數十年恩怨，從此邁向和解之途，為國共第三次合作建立最好契機。「歷盡劫波兄弟在，相逢一笑泯恩仇」歷史是鐵的見證，一九二六年國共第一次合作，完成東征任務。一九三七年國共第二次合作，完成抗日戰爭勝力，今天國共第三次合作，必能完成中國統一。拿破崙早已說過：「中國這頭睡獅，讓牠睡吧！一旦醒來，必將震撼世界。」百年來我們受盡列強欺凌，今天能親眼見到中華民族的復興壯大，將成為世界和平的主流，怎能不令人喜極而泣。

國共四月廿九日在北京簽署兩黨和解協議，五月廿二日，我把這一劃時代的訊息帶到故鄉，帶到母校文昌閣小學，也算是百年校慶的一份厚禮吧！

一灣清澈的母親河——沱江

我寫鳳凰，落筆艱難，因為她的美和詩意，在我腦海中儲存太多太多，有如千絲萬縷，阻塞了思維的通道，反而不知從何理起？在別的城市，您可以用心捕尋美的景點，但在鳳凰古城，江山如畫，連空氣都甜美馥郁。這條清澈的母親河——沱江，更是千姿百媚，靈秀之美，俯拾即是，詩意自然向您迎面而來。早在一九八五年，新西蘭詩人路易，愛黎Reui Alley來中國訪問沈從文故鄉，便陶醉在這古典與浪漫的芬芳裡，情不自禁地誇讚地是「中國最美麗的城市」而享譽國際。

我在一九九三年返鄉探親，寫了一篇促進家鄉觀光事業的建議，刊載於一九九四年自治州「湘西文史資料」總第三十六輯中，大意是開發「大陸文學之旅」，設三景點；一、沈從文故居；二、文昌閣小學；三、沈老墓園。參訪墓園時，走水路，由水門口上船，船身加寬，上面加蓬，可坐五、六人，型如西湖畫舫，既可防日晒雨淋，又可增詩情畫意。所經之處，有沿江吊腳樓、三拱虹橋、遐昌閣、萬名塔等景點可供欣賞。若在杜田村設一水壩，水平直達迴龍閣，可形成平湖泛舟，碧波蕩漾，何諦人間天堂。

不料十年後的今天，我帶著家人回鄉，過去的夢想竟然一一實現在眼前，而且在江面築了兩處水壩，水平直達靈官殿，從北門碼頭上船，又多了「北門城郭」和「跳岩」兩個景點，我們家族包了三艘遊艇，繞著古城，在湛藍清澈的碧波上慢慢划行，宛如平湖泛舟，水中綠油油的蘭草，一束一束隨著水的流向左右擺動，好像少女的舞姿，婀娜柔媚。巴掌大的魚兒，在蘭草活水中穿梭游樂。「此境祇應天上有，人間那得幾回遊。」沒有污染的河流與空氣，在現實生活中已屬罕見。

船向前行，岸邊的吊腳樓好像都鬆了綁，一間一間向後遊移，三拱虹橋更以多面角度不斷呈現它的新貌，古老的遐昌閣，雅緻的萬名塔，也跟著向後移動，水中的、水面的、岸邊的一切都在流動。蘇格拉底的美學就重在宇宙生機，他認為的美，就在「使人看了就像是活的」。沱江之美，不但具有靈秀之氣，而且充滿蓬勃的生命活力。

過了萬名塔，到了陡山喇，夾岸山色青翠，若在春深，杜鵑聲聲從竹篁中傳出。正是沈從文筆下描述三月天濛濛細雨中的淒美意境，最為迷人。船向下行約一里，到了沈從文墓園，上了岸抬頭便見一塊石碑，上刻「一個戰士沒有戰死沙場，便是回到故鄉」。畫家黃永玉的手筆。再上走過一段「之」字形的石階，即到達沈墓，墓碑採用天然五色石，狀如雲菇，極具特色。沈老一九八八年逝世於北京，一九九二年五月，他的家人從千里迢迢將他的骨灰運回故里，安葬在聽濤山下，完成他一生心願。當時我曾寫了一篇「沈從文落葉歸根記」的紀念文，刊載於台灣八月七日中央日報副刊上，後來又寫了一首詩不成詩話不成話的小詩：

一葉扁舟
滿載文學精靈散發出的愛
滑蕩在清澈的母親河上——沱江
看兩岸竹篁依稀

聽杜鵑聲聲啼叫
在毛毛細雨中
編織成一幅淒美的千古絕唱
共譜哲人歸程
從此，聽濤山下
永世如詩，永世如畫

沈從文一生和水有緣，他十五歲出來當兵，在一條沅水和它的支流城鎮游蕩五年，親身體念到這條水上的人和事。他的作品，離不開水上和水邊的點點滴滴，他曾說：「我居住城市五、六十年，但仍然苦苦懷念家鄉那條沅水和水邊的人們。」又說：「三十年來，水永遠是我的良師益友，給我各種不同的啟示。」水既然與沈老有緣，他的文學靈感來自水上，家鄉這條母親河——沱江，深受沈老文學心靈的感染，披著沈老的文學光環而崢嶸。因此，我創議將「沱江」改名為「從文江」，讓他們相依為命，相得益彰。蘇東坡有「蘇堤」，柳宗元有「柳州」，為什麼沈老不能有「從文江」，讓我們來創造新人文、新歷史，以彰顯和報答沈老在文學上的偉大成就。

鳳凰不僅靠這條江可以炫耀，其他人文與自然景觀處處皆是，可說族繁不及備載。記得政協有一次邀宴，席間那位美麗大方的江國娥部長，首先介紹家鄉，她一口氣背下「鳳凰景點九個一」：

一座青山抱古城
一灣流水繞城過
一條紅紅石板街
一排小巧吊腳樓
一座滄桑老城堡
一道風雨古長城
一個神秘奇梁洞
一座宏偉大石橋
一批世界級名人

這九個景點，正是組成鳳凰新風貌的精髓。

再創新輝煌

從一九八九年起至二〇〇五年止，短短十五年，我曾做過統計（註二一，詳附件一覽表）有關兩岸對鳳凰歷史文化與自然景觀所出版的書籍，突然增加其數量，遠勝過往日四十年出版的總合，尤其是最近三年，兩岸作家與出版界對鳳凰似乎情有獨鍾，源源不斷出版新書，簡直是鋪天蓋地而來，真是一項奇蹟。

我們回顧過去，以沈從文作品而言，在一九五三年間，大陸印行沈老選集的開明書店，正式通知所屬說是沈書已過時，未印的書稿及紙型，全部代為焚燬。隨之香港出版界也接到台灣一道法令，指明沈從文一切正印和未印作品，除全部焚毀外，爾後還禁止發行其任何作品。台灣為什麼查禁沈的作品，據沈老自己解說：「台灣方面是否將打敗仗的責任，推在我頭上，以為是我寫了點『反內戰』小文章的原因?那麼未免把我抬舉得太高了。」從此台灣數十年來，市面上再沒有看到沈老的著作，到一九八七年，我在台北市牯嶺街舊書攤上無意中發現一本「沈從文自傳」，如獲至寶的買回家偷偷閱讀。

大陸方面最早在一九八九年，由吉首大學沈從文研究室主編，湖南文藝出版社出版的「長河不盡流——懷念沈從文先生」，載有巴金和沈從文寫的「抽象的抒情」遺作，這篇文章是一九六一年所寫，被查抄數年後在退還的稿件中找出來付印的。接著台灣在解嚴後，一九九二年八月，吳立昌教授寫了一本「人性的治療者——沈從文傳」，由台灣強業印刷公司出版，此後兩岸對沈從文的作品，出版漸多。一九九二年，吉首大學劉一友教授編選的「沈從文別集」，將沈老過去舊作品外的作品全部納入，共出版二十集，採珍藏本，便於攜帶閱讀，這一措施不但了卻往者心願，更有助讀者對沈老思想及時代背景有更進一步的了解，可謂功德圓滿。現在鳳凰已普遍受到全國文化界、出版界、旅遊業者的重視，勢將形成湘西觀光文化明日之星，富裕繁榮，亦必隨之撲面而來。

壯哉鳳凰，昔日有饒將戍邊，有文人組閣，然而光陰都已遠去。「俱往矣，數風流人物，還看今朝」我們地方領導、教育文化精英和許許多多藝術家們，能掌握當下新時代契機，站在歷史新起點，頂著沈從文光環，踏著沈從文跫音，奮勵前進，光大「藝術之都」（畫鄉）的文化名城，使鳳凰浴火重生，再創新的輝煌。

本文到此為止。驀然憶及金水寨五月的陽光，照射著江國娥領導和滕主任的惜別盛情，在此表達由衷感謝。

《註一》鳳凰古稱「黃茅坪」，出自吉首大學劉一友教授所著「沈從文與湘西」一書，此書劉教授將楚文化和鳳凰人剖析得入木三分，精彩絕倫，不但中國人要看，湘西人要看，鳳凰人更要看，最好人手一冊。

《註二》附件：兩岸對鳳凰歷史文化與自然景觀出版書籍一覽（從一九八九年至二〇〇五年止）。

1.「長河不盡流——懷念沈從文先生」巴金等著（一九八九年四月）！湖南文藝出版
2.「永不回來的風景」黃永玉著（一九九〇年十月）~湖南美術出版社
3.「辛亥革命的一課」周少連主編（一九九二年十月）~香港國際望出版社
4.「人性的治療者——沈從文傳」吳立昌著（一九九二年八月）~台灣強業出版社
5.「沈從文別集」〈共二十種〉劉一友、沈虎雛等編選（一九九二年十二月）~湖南岳麓書社

6. 「大陸畫鄉人物采風錄」滕興傑著（一九九二年十二月）～台灣創意力文化事業公司出版
7. 「古城鳳凰」劉金山編著（一九九三年五月）～湖南美術出版社
8. 「故鄉」馬蹄聲著（一九九五年十二月）～廣西漓江出版社
9. 「鳳凰橋話」田雲躍著（一九九六年十月）～貴州民族出版社
10. 「明志閣遺著」〈即熊希齡遺稿早期書名〉顧廷龍、朱慶祚主編（一九九五年九月）～上海遠東出版社
11. 「鳳凰近代史林擷英」周少連著（一九九六年六月）～四川秀山印刷廠印行
12. 「熊希齡傳」周秋光著（一九九六年六月）～湖南岳麓書社
13. 「熊希齡遺稿」〈共五大冊〉于為剛等編輯（一九九六年十月）～上海遠東出版社
14. 「回歸自然與追尋歷史——沈從文與湘西」向成國著（一九九七年七月）～湖南師大出版社
15. 「沈從文印象」孫冰編著（一九九七年一月）～上海學林出版社
16. 「星斗其人赤子其人——憶沈從文」田伏隆、向成國等主編（一九九八年二月）～湖南兵麓書社
17. 「邊城鳳凰」向寬良編著（一九九八年九月）～北京新華書店出版
18. 「沈從文——建築人性神廟」吳立昌著（一九九八年十一月）～上海復大學出版社
19. 「從盧山到湘西鳳凰」王仁寶策劃（二〇〇一年三月）～山東畫報社
20. 「沈從文與讀書」彭曉勇著（二〇〇一年十月）～山東畫報社
21. 「國家歷史文化名城——鳳凰」吳佩林著（二〇〇二年二月）～貴州人民出版社
22. 「品讀湘西——沈從文的家鄉」龍迎春著（二〇〇三年一月）～廣東旅遊出版社
23. 「沈從文與湘西」劉一友著（二〇〇三年七月）青海出版社
24. 「黃永玉和他的湘西」黃永玉文、卓雅攝影（二〇〇三年八月）～上海文藝出版

25. 「走近沈從文」糜華菱著（二〇〇四年一月）~北京知識產權出版社
26. 「中國古鎮遊」〈鳳凰篇〉林玉屏主編（二〇〇四年二月）~台灣文化三采公司
27. 「鳳凰——草鞋下的故鄉」祝勇著（二〇〇四年三月）~台灣文圓國際印刷公司
28. 「比我老的老頭」黃永玉著（二〇〇四年七月）~台灣台北印刻出版公司
29. 「熊希齡家書詮釋」姚本輝編著（二〇〇四年九月）~湖南教育出版社
30. 「民族英雄鄺國鴻」蕭大葆著（二〇〇四年十月）~湖南教育出版社
31. 「晚年熊希齡」龍儒文編著（二〇〇四年十一月）~北京世界知識出版社
32. 「鳳凰古城——中國最美麗的小城」于東輝-文字、湛紹敏-攝影（二〇〇五年二月）~台灣華成圖書公司
33. 「尋回失落的桃花源——最美的鳳凰小城」關越編輯（二〇〇五年四月）~台灣風和時代出版公司
34. 「一灣淺淺的海峽」〈回顧鳳凰往事〉滕興傑著（二〇〇五年四月）~台灣秀威資訊科技公司
35. 「行走湖湘」〈鳳凰古鎮〉葉夢主編（二〇〇五年八月）~湖南岳麓書社
36. 「一生不可錯過的六十個中國名勝」〈鳳凰古城篇〉關越編輯（二〇〇五年九月）~台灣好讀書出版公司

輯四：詩與詞

我不是詩人，不懂詩，祗是用款款的真情，至善的語句，美化的文字鋪陳些東西去感動人，讓人們：

心橋相通
心弦相鳴
心語相契而已。

一、新詩（目錄）

二、傳統詩詞（目錄）

「綸音」古碑

▲ 這是同治皇帝誥封提督滕加洪父親滕忠信為「顯武將軍」的「綸音」古碑。二〇〇六年十二月搬入鳳凰「古城博物館」收藏展出。這是鳳凰文革後僅存的一塊古碑，已有一百四十三年歷史。（碑文詳拙作「一灣淺淺的海峽」一書第68頁。）

『綸音』古碑的容顏

西元一八六五年
同治皇帝下了一道諭旨
立碑在鳳凰城西
青山翠柏間
每當杜鵑花開時節
掃墓的人兒滿山
思親的哭聲遍野
紙錢燃起熊熊火光
照亮我清明童稚的臉
映紅了古碑莊嚴安祥的容顏

※　※　※

一九八八年三月
我從台灣浪跡歸來
偕親人跪拜在荒蕪的墓前
瞻仰古碑含淚帶愁又鐵青的臉
傾訴城南舊事、滄桑百年
文革的巨浪
摧毀了所有墓園
昔日庭苑，也不復見
爾今風平浪靜，一切故事
盡在歷史煙茫中
與青山長眠

※　※　※

古碑守着歲月一百四十三年

如霞光一道衝出雲端
在古城博物館展露笑靨
追尋十九世紀的共同記憶
完整無缺的文化典範
是鐫刻精美的藝術品
是封典制度的活教材
更是中華民族璀璨的文化資產
具有人文、歷史、藝術的完美容顏
將隨炎黃世代
邁向悠悠的亙古萬年
永遠永遠

（朗誦詩）（註一）讓我們造一座「愛」的彩橋

在「岱比絲」的閣樓上
哪小小的狹長空間
點點滴滴，盡是愛的琳琅
儲「珍」聚寶，光「華」璀璨
新人文氣象何止千萬啊
它擁有影象的真實
它擁有金石的鏗鏘
還有哪
墨寶飛舞在蘭亭
彩筆揮灑出陽光

啊！全陶醉在文學的浩瀚裡
澎湃悠遠，地久天長，地久天長啊

※　※　※

一位新的承傳者
她拎著一盞愛的孤燈
搭起一座愛的彩橋
以心靈的溝通，凝聚整體力量
以無敵的熱情，迎向凜冽的現實
以蓬勃的活力，「鑿一扇文學之窗」
以長遠的關懷，完成青少年「心情e一下」的夢想
以至情的大悲，撫慰人性的撕裂
以無言的大美，感悟宇宙人我的寬融
以至善的大愛，把人間化為快樂天堂
多少年來，多少前輩菁英，藝文碩彥

憑藉愛的執著
滿懷成長的苦澀和喜悅
跨過這座愛的彩橋
邁向綠洲，深耕幼苗，如今——
樂見新生的萌芽茁壯，代代飛揚

※　※　※

她背負著歷史重擔——使命感
任憑成長的步伐多艱
她一往直前
帶著含默的淚水疾行
終成我們唯一的盼望：
　進德的益友
　　修業的導向
　　　心靈的圖騰

歷史的典藏

當掌聲再起時，愛在燃燒、燃燒、燃燒
為我們點亮二十四支燭光（註二）
照耀「圓一個出書夢」的理想
哪怕路多長，就走多遠
我們的圓就多大，看吧
百卉正展顏為我們鼓舞歡唱
老幹新枝，朵朵芬馨
共同攜手迎向豐碩的輝煌

（註一）「朗誦詩」是一種新興文學，是一種聲情的藝術，古典詩用吟唱，（美讀）現代詩用朗誦，是將靜態的，平面的詩歌，轉化為動態的，活潑的形態，若再融入情感，以聲傳情，則更能產生立即的默化效果。這次國民黨主席連戰訪問大陸在西安參觀母校后宰小學，小學生列隊歡迎，朗誦：「連爺爺，您回來啦，您真的回來啦！」就是將詩歌配合肢體語言，用朗誦方式表達情意的最佳典範。祇是近十餘年來，地方各級學校，甚至藝文界人士，對這一文學新型態，並未加以創導和推度。記得民國八十七年，我在文化局擔任志工時，寫了一首「紅塵中的暖流」的新詩，在「傳情說謝」之夜晚會中，以「朗誦詩」方式表達，效果很好。希望有關部門能重視這項文藝課題。「朗誦詩」有獨誦與團誦兩種，本詩適宜團誦與複誦，可以加強共鳴的效果，突顯詩歌的生命力。

（註二）桃園縣文藝作家協會，成立於民國七十年，迄今已走過廿四個春秋。民國九十二年楊珍華小姐接任文協理事長職務，她年紀輕輕地，不是畫家、也不是詩人、更不像年高德劭，看來道貌岸然的文藝界前輩長者。然而，然而她的IDEA，她的青春生命活力，她的企劃理念思維，無一不是驚人的。尤其她對文藝那份熱愛與執著，好像是與生俱來的天賦，她讀高中時，用毛筆書寫一篇「長恨歌」，蠅頭小楷，自己裱糊成橫卷，非常精緻可愛，不要看她像個鄰居小女孩，她的文學心靈，却是那麼悠遠博大，蓬勃深邃，幾乎到了「獨上高樓，望盡天涯路」的意境。

我深信她必能將「文協」這艘多彩的生命之帆，乘風破波，帶向新境界，航向光明的未來。

企業文化的源頭活水

「華夏文藝」如一脈清泉
透過：
「短短的篇章
甜甜的語言
款款的深情
盈盈的愛心」
謙卑的靜悄悄的
流向每位華塑人的心田
播下真的虔誠
善的圓滿
美的意念

讓華塑人
在安謐中快樂工作
心靈提升
幸福無限

新歲吟

不要把過去當美酒
　陶醉於暫短的芳醇濃郁
過去的終要過去
　莫嗟嘆人生若夢，時光如流
讓歲月悄悄地把殘年帶走

春天的訊息已經來臨
　眼前的綠野閃動著驚喜
繁花似錦，歡笑盈盈
　今天的應該把握
莫讓它溜走一秒一分

宇宙化育我們
我們美化人生
奉獻出更多心力
大家攜手齊步向前進
迎接新歲，邁向光明

流沙歲月

在有形與無形間
在惋歎與豐碩間
一點一滴
一秒一分
「盛年不重來
一日難再晨
及時當勉勵
歲月不待人」
看看右邊流沙
你能不愕然心悸

悲情選舉

「專制」時代打天下
　憑武力，殺人頭
偉大的先覺者
　創導了「民主」
用選票，數人頭
帶來人類文明福音——免於殺戮

可是那小撮的愚昧者
　不知珍惜民主制度
用金牛控制選票

　以黑星打破人頭
勒索、縱火、破壞、槍擊………

更荒謬幼稚的一夥
　竟數典忘祖，否定自己是中國人
要建立什麼新國家——分裂國土
　為大陸武力犯台鋪路
將台灣兩千萬同胞的自由幸福
　打入十八層獄

心橋——賀「華夏之光」九週年

用關愛的熱線
　緊緊繫住兩個極端
一片純誠
九年光華
傳遞著至美至善的語言
讓心橋相通
　心弦相連
　心語相契
在同一路上
　凝聚企業文化的光燦
共譜永續的藍天

再造奇蹟

五一的英雄們！
多少年又多少年，
我們胼手胝足，淚水來著血汗，
勤勞悲苦地走過艱辛歲月，
豐收了經濟碩果，
為國家換來奇蹟般的光燦。

突然有一批披著民主外衣的人，
打看自由旗號，
分化勞資，鼓動工潮，
從此工廠不得寧靜，

把投資人嚇跑，
多少資金外流，金錢狂飆，
一波一波的移民潮……
本土產業快瀕臨萎縮的動搖！

五一的英雄們！
時代的轉型不是我們的錯，
回歸失落的信心吧！
擁抱團體意識、憂勞情操，
重建勞資合作新認定，
把失去的奇蹟再從我們手中締造。

少年十五二十時

憶昔日：
曾是少年十五二十時
烽火滿天，血腥遍野
容不下一張課桌
眼見錦繡江山
將被扶桑狂濤所吞滅

從戎行：
辭親別并，匹馬單槍
八年浴血，百戰沙場
三十功名空惆悵

八千里路的雲和月依舊

猛回首：

少年歲月盡蹉跎

多少豪情壯志

多少兒女情長

到頭來戎馬生活如夢幻

身老海嶽，醉看夕陽

同源

不論你先來，我後來
同是一樹的枝
同為一樹的葉
有著永遠割捨不去的民族臍帶
四百多年離開母體的哀怨
仍然變不了體內炎黃的血緣
都是炎黃子孫——一脈相承

不論
　先來的，後到的
大家都是從中原

　一波、一波的遷移
衝破驚濤駭浪
　開闢這片海上樂園
血濃於水
　情重如山
不容陰謀份子挑撥、離開、分化
　誰若想將我們分化
誰就是我們共同的敵人

伸出熱情的手
　敞開赤忱的心
大家手牽手、肩併肩
　迎向朝陽
迎向巨浪的明天

豪情

天已涼，菊又黃舊雨新知聚一堂
娓娓訴衷情
歎白駒流蕩
豪情壯志昂揚
金戈鐵馬
馳騁人間沙場

看今朝
滾滾紅蟳伴杜康
歡樂乾坤
萬事皆忘
醉夢九喜若狂
有酒、有歌、有希望

「貴人」

新名詞好多
上班族、下班族、單身貴族……
近來又出「貴人」——上班族的一環
貴人不一定位高權重，身世顯赫
希臘貴人MENTOR尤里西斯只是君王之僕
上班族的貴人很多
你我都可努力做貴人或受知於「貴人」
給予需要幫助的人一些溫暖
給予可以造就的人一些提攜
給予企業伙伴工作中的指點

給予在境困中的人化解危難
還有，對社會的關懷奉獻……都是貴人

你心地善良、工作勤奮、積極樂觀
　自然會被「貴人」發現
即使「貴人」不出現
　你也可以培養自己成「貴人」
廣結善緣

二、傳統詩詞

●抗戰六十週年抒感

其一

抗戰於今六十秋　創傷鉅痛留心頭
姦淫擄掠無忌憚　轟炸燒殺鬼見愁

其二

家破人亡屍盈野　妻離子散哭斷腸
南京屠城三十萬　殺人競賽逞豪強

其三

籲我炎黃好子孫　永銘歷史大創傷
以德報怨不求償　民族血債豈能忘

（說明）

一九三七年（民國二十六年）七月七日，日本帝國主義在中國蘆溝橋發動全面侵華戰爭，軍事委員會蔣委員長，領導全國軍民奮起抗戰。一九四五年日本投降，抗戰勝利。

抗戰八年，中國犧牲官兵三百二十一萬餘人，被日軍屠殺同胞至少在三千萬人以上，損失公私財產，不可數計。

這筆血債，我們以德報怨，不求償還，但我後代子孫，千萬不要忘了中華民族這一場被異族欺凌的血淚浩劫。

●小重山（登虎頭山有感）

四時束裝待曉行，五時攀山頂，
汗滿衫，疏林殘月好意境，
聞雞啼，東方剛黎明。
雖老驥伏櫪，但具龍馬精神，
看今朝，群峰迎暉晴萬里，
且奮起，莫負好光陰。

●滿江紅（赴印參戰有感）

關山飛越，跨蒼穹，遠降佛國，惦祖邦，寇騎縱橫，山河殘缺。昆陽湖畔灑熱淚，野人山上凝碧血，大丈夫事業在疆場，壯何烈。

興華夏，賴俊傑，失地恥，誓當雪，國際路重開，寇氛將折，玉門春風左公柳，漢首班超探虎穴，我入地獄為眾生，學如來。

（說明）

一九四二年（民國三十一年）二次大戰末期，盟軍在印度成立駐印軍總部，由美軍斯迪威將軍任指揮官，統率新編38師、22師反攻緬甸。憲兵派遣獨立第二、三兩個營配屬駐印軍，獨二營隨軍反攻，獨三營則服務印度藍姆伽軍區。我一九四三年赴印，在原始叢林中與日寇血戰兩年，一九四五年抗戰勝利，始隨軍反國。

哀悼伍淡如同學

其一

同窗兩載最知君　事必躬親志忠純
國家責任榮譽感　一片丹心領群倫

其二

率部膺任鐵衛軍　驅車佈哨必親臨
山路崎嶇多險境　水沙連畔遽殞生（註一）

其三

忠貞勤事身先死　為國捐軀第一人（註二）
舉國驚耗同悲悼　一世忠烈千秋魂

（註一）「水沙連」為日月潭舊地名。

（註二）一九六八年四月二十六日，余任司令部戰晴中心值勤官，十四時突接日月潭特勤指揮部急電：特衛佈哨時，軍車翻落山谷，伍營長淡如及官兵九人皆殉職，無一生還。余強忍哀傷，急報上級後，伏案痛哭。伍君為十一期來台同學因公殉職的第一人，余之哀慟，非兒女私情，實基於同學之革命情感也。

哭連迪光同學

其一

蜀江水碧蜀山青（借句）風流倜儻真性情
淡水河畔與君酌　夕照漫步論古今

其二

命途多舛苦獨身　壯志未酬一病陳
通宵沉疴遽殞命　雲水茫茫哭知音

（說明）

連迪光同學，四川宜賓人，民國十一年生，性豪爽，風流倜儻，不拘小節，同學多虐謔稱其為「耗兒」而不以為忤，莞爾相對，真大將風也。無奈天不假年，民國六十二年五月二十七日，因病死於通宵醫院，少校退休享年五十。

●悼唁周惠仁同學

周君體魄本碩壯　打球登山習為常
日啖草蝦五大隻（註一）　身心康強福壽長
妻賢子孝家和樂　鶼鰈情深相得彰
晚晴歲月多姿彩　神仙家庭好榜樣
最為世人所樂道　故鄉興建小學堂（註二）
回饋家鄉養育恩　百年樹人萬古揚
不幸失足驚噩耗　遽別同窗心感傷
生命如燭不禁風　從此人天兩茫茫

（註一）一九九九年初與李錦三兄赴天母惠仁家造訪，蒙以海鮮款待，他一口氣吃了五隻大蝦，並解釋可以運動量消除高蛋白熱量，曾幾何時，而今二兄均已作古，人生無常，我心哀傷。

（註二）惠仁兄在大陸湖南安化故鄉，獨資興建「惠仁希望小學」一所，振興地方教育，提昇人文品質，對兩岸民間文化交流，極具正面意義，功德無量。

賀閻鶴心同學伉儷建園53週年紀念

其一

子愛幼稚園　口碑滿人間　四十五年前　開創在桃縣
閻氏賢伉儷　首開風氣先　初創多艱困　合力排萬難

其二

嘔心復瀝血　夙夜勤規劃　教學多元制　訓輔一元化
絳帳沐春風　管理重人性　治校展嘉猶　懋績實堪誇

其三

七十藝文獎　七一評鑑佳　七九編導獎　獎獎綻光華
漪歟八四年　全國第一家　耕耘半世紀　桃李滿天下

其四

樹人百年計　建基主人翁　日日求精進　聲譽更崇隆
革新迎千禧　責任匪輕鬆　杏壇鏤芬芳　幼教建奇功

桃園子愛幼稚園，成立於一九五四年九月，迄至二〇〇七年已屆五十三周年，是桃園開創最早的一所幼兒教育機構，民國84、85、86連續三年經政府考評為省縣第一名，表現傑出，績效卓著。

●感謝與珍惜——九〇年三月十七日蒙郭宗滂邀晏有感

蒙君邀宴心感念　革命情誼久彌堅
功名榮枯轉眼過　解甲退隱樂歸田
耄耋歲晚情愈厚　蔗嚼根處老更甜
相聚言歡當珍惜　回顧人生一夢間

●喜歸田園

其一

解甲歸田樂悠悠　衣食無匱不用愁

登山靜觀風雲變　練罷腿功練打油

其二

樂觀知足身心健　作畫吟詠享晚年

富貴浮雲非我願　適當運動福壽延

●桃園風光（話我新故鄉）

其一

石門涵碧接山光　放棹湖中倍清涼

霧裡層巒堪入畫　微風輕送野花香

三粒石旁鄉間路（註一）　齋明古道映夕陽

黃金海岸魚滿簍　復興水蜜桃滿筐

其二

慈湖頭寮伴聖哲（註二）　萬方景仰四海揚
大溪山水織百錦　踏歌聲落新故鄉
虎頭山下世外地　桃花吐豔滿庭芳
薰風吹得離人醉　直把桃園作鳳凰（註三）

（註一）桃園鄉間小路旁，到處都由三塊石頭砌成的土地伯公廟，形成民間文化特色，看來十分樸實而安祥。
（註二）慈湖有 蔣公中正陵寢，頭寮有經國先生陵寢。
（註三）鳳凰為作者家鄉，仿古詩「直把杭州作汴州」句。

歸鄉情懷

歸鄉不計路漫漫　萬里關山視等閒
衡嶽雲開天際闊　洞庭秋盡月光寒
離人白髮垂垂老　遊子行歌款款還
吟取鳳凰舊時事　白雲紅葉楚江山

（說明）

一九八七年（民國七十六年）十一月二日，台灣開放大陸探親，八八年（民國七十七年）三月，回到闊別五十年（半個世紀）的故鄉（湖南省鳳凰縣）探親，「江山依舊而人物全非」，前後恍若隔世，感慨何止千萬。

●故園夢碎

鯫生有幸歸故里　喜心重溫舊山河
尊親舍瑩皆物化　面對南華（註）淚滂沱
願借滄海為池硯　推倒泰嶽當墨磨
我有青天作白紙　一手盡揮大同歌

（註）我的故居後面有一座高山，名南華山，是兒時經常遊憩攀登之地

（說明）

一九八七年（民國七十六年）十一月，台灣開放大陸探親，次年三月初，我回到闊別半個世紀的故鄉—湖南鳳凰縣探親，發現故居十一間房舍片瓦無存（改建為人民醫院）祖宗廬墓亦全被挖去，墓園空蕩蕩一無所有，頓時我淚如湧泉，心中淌血，籲天無路，呼地無門，返台後韻此七律，藉抒悲憤不平之情。

●賀正民兄巨著「台灣土著血緣」出版

興安才子筆如椽，血緣巨著利台灣，融合族群功業在，立德立言萬古傳。萬里橋頭憶往年，靈渠毓秀出貞寬，悠悠歲月人漸老，高梧叢桂永蒼顏。

（說明）

蔣學長廣西興安人，萬里橋位於靈渠河上，為該縣觀光景點。「台灣土著血緣」一書，確認台灣原住民，都與中華民族有共同的血緣關係，並提出一百多種生活文化事証，証明原住民都是炎黃子孫。

●賀興傑兄新著「紅塵中的暖流」一書出版　蔣正民

鳳凰文沖斗牛霄，紅塵暖流甘霖澆，自古碩學如寒士，勁節傲霜品自高。

●賀滕學長興傑榮膺三軍院校校友總會及憲校校友會「傑出校友」　李立鈞

文采豪情勤織錦　藝苑揮洒作尖兵
溫良敦厚倡大雅　歸田筆耕第二春
傑出校友當無愧　同門共硯與有榮
通天一鶴脫穎出　立言報國耀門庭

●答謝立鈞兄厚愛

書劍飄零嘆此身　歸田筆耕徒虛名
未泯童心君莫笑　到頭仍是一老兵

讚興傑兄妻賢女孝　閻鶴心

其一

滕門有女皆溫婉　莊麗賢淑孝為光
老父所資勿須問　女兒爭奉零用錢
有女作伴樂天倫　假日徜徉山水間
四時定省噓寒暖　誰云生女不如男

其二

興傑少年習藝文　琴棋書畫無不行
蒔花之餘喜吟唱　自得其樂曠心靈
耄耋筆耕勤寫作　文化楷模好名聲
妻賢女孝家和好　人生美景在晚晴

●向同學賀新年（二〇〇〇年春節）

莫愁湖畔曾共硯　螺絲井上笑語喧
江南江北春光好　剎那已過六十年（註）
齊家報國願已了　惟剩老健向晚天
新歲春寒多保重　耄耋期頤福壽綿

（註）「剎那」是快速的意思，一「彈指」有六十個剎那，其快速可想而知

●詠荷

清風吻碧浪　菡萏放幽香
潔身塵不染　心苦德聲揚

烽火兒女情

其一

八年聖戰方艱難　寇機日夜襲巴山
家毀人亡同胞苦　金石流中挽紅顏
翩若驚鴻貌不凡　凝似仙女謫人間
醉墨飛香勝王柳　文采不亞李易安

其二

國難方殷金甌殘　毅然請纓赴印緬
野人山上克強敵　捷報佳人傳魚雁
禹甸重光舉國歡　勝利返渝慶團圓
隨校還都分飛燕　期能再結來世緣

●水調歌頭（哀悼九二一受震同胞）

明月幾時有，無語問蒼天，且看海嶽台灣，今夕是何年？瞬間山崩地裂，多少美麗家園，被毀於一旦。青山變黃坵，水庫成旱田，土石流，地層陷，照無眠，家破人亡，可憐月圓人未圓。生死別，大劫難，遍地殘壁斷垣，埋骨瓦礫間，明月共垂淚，何處問嬋娟。

（說明）

一九九年（民國八十八）九月廿一日清晨一時四十一分，台灣發生百年罕見的七・三級大地震，天搖地動，走山飛石。震央在南投集集，同胞罹難者二千二百餘人，傷者八千餘人，毀屋萬間，無家可歸者十二萬餘人。時逢中秋，月圓人缺。觸景生情，悲從中來，因步東坡「水調歌頭」原韻，歌以當哭，藉抒哀悼死難同胞之情。大震後，統一發票頭獎號碼竟為「九四四四五四二一」很明顯的指出：「九月廿一日死死死吾也死」的訊號，巧合乎？天意乎？實不得其解！

●狗尾續貂（和李商隱「登樂遊原」絕句）

燈下展書讀，心緒頓怡然。
一夜酣睡足，轉眼又黎明。

（說明）

李商隱，唐代進士，一生仕途乖舛，他寫了一首「登樂遊原」的千古名句：「向晚意不適，驅車登古原，夕陽無限好，祇是近黃昏。」藉登原所見，自感衰老，晚景雖好，祇是不能久留，語意充滿對生命的無力感。故作逆向思考，和了古人這首絕句，狗尾續貂，博君一笑而已。若將兩詩合而為一，那就開朗多了，試合如左：

夕陽無限好　祇是近黃昏
一夜酣睡足　轉眼又黎明

短歌行（悼念閻鶴心同學）

太平洋之濱兮　白雲蒼蒼
君殞於寶島兮　海天茫茫
吾儕之惻怛兮　有如折翼
革命之情誼兮　親愛精誠
絃誦於江北兮　歡樂絳帳
躍馬古金陵兮　我武維揚
學長之投獻兮　慈幼惠老
老吾老兮　以及人之老
幼吾幼兮　以及人之幼
賢伉儷所為兮　是謂大同
桃李滿天下兮　百年繁昌
杏壇鏤芬芳兮　茂績輝煌
人生之苦短兮　譬如朝露
緣起即緣滅兮　捨苦得樂

熄燈號已吹兮　君將安息
千年如一日兮　極樂永棲
魂歸新故鄉兮　地久天長
奉香茗丹果兮　伏維尚饗

（說明）

閻鶴心同學，河南人，一九二四年十月五日生，二〇〇七年四月二十九日病逝台北，享年八十四歲，特作「短歌行」以示哀悼。

發表索引

篇名	發表時間	發表刊物
大陸畫鄉人物采風錄	一九九〇年九月至一九九四年三月	「華夏之光」雜誌（月刊）連載
鄭國鴻血戰定海	一九九一年六月三日	中央日報「長河版」
湖南神童熊希齡	一九九〇年八月六日	中央日報「長河版」
戊戌政變的漏網之魚——熊希齡	一九九三年七月十六日	中央日報「長河版」
熊希齡歸葬香山始末	一九九二年七月	「湖南文獻」季刊總號第十九期
沈從文與文昌閣小學	一九八八年	中央日報「長河版」
沈從文故居	一九九〇年五月十日	中央日報「長河版」
沈從文先生落葉歸根記	一九九二年八月七日	中央日報「副刊」
感念慈幼先進毛彥文教授	二〇〇〇年三月一日	聯合報副刊
湘西趕屍側記	二〇〇二年一月二十七日	美國紐約世界日報副刊

國家圖書館出版品預行編目

海嶽塵夢 / 滕興傑著. -- 一版. -- 臺北市 :
秀威資訊科技, 2007[民96]
面； 公分. --(語言文學 ; PG0148)
ISBN 978-986-6909-92-4(平裝)

855　　　　96012373

語言文學類　PG0148

海嶽塵夢

作　　者 / 滕興傑
發 行 人 / 宋政坤
執行編輯 / 賴敬暉
圖文排版 / 張慧雯
封面設計 / 廖彥柔　莊芯媚
數位轉譯 / 徐真玉　沈裕閔
圖書銷售 / 林怡君
法律顧問 / 毛國樑　律師
出版印製 / 秀威資訊科技股份有限公司
台北市內湖區瑞光路583巷25號1樓
電話：02-2657-9211　　傳真：02-2657-9106
E-mail：service@showwe.com.tw
經 銷 商 / 紅螞蟻圖書有限公司
台北市內湖區舊宗路二段121巷28、32號4樓
電話：02-2795-3656　　傳真：02-2795-4100
http://www.e-redant.com

2007 年 7 月　BOD 一版
定價： 390 元

讀　者　回　函　卡

感謝您購買本書，為提升服務品質，煩請填寫以下問卷，收到您的寶貴意見後，我們會仔細收藏記錄並回贈紀念品，謝謝！

1.您購買的書名：______________________________

2.您從何得知本書的消息？

□網路書店　□部落格　□資料庫搜尋　□書訊　□電子報　□書店

□平面媒體　□ 朋友推薦　□網站推薦　□其他___________

3.您對本書的評價：(請填代號　1.非常滿意 2.滿意 3.尚可 4.再改進)

封面設計____　版面編排____　內容____　文/譯筆____　價格____

4.讀完書後您覺得：

□很有收獲　□有收獲　□收獲不多　□沒收獲

5.您會推薦本書給朋友嗎？

□會　□不會，為什麼？____

6.其他寶貴的意見：____

____

____

____

讀者基本資料

姓名：_____________________　年齡：______　性別：□女　□男

聯絡電話：_________________　E-mail：_____________________

地址：____

學歷：□高中(含)以下　□高中　□專科學校　□大學

□研究所(含)以上　□其他________________

職業：□製造業　□金融業　□資訊業　□軍警　□傳播業　□自由業

□服務業　□公務員　□教職　□學生　□其他___________

請	貼
郵	票

To：114

台北市內湖區瑞光路 583 巷 25 號 1 樓

秀威資訊科技股份有限公司　　　收

寄件人姓名：

寄件人地址：□□□

(請沿線對摺寄回,謝謝!)

秀威與 BOD

BOD（Books On Demand）是數位出版的大趨勢，秀威資訊率先運用 POD 數位印刷設備來生產書籍，並提供作者全程數位出版服務，致使書籍產銷零庫存，知識傳承不絕版，目前已開闢以下書系：

一、BOD 學術著作—專業論述的閱讀延伸
二、BOD 個人著作—分享生命的心路歷程
三、BOD 旅遊著作—個人深度旅遊文學創作
四、BOD 大陸學者—大陸專業學者學術出版
五、POD 獨家經銷—數位產製的代發行書籍

BOD 秀威網路書店：www.showwe.com.tw
政府出版品網路書店：www.*gov*books.com.tw

永不絕版的故事・自己寫・永不休止的音符・自己唱